如果爱情可以转弯

水何采采 著

远方出版社

图书在版编目（CIP）数据

如果爱情可以转弯 / 水何采采著 . — 呼和浩特：
远方出版社，2020.2
（紫水晶情感小说系列）
ISBN 978-7-5555-1344-5

Ⅰ.①如… Ⅱ.①水… Ⅲ.①言情小说—中国—当代 Ⅳ.① I247.5

中国版本图书馆 CIP 数据核字（2019）第 206070 号

如果爱情可以转弯
RUGUO AIQING KEYI ZHUANWAN

著　　者	水何采采
责任编辑	王　叶
责任校对	王　叶
封面设计	鸿儒文轩
出版发行	远方出版社
社　　址	呼和浩特市乌兰察布东路 666 号　邮编 010010
电　　话	（0471）2236473 总编室　2236460 发行部
经　　销	新华书店
印　　刷	三河市华东印刷有限公司
开　　本	170mm×240mm　1/16
字　　数	280 千
印　　张	19.5
版　　次	2020 年 2 月第 1 版
印　　次	2020 年 2 月第 1 次印刷
标准书号	ISBN 978-7-5555-1344-5
定　　价	55.00 元

如发现印装质量问题，请与出版社联系调换

第一章 闯关的密码 / 001

第二章 漫长迂回的路 / 019

第三章 当风的艳阳 / 037

第四章 不能承受之表达 / 049

第五章 转角处的邂逅 / 063

第六章 恋恋红尘色 / 075

第七章 朝圣者的灵魂 / 089

第八章 事业、爱情濒危双生花 / 101

第九章 冰块VS丝滑伯爵红茶 / 117

第十章 蔷薇刺与白月光 / 139

第十一章 轻尘的过客 / 151

第十二章 秋日传奇 / 167

第十三章 我们的身边人 / 183

第十四章　男人的行为法则 / 199

第十五章　爱之乞力马扎罗 / 213

第十六章　火树银花与冬日雨 / 233

第十七章　主要看细节 / 251

第十八章　久石让之爱 / 263

第十九章　我们还不老，我们那么好 / 275

尾　声 / 299

第一章 闯关的密码

英俊的冰山BOSS问她："愿意被潜吗？"葛薇愤怒地抡起巴掌。然而，不卑不亢就能一路通关的，比如美貌女主管就是她的天然屏障。

"二十七岁，不算很老。"

男人用余光淡淡地扫了一眼葛薇的简历，声音像一块没有温度的玉石，铿锵而干脆地砸在葛薇的鼓膜上。

"结婚了吗？"男人问。

葛薇摇头。

"事业单位，工作四年，出过书？"

男人继续发问，袖口处露出的一截江诗丹顿表盘上，碎钻闪着细光。

葛薇点头。出版过书，可惜写的是莫名其妙的文学赏析作品，且由于各种原因，印数寥寥，销量相当一般。

"靠潜规则？"

葛薇被这尖锐的发问噎得说不出话来。她睁大眼睛，抬起头，直直地望着发话的男人：淡漠的眉，水琉璃似的眼，白净的脸皮，真是个不折不扣的美男子。

"因为被潜？"

冷峻的男人重申了一下自己的观点，姿态优雅地端坐着。他用修长的手指淡淡地敲着海蓝色章鱼形状的老板桌桌面，眼神淡漠得像是秋夜的半月。

葛薇一眼不眨地盯着那张漠然的嘴唇，证实自己没有听错之后，脸上忽地一烧。

葛薇刚从北京颠簸到上海不过几天，靠公交热线问过地址之后，午饭都没吃就赶到这家公司，先填个人表格，做心理测试、创意笔试，之后通过两轮面试被人带到老板的写字间，她本以为自己能够一路通关，可是，怎么就发展成了这样一种局面？

"当然不是！"

葛薇望着那个优雅却又欠揍的人，汗津津的手紧把着宝蓝色的桌面，努力克制着赏那张俊脸一记耳光的冲动。

"愿意被潜吗？"男人的声音依旧听不出任何感情成分。

葛薇的脸涨红着，只觉得自己的小宇宙正在迅速膨胀、膨胀，即将膨胀成一个巨大无比的火球。

"回答我。"那个男人淡然地盯着自己白色的笔记本屏幕。

这一瞬间，那个巨大的火球爆炸成团团烈火，萦绕于葛薇的周身，炽热地飞上了葛薇的大眼睛。

"啪！"

葛薇的手掌干脆利索地落下，男人白皙俊美的脸颊上霎时便多了个红印。

男人一怔，随即端起桌上一个冒着热气的白骨瓷杯，淡漠地轻啜一口，雾气后的脸上依旧没有任何表情。

葛薇干脆地挎起为面试买的新包。

男人淡淡地抬起头，不冷不热地表态："策划部会将最后的笔试题发到你的邮箱。"

葛薇原地站住，顿觉自己像猴子一样被耍了。

"试探面试者就一定要蹂躏她的自尊吗？！"

葛薇"嗖"地从那只修长的大手中抽出自己的简历，大步走到门口的时候，却被一尘不染的透明玻璃门挡住了去路。

"右手边有开关。"男人淡淡地提示道。

"辣椒女"离开之后，男人揉了一下自己的胃，从抽屉里摸出一个小瓶，按出两粒白色药片，送入口中，端起骨瓷杯子饮一口热水，不自觉地将热水杯捂在胃部。

愤然离开的极品路痴则在十一楼上陀螺似的穿来穿去，四圈之后，终于找到了电梯间。

电梯间左右各六部电梯，四周是黑色金纹的大理石楼面，闪着镜面似的华光，每组电梯门之间的地面都有阔叶的植物盆栽，绿油油地招摇着。

葛薇不由心底一紧：可惜了，挺好的大公司，却与自己失之交臂。

脚底踏着青花瓷花纹的电梯地面，葛薇忍不住还是后悔得肝疼了一会儿，嘴巴也干得发涩起来。

想不到，自己二十二三岁的时候，安逸平稳地进了事业单位，在二十七岁女人最好的年华消逝之后，却要像个刚毕业的学生一样来到一个新的城市，没有多少存款，没有什么根基，甚至没有一个肩膀可依靠，面试时还要被误以为靠的是潜规则。葛薇苦笑。

葛薇一直称自己是"一见杨过误终身"。可惜，自己既不是小龙女，也不是公孙绿萼——公孙绿萼没被杨过爱过，小龙女没被杨过抛弃过。总之，终身是误了。当年被学校的"万人迷"追求时，自己不过二十二岁，耗干了心里所有的热血，磨尽了眉眼间所有的飞扬。可是，她意气犹在。她还没尝试过成功的味道，她还没得以认真地欣赏这个世界，她仰望到的世界太过坐井观天视角，她如井底之蛙。

葛薇感慨着，缓缓地走出写字楼。回望，洛可可风格的写字楼由原始质感的大石头层层堆砌，大楼有个十分气派的名字，A楼、B楼、C楼、D楼、E楼相通，中间许愿池式样的喷泉屹立着，天使石像的翅膀在水中招展，水流澄澈，源源不绝。

可惜，这里不属于她，她得踩着高跟鞋，顶着十月上旬的火辣太阳翻过天桥，穿到马路的另一侧等公交车。

乘坐六七站公交之后便可到达上海的几大繁华中心之一——人民广场，在人民广场坐上公交，只需两站，外滩的景色便映入她的眼帘。

二十世纪三十年代，新感觉派代表作家穆时英撰写的小说《上海的狐步舞》，开篇便用感叹号描述道："上海，造在地狱上面的天堂！"

天堂的繁华，葛薇已略见一斑。

手机铃声忽然将葛薇的脑子从迷乱中揪回到现实。

"铁人薇，面试结果怎么样？"小洁在电话那头柔柔地问道。小洁是葛薇的死党，是她在上海滩唯一的好姐妹。

"哼，那个变态的老板太过分了！我才不稀罕……"葛薇愤愤地将过程详述了一遍。

小洁听后，轻轻埋怨着："傻瓜，人家试探你说明想聘用你哦，他误会你是被潜，说明他觉得你不难看嘛。本土4A公司，还在那么好的地段，不去多可惜呀。要不你再试试看，给那个变态一个机会？"

"可是……我……"葛薇咬唇。

"没什么可是,既然他能这样直白地提出,反而证明他是个正人君子,赶紧跟他道歉吧。"小洁鼓励道。

葛薇再次抹汗:"可是……我把简历从他手里夺回来了。"

小洁同情地说:"阿门,那你继续回家投简历吧。"

葛薇叹息一声,透过公交的玻璃窗,寂寞地望着窗外。

白天从外白渡桥上看苏州河比夜晚更美丽,隔岸的钟表优雅地走动着,绿色尖顶的哥特式建筑,像是法国的塞纳河畔的"香榭丽舍"。可惜,白天的外白渡桥没有通体的橘红灯光,仅仅是铁色铁身的冰冷建筑,冰冷到她连夜晚散步时都不敢碰触那温度。

葛薇将租的屋子刻意选在离外滩不远处。下了公交,她拎着一盒盖饭回到屋子,打开笔记本电脑,邮箱里意外地多了一封来自"博籁广告有限公司"的邮件,时间是五分钟之前。

葛薇的心狂跳起来。

那个一脸冷漠的白脸男又要玩什么新花样?

葛薇的心沉得像吊了一块又凉又热的秤砣——这邮件,究竟是邀请,还是拒绝?

葛薇的手再度移开鼠标,打开透明的盒子,狼吞虎咽地将盒饭往嘴里塞,吃饱后,她心里少了几分怯懦,一咬牙,打开邮件,内容如下:

葛薇小姐:

  你好!谢谢你今天花时间过来面试,以下是需要你构思的创意,请三天之内为名为"蓝怡"的矿泉水构思一个Video视频,辛苦你了,谢谢!

  传播思路:一款专门针对女性的矿泉水。

  期待你的回复。

              博籁广告创意部
                  3月12日

葛薇不自觉地冲着电脑屏幕展示着自己的八颗白牙,拍着桌子大叫一声:"太好了!"既而,她又想起那句"愿意被潜吗",唇角瞬间撇了下来。

葛薇盯着电脑屏幕轻骂,脑子里一片空白。葛薇正犹豫着,内急的感觉汹涌而来。她小跑到洗手间门外,却发现门被关得严严实实。葛薇与五家人合租,遇到这种事倒也不足为怪。

"唉。"

葛薇正叹息着,"吱"的一声,门被打开,一个裸着上身、穿着红沙滩裤的浓眉大眼的男青年从洗手间晃出来,约一米八二的身高,发达的胸肌随着他的呼吸声一起一伏。

避开男子的眼光,葛薇一头冲进洗手间,迅速插上插销。

"一个大男人,居然用薰衣草味的浴液。"

葛薇盯着公用洗衣机上忘记取回的浅紫色浴液瓶子,愕然扶墙。

雾水将洗手间的镜子全部盖住,热气尚未消散,清新舒缓的气息依旧在空气中流淌,葛薇闻着那让人神经放松的味道,不由眼前一亮:

> 带你去普罗旺斯的薰衣草园,
> 波城古堡临水,葡萄美酒香醇,
> 阿尔卑斯山在远处带着松香的气息高耸入天。
> 带你去北海道戏雪,
> 温泉如春,
> 札幌的拉面和蟹肉的新鲜滋味,
> 一道道涌动的冰堤银光飞舞。
> 带你去西藏尘埃落定,
> 带你去人类最适合居住的地方,
> 好水会让你的肌肤润泽轻盈,体态优雅苗条。
> 也可以送给你的父亲,
> 罕见的锶和偏硅酸复合会让你的父亲记忆强健……

矿泉水的广告短片，就这样蹦了出来。

点击发送邮件选项的那一刻，她的脑子里再次被各种想法充斥：白脸男该不会是骗创意的吧？或者，他想让我辛辛苦苦写一个案子报复我一下？要么，他会拿到我的创意，嘲笑戏弄我一番？

葛薇想起那张冷漠到近乎结冰的脸，手指如触电一般，"嗖"地从键盘上抬起。

"咚咚咚。"

敲门声的分量足以证明那只手的主人有多用力。

"来了。"

葛薇将反锁的门打开一道缝隙，只见隔壁的男人赤裸着麦色上身，一手攥着一条蓝牛仔裤和至少两条红色内裤，另一只粗糙的大手正要继续"捶"自己的门。

"你有洗衣粉吗？"浓眉大眼的青年理直气壮地问，嗓门似乎比他的敲门声还坦荡。

葛薇顺手将自己放在墙角的洗衣粉袋提给他。

他接过来，拍拍葛薇的肩膀："一会儿还你。"

葛薇忽然意识到，这位满身薰衣草味的男人是要用洗衣粉洗所有衣物，包括他的红内裤。

"喂，借你肥皂。"葛薇转身，从架上取下肥皂。

"有洗衣粉啊！往洗衣机里一搅和就行。"青年已经自来熟地尾随进葛薇的房间，满不在乎地将肥皂往后一推，说完，却一拍脑袋，"明白了，让我用来洗内裤啊，那你以后还怎么洗别的衣服？"

葛薇的脸唰地红了。

青年知道自己说错话，拱手赔笑着，露出一口与身材不符的整齐小白牙："你干吗呢？"

葛薇当即将笔记本半合上："发邮件。"

青年顿时来了兴致，一把拦住葛薇的手，迅速扫了一眼电脑，眼中露出带着几分质疑的赞许："广告词，你自己写的？有点矫情，不过还凑合,这是笔试题吗?"

"嗯。"葛薇得到赞许,放松了些。

"那你发呀?"青年看了一眼葛薇闪烁不定的眸子,咧开嘴大笑,"怕被公司拒绝是吧?博籁,本土4A公司呢,看你的样子也去不了国际4A,加油吧!"

青年说着,大巴掌按住鼠标。

"不要!"葛薇忙去抢夺。

"叫一千遍'雅蠛蝶'也没用了,哈哈哈!"青年叉腰,仰脖大笑。

"你!"葛薇出拳。

"居然还有武力值?"

他挥起健臂一挡,葛薇的拳头正好打在他的那堆衣物上。

"干吗,你要给我洗内裤啊?哈哈哈!"青年一边大声嚷着,撒开长腿拎起洗衣粉就跑,走廊里"嘭嘭"直响,像是跑了只熊瞎子,伴着薰衣草的香风。

另一处,凌欢照常独自下楼吃晚餐:一份黑椒牛排,一杯红酒柏图斯红酒,多年如一日。那是肯尼迪总统最爱的红酒,罗马人赋予它独特的风土,夏天,柏图斯葡萄园里的土壤干涸得像石头一样坚硬,一如凌欢今时的性情。

写字楼四楼安静的西餐厅,可以一览隔壁学校校园大片梧桐的固定位置。

他一言不发地坐定,沉默进食,偶尔,他那悠远而凌厉的眸子会闪耀着寒星一样的光芒。

窗外的霓虹将他那沁着冰意的俊脸映衬出几分温柔的惆怅。

"啊,哈哈哈哈!快看,有人在喝闷酒呢!"

忽然,一阵大笑声传来,只见一位挺拔威武的男子喧嚣而来,他的大嗓门惹得周围的用餐者们投来不悦的目光,只是下一刻,这目光又变成了赞赏。

"这人是运动员吧。"服务生想。

此人着一身得体的羊绒定制西装，一米九的健硕身材让他犹如行走的荷尔蒙，剑眉浓黑而张扬，双目明亮热烈如夏日午后的阳光，见到他，仿佛就置身于烈日下。

"喂，凌欢，一本大爷赏光陪你喝几杯怎么样？"喧嚣的男子自顾自地坐在了凌欢的对面，抄起酒瓶，对准瓶口直饮了一口。

凌欢目不斜视，轻轻挥了挥手，一双漆黑的眸子掩饰不住对来人的嫌恶。

服务生走来，凌欢指着酒瓶道："这瓶酒脏了，倒掉吧。"

服务生一愣，看了一眼对面的那位爷，心领神会，将酒瓶拿走了。

"喂，凌欢，你刚抢了我一单生意，连酒都不请我喝吗？你也太狼心狗肺了！我不会就这么罢休的！"喧嚣男敲着桌子，一如多年前一般。

凌欢冷笑："高云道，从小学时候开始，到现在，你也该适可而止了。"

高云道扬起浓黑的剑眉："适可而止？你输了那么多次，怕我了？"

凌欢扬起英挺的鼻梁："怕你输太惨。"

"上次是我故意让你的！难道你忘记了？"高云道指着凌欢的鼻子。

"是你自己心术不正！"

两个人目光相撞时，电光火花四溅。

凌欢和高云道同为而立之年，两个人自小学时就结下了梁子，到如今已经斗了二十年，从学校也不知不觉转移到了商场。

他目不斜视地起身，一米八七的挺拔身姿再次惹来一阵又一阵艳羡的视线。

他被胡椒、牛肉和酸溜溜的番茄汤亲吻过的胃又开始跳舞了——踢踏舞。昨晚一夜失眠，他胃里的舞者似乎情绪高涨了许多。走出餐厅时，他的鼻尖已爬上了一层细密的汗珠。

凌欢面不改色地随着可观光亦可代步的电梯上至二十七楼，路过公司一百五十多号人的大写字间时，又赢得一排排注目礼。

这里是博籁4A广告公司，整个上海称得上4A的三十家广告公司之一。有人说，广告界就像一个小江湖，每天都有新人崛起，每天都有老人倒下，每天都在明争暗斗抢地盘，每天都有新闻不断，比武、招亲、火拼、夺权、反叛、投敌、合并、分家……每过一段时间总会定时上演。

能在这里留下的男女大多是时尚的。如果是小主管，从他们服装、包、鞋的Logo上你可以看到各种时尚类的牌子：CHANEL、PRAda、GUCCI、DIOR、LANVIN……他们手上的腕表也许看上去朴实无华，却很可能就是你几年的薪水；如果在这些人中你看到一个围着围巾、右耳扎耳洞、走路随风摇曳的时尚男士，请不要怀疑他的性取向。

这里的男女大多是铁人：平面广告策划部的人员飞往各地取景是正常的事情，飞回来之后照常上班；非平面广告的广告公关策划部人员，胃都是铁打的。数不清的大小会议，通宵加班的事情每个月总有那么几天，每天延长一两个小时工作时间像每日的提神咖啡一般必不可少。这里，就是4A。

4A不会让你缺少见明星和国际大品牌国内负责人的机会，最常见的还是那些吃水果都要计算卡路里的模特，匆忙时又不乏听到看见美女帅哥时的尖叫。凌欢不喜好热闹，他将自己的办公室安排在楼层的另一端。

"小事自己处理，或发邮件。"凌欢曾多次对各个部门经理这样说道。

但是，这依然阻止不了某些人每日登门几十次的热忱。

"丁零零。"

凌欢淡淡地向玻璃门投下一缕视线，只见策划部总监周翎携一份材料袅袅而来。

周翎今天穿的是奶油白色日式雪纺裙，荷叶的袖口，荷叶的裙裾，束腰的款式彰显着她近乎苛刻的纤细身材。

可惜，该看的人仅在她身上停留了一秒钟，下一刻又将视线收回到屏幕上。

周翎照例帮他泡上一杯伯爵红茶，对方依旧毫无反应，周翎眼神黯了一下，却在下一刻笑靥如花："船长，下午第一个来面试的女孩把短片创意交上来了。"

凌欢喜欢别人叫他船长，威严中透着几分亲和力，有一种铁令如山的凛然感觉，被喊出来时，似乎又为这人数不少的公司带来几分凝聚力。

凌欢扫了一眼周翎手中的文件，周翎会意送上，一分钟之后，凌欢冷哼一声。

"你怎么看这个创意？"凌欢将创意书置于一侧，开始刷新私人邮箱。

周翎缓缓坐在凌欢对面，条理清晰地伸出精致的手指，刻意为之的梅花图案在她的手上绽放："优点有三个，第一，文字优美煽情；第二，格调浪漫，不受拘束；第三，能够满足白领阶层对旅游的向往。"

凌欢继续刷新邮箱，他漂亮的眸子轻瞥了周翎的指甲一眼。

周翎涂过香奈儿唇蜜的嘴唇滋润而闪亮："可是，缺点却有五个：第一，不计成本，蓝怡并不是迪奥、香奈儿这样的大公司；第二，拍摄条件不允许，现在并不是薰衣草开放时节，更不是北海道下雪的时节；第三，受众群体不符，我们要的是针对白领女性的广告，她的创意却是给男女情人的；第四，篇幅太长，很容易让人记住广告却记不住产品；第五，有些矫情，浪漫有余，情怀不足，看上去有些假，这样会失去很多年龄稍大一些的女性。"

说完之后，周翎补充道："船长，她学的是法律，也没有从事过广告行业，创意虽然有些想法，不过，她的专业程度实在……"

凌欢端起一杯热水，鼻尖上沁着细细的汗丝。

周翎盯着那汗丝，变戏法似的拿出一包胃药："船长，如果胃难受就试试这个吧。"

凌欢继续盯着笔记本电脑的屏幕："告诉她，让她重做，后天一早交不上就算弃权。"

"好的。"周翎回答着，汇报完情况，顺手将药品留在了蓝色的桌面上。

凌欢轻哼一声。

凌欢浅揉着胸口，将药随手推到一旁，掩埋在一堆文件里。此时，营销部的Andy已手持资料在门外等候。

"船长，这两个案子要接吗？相机发布会的案子可是我从达赫广告那里夺过来的。"Andy满脸漾着春风得意般的微笑，坐在凌欢对面时，喜不自抑地敬上一只雪茄，凌欢摆手。

达赫广告就是高云道的广告公司，这些年来，狠狠追着凌欢的博籁广告死咬着不放。

凌欢接过资料，一桩是日本著名电子产品的秋季单款相机发布会，一桩是中国某研究院的公关事件。

凌欢抬眼扫视她一眼。

显然不是请示，而是邀功。

略一思忖后，凌欢淡淡地说道："相机的案子必须重视起来，研究院的案子推给小公司，照例取抽成。"

Andy觉得自己有些失策："船长啊，相机的案子并不大，鉴于他们是大公司，放长线钓大鱼我能理解，这个社会研究可是能提升咱们公司的口碑呢。"

"口碑？"凌欢冷哼了一声，"那帮蠢才们莫名其妙的研究真的是为社会谋福利吗？打着F名校旗号的小公司，一帮无所事事的伪学者，我可没工夫陪他们沽名钓誉。"

Andy觉得此言极是，衔着软中华点头。

"相机的案子，有可能是你下季度立的大功。"凌欢不着痕迹地鼓励着。

Andy打了一个响指。

Andy走后，凌欢又签了几份文件，再次抬起略含倦意的双眼盯着电脑屏幕，可是，他等的邮件依旧没有发来。

凌欢轻轻扬起颀长的脖颈。等了那么多年，他不介意多这么一天。

胸口处又略微有些火辣辣的，揉，再揉，不起作用。

"滴滴滴……"

凌欢看到公司的邮件系统上，周翎发来一个邮件。

"船长，咱们是不是太注重创意而忽视专业性了？那个叫葛薇的女孩子连SWOT和4P是什么都完全不知道，我想，用她的话会耽误咱们的工作进度。"

凌欢略一思忖，轻敲键盘，一个精悍的"。"回复过去。

另一头，葛薇接到重写的通知后，心里湿漉漉、乱哄哄的。

重做。现在是晚上八点，明天一早交。

葛薇将目标锁定至动漫和好莱坞大片。在输入栏搜索"宠物小精灵"，得到的结果依旧是皮卡丘，名字却改成了"神奇宝贝"，我们老了啊。几年前看到"机器猫"被称为"哆啦A梦"的时候，葛薇还在读大学，这种感慨尚且没有。这次看到黄色的电气老鼠时，感觉恍如隔世。长得像小和尚的大眼睛的杰尼龟，脑袋是小五星的蛋蛋波克比，只会唱三句词的粉嘟嘟的胖丁，屡败屡战、屡战屡败的魅力反派人物武藏和小次郎……嗯，有了种《宠物小精灵》中的小精灵跃动在《海贼王》中片头的大海的触动。可是，矿泉水的灵感依旧不知飞到哪里去了。

换大片。阿汤和尼古拉斯·凯奇老得近乎风烛残年，"哈利波特"早已成年，童年时拥有一双无比纯真大眼睛的男孩剪成一头刻板的短发，丹尼尔，你的童年被你弄丢了。

夜深了，洗手间里却水花四溅。

隔壁两口子吱吱呀呀的床扭动声和喘息声听得她面红耳赤。

胸肌发达的隔壁乙则用鼾声震得玻璃窸窸窣窣直响。

葛薇摇头，脑子里依旧挤不出半点儿灵感。

时间一秒一秒地从指缝间溜走。

凌晨两点零六分、两点半、两点四十，凌晨三点。

葛薇瞪着微红而干涩的眼珠，不眨眼地盯着屏幕，大脑空得像一张白纸。

天色稍浅了些，上海的各种代表性建筑物在湛蓝的天空中若隐若现。

葛薇挥动鼠标，几十份简历投出。再看一眼窗外，海蓝色的窗帘已经微微透出了几丝亮意。

葛薇突然想起那个白脸男的老板桌：宽阔的章鱼脑袋当桌面，八爪是桌腿，看上去真的蛮别致的。可是，三十岁的人了，还是大公司老板，却童心未泯，真不害臊。可是，又有谁不想一直停留在童年呢？

童年，童年。

葛薇回忆着，脑子里依然空无一物，胸中竟萌生出一股难以言状的力量。

葛薇从书桌里抽一本《世界广告案例精析》，随便瞅一下目录，赫然入眼的便是"无印良品"。

"日本的无印良品的理念是贩卖禅意生活。"

书上如是说。

如果说，禅意可贩卖，那么，童年是否也可以？

葛薇的心忽然跳得厉害。

> 沙滩的一滴泪落在我脸上。
> 夕阳落山了，
> 星星载着月亮去寻找银河，
> 他们迷路了。
> 有一瓶水告诉我，
> 要陪我一起去流浪，
> 于是，我们一起走过许多地方……

葛薇的耳朵烫得几乎要燃烧起来，心狂跳着继续补充道：

诉求对象：女性，最主要的对象为白领女性。

诉求重点：用回忆唤醒女性消费者心中对美好、力量的追求，激励她们去追求梦想和美好生活。

诉求方法：以各种梦想打动各年龄段的女性消费者，尤其是女白领。

烂漫的童年、无忧的童话时光、初尝青春果实的喜悦、职场的如履薄冰、事业有成之后的优雅从容……激发她们通过饮用蓝怡水补充能量而走向充满希冀而优越的未来。

敲完之后，葛薇松了一口气，只觉得灵感喷薄而出：

镜头一：一个阳光金黄的下午，海浪细涌，一个五六岁的扎两只小辫子的小女孩在沙滩上玩贝壳，用蓝怡的矿泉水瓶装小螃蟹。

镜头二：夕阳渐渐沉入海底，夜晚来临，十岁左右的童花头女孩子坐在月光下的大礁石上，透过矿泉水瓶看星空。

镜头三：十七八岁的长发马尾少女背起行囊，将一瓶蓝怡水斜挎在大包的一侧，手臂力气十足。

镜头四：（音乐变成欢快的风琴曲）塞纳河边，长发披肩的青春少女将水递给为她画像的大胡子老外艺术家，画像中留下她姣好的面容。

镜头五：写字楼里，初入职场的女孩战战兢兢地正在冲冥思苦想的上司微笑，递上一瓶水给已进入中年的上司，上司满意微笑。

镜头六：年龄稍长些的女人盘起长发，午后的阳光如天鹅绒般触摸着她依旧光泽的皮肤，咖啡屋里，服务生端上一瓶蓝怡，她心领神会地微笑。

清晨五点的阳光灿烂而光明，照得葛薇浑身的热血极速流淌着，再次达到沸点。

打开窗户，新鲜的空气扑面而入。

"你最好用PPT的形式表达出来，明天上午发给我。"

葛薇想起那个女人温柔却苛刻的要求，脊背再次嗖嗖冒冷汗。

五点，意味着，她最多还有四个半小时来制作PPT。不只是文字的制作，还得有视频的效果。

葛薇深呼吸一口，再冲一杯又浓又苦的黑咖啡，仰脖一口气灌入肚子里。

沙滩、星空、夕阳、香榭丽舍大道、塞纳河、写字楼……

搜图的时候，她才发现，图库里的图片看似享之不尽、用之不竭，真到用时，找到合适的图片却犹如大海捞针。

葛薇端起杯子，饮掉杯里的最后一滴咖啡。

上午九点整，葛薇还差七张图片。

窗外报时的钟声似乎在严厉地提醒她，她即将被那个有淙淙流水许愿池、青花瓷电梯的大公司拒绝。

葛薇深呼吸一口，决定冒险仅用一张图片，理由早已想好：我的创意是独一无二的，怎么可能有现成的图片雷同？

另一边，周翎接收到葛薇的邮件之后，端详一下自己精心修饰过的美甲，下一秒，葛薇的邮件进了回收站，再下一秒，回收站清空。

葛薇却全然不知，在床上蹦着跳着给自己的好姐妹小洁打了个电话。小洁接起来，当即建议道："带上你的创意，亲自找老板去。"

葛薇有些不解："为什么啊？"

小洁静静地说："自己想。"

葛薇想了一番，终于领悟："可是，我是门外汉啊，她不会那么小气吧？"

小洁叹息一声："我的大小姐，你工作的四年时间果然虚度了，除了工作上的竞争，如果你是女考官，你愿意招一个美貌的同性？"

葛薇一愣。

她匆匆赶到那幢华丽的写字楼下，在二十七楼转了好几圈之后终于找到白脸男的办公室，透明的玻璃内，蓝色章鱼桌之前空荡荡的。

葛薇干脆手握优盘堵在门口。

门内尽是白色系：白色的书橱、白色的古董架，整个室内白得一尘不染。墙上有浅绿色的布料钟表，古董架上有各种奇形怪状的东西：龙猫玩偶、《千与千寻》里贪食的猪，还有一些诡异的器具。有一件她认得，是意大利人设计的GEO咖啡机——整个咖啡机是一个拥有大眼睛和耳朵的娃娃，量杯是头，壶把是胳膊，容器是身体。据说这款设计让尼德罗蒙蒂尼拿了大小各种奖项，是葛薇一直渴望的。

他的沙发是米兰风格，干净、简洁、梦幻，间错着白色、浅草绿、浅紫的组合。

抬眼，那个白脸男用的吊灯是在米兰家具展获奖的英国花环吊灯，大片的花片、花枝从半空流泻而下，不锈钢的花环团绕着灯球，简约，英伦风的贵气盎然其间。

"看什么？"

一阵幽香飘入葛薇的鼻中。

葛薇回过神来，见是昨天面试自己的女人，本来编好的词竟一时噎住了自己的喉咙。

"我……"

香水的主人斜眼盯着大眼袋的面试者，姣好的眉一拧："我们领导不在。"

葛薇的眼神稍稍黯淡下去，忽然想起小洁的教导，眼巴巴地望着她："可是，明明是他让我来的。"

香水的主人瞪了她一眼："哦？"

葛薇笑得一脸无辜："没错啊，他明明在电话里说让我上午来找他。"

两个人正说着，房间的主人正冷着一张俊脸悄无声息地逼近。

"你来干什么？"凌欢问道。他心想：不是让你明天交吗？

"来交复试题。"葛薇急忙举起优盘。

凌欢淡淡望了一眼来人的眼袋:"不是让你发给她吗?"

葛薇想起小洁的话,壮着胆子道:"你才是最终的宣判者。"

凌欢略一思忖,淡淡说道:"进来。"

第二章　漫长迂回的路

当冰山面对火焰时，要么冰山融化，要么火焰被磨损了风华。如果水火不容，一切都是漫长而遥远的扯。

"一夜没休息？"

凌欢努力撑着微颤的身躯，笔挺地坐在海蓝色的章鱼桌前，淡淡地问道。说完之后，愈发觉得嘴唇干渴。上午的阳光照射在他苍白的脸上，照得他眼前黑一道、蓝一道、绿一道的，几种颜色压得他双眼迷蒙。

葛薇急忙点头，直挺挺地坐在凌欢的对面。

"不困？"凌欢打开纯白色的笔记本，轻按开机键。

"喝了三杯咖啡。"葛薇努力压抑着自己的狂喜，眼神在看到优盘插入本子的一瞬间灼灼地闪着钻石似的光亮。

凌欢迎上这光亮，觉得有些晃眼。

"胃不疼？"凌欢继续问。刚工作的那几年，他也是咖啡族，消灭了公司茶水间里一包又一包速溶咖啡，时间久了，滴滴深淙或浅淙的液体便将他钢铁一般的胃腐蚀成了千疮百孔的"蜜蜂巢"。凌欢一面回忆着，心底忽然生出了几分怜惜。"蜜蜂巢"也同时开始作浪，眼前乌云黑压压地笼罩开来，心跳开始加速，恶心的感觉似乎比早餐前又严重了些，他却像岳飞守郾城似的死撑着。

"不疼，没见过比我胃好的。"葛薇说话间打量了一下眼前人：他的脸色在上午阳光的照耀下显得蚕丝似的白，却是让那张英俊孤傲的脸多了几分温和。

凌欢浏览"贩卖童年"的创意时，葛薇的心几乎要从喉咙里跳出来。她的眉梢不自觉地飞起，唇角不自觉地上扬。

"怎么样？"葛薇忍不住问，并努力捕捉他从脸上传来的每一丝讯息。

凌欢勉力从头再度浏览了一遍，心底微微漾起的喜悦时刻提醒着他这个创意的分量。

凌欢抬头，问道："贩卖童年？你打算怎么贩卖？"

"就是从小资的内心出发。"葛薇微笑着回答。

凌欢眉头难以自抑地一紧，不由自主地用钢琴家般的修长手指揉着右胸口，忍痛说道："说详细些。"

葛薇自信十足地答道："为什么不可以贩卖？星巴克贩卖的就是小资生活！"

"然后？"凌欢努力让自己的声音维持着正常的语调。

葛薇飞扬的眼皮略微垂下几分："什么然后？"

凌欢深呼吸一口："营销策略呢？"

葛薇的眼神淡下来，垂下眼皮，喃喃地说道："不是广告吗，还要写这个？"

凌欢失望了一下，冷冷地说道："你大概连4A是什么都不知道吧。"

葛薇抬头看了一下凌欢凌厉的眸子，垂下头说道："广告公司呗。"

凌欢一听，忽然抬头直视着葛薇："我可以赞美你的相貌吗？"

葛薇抬头，满眼不解。

"我可以赞美你的文采吗？"凌欢紧接着说，面无表情地凝望着葛薇。

葛薇被凌欢突如其来的赞美惊得一时无言：他在欲抑先扬吗？

"和你的无知程度很吻合。"凌欢继续盯着自己的电脑。

葛薇的脸霎时间呈现猪肝色。

"我可以学啊，我学东西很快的！"葛薇不甘地直视着凌欢，"我的创意不好吗？"

"很好，"凌欢摊手说道，一滴冷汗渗入蓝色的桌子上，"我回答你什么是4A，4A广告就是跨国广告公司，全上海不超过二十七家，你的综合实力尚未达到入职本公司的标准。"

葛薇上扬的唇角慢慢滑下，飞扬的面颊也慢慢垂下。她像是突然被人从高空推下云端似的，身体不断下坠，一头坠入一潭乌黑的深渊。

"可是，我的策划能力会弥补我的不足！"葛薇抬眼望着眼前这个没有表情的冷血动物。

"我们要的是成熟的策划者。"凌欢将那双修长的大手从胸口处拿下。

葛薇咬咬唇，声音提高了一度："我有好的创意！"

凌欢白了她一眼："没有好的创意能进？"

葛薇的心忽然一疼。

"好的公司不是应该……不拘一格降人才吗？"葛薇垂下眼皮喃喃道。

"好的公司是不是要把天公抖擞一下？我只是个商人。"凌欢淡淡地说道。说完之后，打量着这个女孩子一夜间仿佛憔悴了好几岁的脸，不自觉地将一只手又按在自己的胸口处。

葛薇低下头，开始用手抠那只宝蓝色的章鱼，章鱼硬邦邦的，虽是夏日，触上去却冰凉凉的。她眼巴巴地望着凌欢："真的不给机会了吗？"

凌欢的唇角微微一动。

片刻之后，凌欢淡淡地问："为什么要转行？"

葛薇苦笑，笑着笑着，眼中便剔透起来："你看过《灌篮高手》吗？你比我大不了几岁，应该看过。"

凌欢不语，胸口处那团火却烈焰如炽。

"据说男人都很喜欢樱木花道，因为他天真、单纯、有篮球天分、有热情又肯奋斗，所以，仅仅三个月，他能从门外汉成长为篮板王，请给我成为樱木花道的机会！"葛薇说完，激动地伸手抓住凌欢骨骼刚硬的手臂。凌欢另一只手轻摆，示意她松手。

葛薇心下一寒，手指猝然松开。

葛薇看到，凌欢手指微抖着从抽屉里摸出一个没有包装的白色药瓶，从太阳穴处滑下一滴汗。

葛薇知道他这是病了，急忙端起杯子，从饮水机里倒了一杯微热的水递给他。

凌欢接过水，将药片送入口中，仰脖饮水送下，然后一手托腮斜倚在宽大绵软的真皮转椅上。

"你要不要紧？是胃痛吗？要去医院吗？"葛薇打量着凌欢淡色的唇。

凌欢却摆手，死撑着抬起头来："日漫太幼稚，你应该举好莱坞大片的例子。"

葛薇不明就里地等待下文。

"你应该举《阿甘正传》的例子。他是智障人士，长跑本事却是一流。"凌欢说道。

"你……"

葛薇抓起背包，掉头就走，走到门口，却听到一个若无其事的声音冷冷说道："我给你三个月的时间，我不管你去打杂还是做纯文案，三个月后再来面试。"

葛薇的脚步刹那间停住，她愤愤地扭过头说道："我葛薇不是你呼之即来挥之即去的婢女！"刚说完，肩膀处飞过一个纸团。

"按照我的书单回去买书。"

葛薇展开纸团一看，是四本书名，作者名也已详细列出，字迹刚劲而霸道。

葛薇一愣，动动唇，终究没有道谢。她将纸团折好，小心地掖进包的深处，迎面遇见一个笑面虎似的男人，轻轻指了一下门里："里面有病人。"说完之后，她拔腿就逃。

葛薇急匆匆地下电梯，却被一楼的关东煮的味道吸引住了。她这才发现，自己熬了一整夜，直到现在还滴粮未进。啃一串鱼丸，大口饮着奶茶从超市出来时，葛薇看见脸色煞白的男人正不紧不慢地往门口走去，"笑面虎"陪同，白脸男的腰板挺直，依旧面不改色。

他真的不要紧吗？

葛薇正咬着热腾腾的鱼丸，却见他挺拔颀长的身子微微一倾。

葛薇急忙上前几步，却见遥在五米之外的他捂住嘴，下一刻，身边人和门卫一起拥上。

葛薇不自觉地快跑几步,却见三米之外,那人摆手咬牙说道:"我没事!"

葛薇看到,一滴滴微黑的液体从他捂嘴的手指缝隙间流下,一滴、一滴,滴落在大理石的地面上。

"笑面虎"瞬间收了笑,挥臂去架他的胳膊,他却固执地将胳膊勉力一抽。

葛薇只当这人是变形金刚,在后面紧跟着,却见那人迈着长腿刚走几步,腿一软,滑翔机似的坠了下去。

"小心!"

葛薇不自觉大喊一声。

凌欢显然也已听到,唇角闪过一丝自嘲的笑。他咬着牙,想若无其事地站起来,眼皮却沉得仿若千斤重,腿脚也仿佛瘫成一团糯米团,黏糊糊地粘在地上。

"船长!凌欢!"凌欢听到Andy的声音,不过那声音却像隔了一口闷钟。

原来他叫凌欢。葛薇目送凌欢被人簇拥到车上,烈日下出神了许久,直到手机铃声从自己的包里传来。

"你好,是葛薇小姐吗,通知你下午一点来面试,我们的地址是……"

葛薇急忙掏笔记下,看一眼地址,是徐家汇,路程倒是不远。

下午一点的面试,此时已是中午十一点三十分。

葛薇无力地倚着石墙,连打五个哈欠,困倦的泪已从眼眶哗哗流下,睫毛膏也顺着泪水流下丝丝黑絮。

"铁人薇,金刚薇,怎么样?"小洁来电询问。

"他不要我。"葛薇喃喃道。

身边走过一位着西装的中年男子,十分同情地瞅了葛薇一眼,递上一包面巾纸。

"为什么啊,你的创意不好吗?"小洁显然有些意外。

"没事,还有机会。"葛薇握住拳头说道。

上海的地铁与北京不同。不同之处除了线路更多、中间的路途更长、价格更贵，还在于，它的出口多得让你无所适从。倘若不熟，领略一番反方向风情必不可少。葛薇领略了一番连环反方向风情之后，待找到那家公司的写字楼时，刚好下午一点整。

七楼的巧克力色的门紧闭着，葛薇鼓起勇气，按了一下门铃，一脸菜色的前台女孩怯生生地将门打开。

进门，一幅名不见经传的山水画占据了前台间的大半位置。要不是看到创意广告公司的牌子，葛薇还以为自己走进了一家文化公司。

葛薇刚要开口，只见一个看上去约四十岁的女人迈着外八字步，踩着高跟鞋，"嗒嗒"地走向自己："来面试的吧？进来吧。"

葛薇随着那女人进入黑洞洞的大厅，女人随手打开灯，葛薇看到了三个格子间，奇怪的是，格子间里一个员工都没有，电脑是关着的，毫无人气。

"今天我们休息，孩子们都没来。老板也还没到，你先在这里等一会儿。"女人笑着说，两个眼角绽放出两朵菊花。

周二休息？葛薇一阵琢磨。

漫长的等待之后，睡得流着口水的葛薇听到了一声温厚的男中音。

葛薇忙抹去口水。

她看到了一张络腮胡子脸和两片肥嘴唇。胡子叔脸上的纹路像是被雕刻过，而且雕得太用心，纹路直入浓密而带银丝的鬓发。

简单的面试后，胡子叔笑眯眯地说道："你回去做个古亭酒的世博营销方案，明天早上九点四十分带来，之后我带你去古亭酒的经销点，看看你的创意能力。记住，明天穿漂亮点。"

古亭酒。

中国赫赫有名的白酒。

葛薇张望着住宅房似的写字间，竟有些盛情难却。

这一晚，葛薇将策划案创作出之后，夜，又浓成一个不透明的幕布笼罩在周围。

葛薇带着一脸的妆入了梦，梦中，各种文案充斥：矿泉水的、白酒的……以及，白脸男的冷眼、父亲的通牒。

"我给你三个月的时间，我不管你去打杂还是做纯文案，三个月后再来面试。"白脸男冷声说道。

"不准去上海！"父亲命令道。

梦中，葛薇湿漉漉的头发打湿了她的枕套。

梦醒了，葛薇抹上微红的唇、粉色的腮，随着汹涌的人流上下公交，再随着喧腾的人流挤进地铁，刚进了地铁，她就觉得自己的腿阵阵发凉。是梦吗？十月上旬刚结束，上海的夏天就结束了？

空气中，异样的气氛在弥漫。

过了徐家汇站之后，地铁里宽敞起来。葛薇见身旁有位白发老者，忙闪身让座，老者犹豫了一下，说道："小姑娘，你坐。"

葛薇竟从老者的双目中读出几丝怜悯。

"为什么不！"老者的妻子一屁股坐下，脱过水似的核桃脸显得理直气壮。

葛薇回头一望，只见对面的一个中年人正死死地盯着自己的大腿，忙低头一看，脸在下一刻涨成了熟透的茄子。

黑丝袜不知什么时候已结结实实地从大腿脱丝到小腿处，白色的皮肤在地铁的灯光下分明可见。

现在是十月，不是酷热的八月，裸露的大腿，在人群中，就像穿着比基尼一般惹眼。

葛薇急忙用皮包挡住大腿，却招来更多人的注目。

恰逢下一站到站，葛薇涨紫着脸下了车，每挪一步，都感觉路人扫射过来的目光如同激光。

掏一下包，竟然忘记带备用丝袜。

葛薇的背后迅速被汗水浸染湿透。

她就这样反背着手，用包挡着大腿，蜗牛一般挪动着，一步，迟疑一下；再一步，一失手，包松脱掉在地上。

周围的人匆匆忙忙，高的、矮的、穿西装的、围围巾的……没有一个人伸出援手。

葛薇一咬牙，冲着一个方向大步走去，洗手间没有找到，却误打误撞到了地铁出口。

地铁口卖银饰的男人的眼睛已经粘在她的大腿上。

葛薇的连衣裙也湿漉漉地贴上了腰间的皮肤，仿佛被水浇灌过一般。

"兴许，地铁门口就有卖袜子的。"葛薇鼓足勇气，迈着大步走出地铁口，一出来，却连半个小摊贩都没有见到。

她意外地发现身后便是商场，几步跑到门口，却见门关得严严实实，竟没到营业时间。

葛薇擦一把眉毛上的汗珠，觉得自己已经到了崩溃的边缘。

原地转一圈，葛薇的唇微张着，四周没有便利店。

再转一圈，豆大的汗珠顺着下巴淌下。

正在这时候，葛薇只觉得肩膀一沉。

"葛薇小姐吗？你好像需要帮助，先上我们船长的车吧。"葛薇看到一个二十出头的大男孩正冲着自己微笑。

"凌欢？"

情急之下，葛薇毫不犹豫地上了车，坐定后，只听到一声冷冷的男中音："真大方。"

一天未见，他的脸消瘦了些许，仿若刀刻过一般，五官却显得愈加立体。

"船长，我问问我老婆哪里有卖袜子的。"开车的大男孩忍笑说道，说完，却被凌欢拦住："Bruce，前面是商场。"

被称作Bruce的大男孩看一眼时间："还差十分钟才能开门。船长，你的龙体经得住等待吗？"

凌欢随手将即将仅剩瓶底的点滴拔下。

葛薇忍不住说道："你不在医院躺着，挂着点滴到处乱跑什么？"

凌欢沉默，略一思忖，斜一眼葛薇，说道："袜子次要，给她买条盖住膝盖的裙子，白色的。"说完，从钱包里掏出一张银行卡。

葛薇一愣，本已涨得发紫的脸色，颜色更深了几分。

"不要，别人穿什么颜色关你什么事。"葛薇赌气地说道。

凌欢回道："你有裸露倾向，确实不关别人的事。"

"你……"葛薇语塞。

Bruce憋笑，脸已涨红。

凌欢的唇角不着痕迹地抽动了一下："Bruce，商场门开了。"

Bruce忙接过银行卡往商场奔去，剩下葛薇坐在凌欢的身边，用包捂着大腿，袜子脱丝的速度却风驰电掣，一溜烟跑下去，延续出一道大的长痕。

凌欢一言不发地望着窗外。

葛薇启唇，本打算问他，"好些了吗""还疼吗"，话到嘴边，生生被这静默噎了下去。两个人就这样静默着。窗外的行人仓皇而匆忙，脚步像急速运转的机器，窗内却是一派安然。凌欢似乎有些力乏，倚着靠背，闭目养神。葛薇偷偷望着他，一眼，再一眼，呼吸声亦是小心而轻缓的，一股强烈让这种沉默延续下去的冲动，使她一言不发。

窗外，天很蓝，蓝得像多年之前。

葛薇恍惚看见刚散下马尾辫披起长发、穿着二十块钱一件印有"Hello Kitty"图案T恤的少女。她微低着头，后视镜中的人的皮肤已微微暗淡了，身材未改，鲜红的唇依旧，怎么就老了十年？

"船长，你看怎么样？"

Bruce的出现终于打破了这沉寂。一条纯白色的连衣裙在他的手中轻轻挥舞，白得一尘不染，裙裾果然在膝盖之下。

"人家店员说盖得那么严，不用穿黑丝袜。"Bruce轻笑。

葛薇抹一把脖颈流下的汗珠："你……你们两个大男人准备让我在哪儿换衣服？"

Bruce的大眼睛熠熠闪光："我下车，船长身体不好，留守。"

"废话。"凌欢用刀子眼斜飞了Bruce一记，薄薄的嘴唇微抿，用苍白的大手扶着车把手，起身。

葛薇心底一热。

"砰。"车门被关上。

葛薇望着凌欢微微弯下的后背和扶着额头的手指，竟忘记换手中被汗水打湿的新装。

下一刻，凌欢的整个身子倚在车窗上。是在为自己遮挡吗？葛薇的脸火辣辣的。正在这时候，车门闪开一条缝隙。

视线一黑，一件西装外套被严严实实扔在葛薇的脸上。

车门再度被关紧。

葛薇一愣。

将西装围在自己身上的时候，葛薇闻到一股淡淡的薄荷香。

三分钟之后，白连衣裙套在了身上。

正在这时候，葛薇觉得凌欢的背后微微一倾，她迅速开车门，凌欢重重地落回座位，鬓角微微沁着汗珠。

葛薇的心跳得厉害。

空气也在跳跃着。

正在这时，葛薇的手机铃声响起，接起来，是小洁："薇薇，你没有迟到吧？面试加油啊！"

葛薇抓起凌欢的手臂，看一眼腕表，比约定的时间已经迟了五分钟。

"看来是迟到了，不和你聊了。拜拜。"小洁说完，便挂了电话，一阵阵嘟嘟的忙音听得葛薇一紧张，手机落在自己的裙子上。

迎上凌欢淡漠的黑眸子，葛薇急急地说："先回医院吧，谢谢你！下次请你吃饭！"说罢，她踩着高跟鞋拔腿向写字楼冲去，冲到电梯口时，方才意识到，自己的黑色连衣裙竟于慌乱中遗落在凌欢的车上。

葛薇急忙去摸手机，在电话簿里搜索了三圈，方才发现，自己的手机里竟没有凌姓号码。

葛薇长吁一声，却在手机差点被挤掉的下一刻发现，自己身边已挤满了夹带各种饭香气的人，看一眼四周：用吸管喝着豆浆的，啃包子的，饮奶茶的，不停看手机时间的……

还没打量完，葛薇便觉得自己被推入了电梯，电梯狭小而拥挤，烟味浓重，各种金属气味混合在一起，施工的灰屑满地都是。

进入写字间的大门，迈着外八字步的女人就笑容可掬地问道："小葛你来了啊，你随我来。"

葛薇便随着她进入大厅。

"这是你的电脑，密码是六个六，桌子上有笔，你今天先用纸杯，记得明天带杯子。"女人说着，随手将电脑开启。

这是葛薇人生的第二次求职。第一次惨遭凌欢的拒绝，第二次草草面试，就被分配了办公用品。

葛薇打量一眼四周，视野开阔，大厅里只有自己，左边格子间满是薄灰，右边格子间则只有电脑，没有键盘。

葛薇方才意识到，这个公司的文案策划一职竟只有自己一人。

葛薇想起自己刚辞职的北京的一家小事业单位：五六个四十多岁的男中层干部，午饭后就吆五喝六地打扑克牌，晚上下班之后去廉价夜总会；三四个四十岁以上的中年女人，一律纤细的腿却有圆润的腹部，每日中午去附近菜市场买回新鲜蔬菜，乐此不疲地张罗着孩子一个又一个补习班……

这里，甚至不如自己之前的事业单位。

葛薇挠了挠自己刚能扎起发辫的短头发，发短信给小洁说："我'被上班'了。"

短信刚发送成功，她便听到门外一阵铃声，下一刻，胡子老板进门就呱啦呱啦大吵，葛薇刚来上海不久，听不懂上海话，勉强听出胡子老板是在埋怨人事的那个女人交完电费没给他零钱。

葛薇走出空荡荡的大厅，只见那女人气呼呼地从皮包里掏出三十几块的零钱，胡子老板全数收入口袋，笑着说："薇薇，走，咱们去古亭酒那边看看。"

没有私家车，葛薇随胡子老板下楼，走到地铁口处时，回望身后的那家商场，心里竟惦念起来：那个白脸男病得那么厉害还要工作，真的不要紧吗？

如她所料，凌欢此时已捂着胃坐在他的章鱼桌前，打开公司的邮件系统，群发邮件给各部门主管——与大部分公司的老总不同，凌欢喜欢在周三开例会。他一直清醒而精明地认为，周三是承上启下的时刻，既可以让所有人在周一、周二努力奋发，又不会让他们在周四和周五松懈。

"十分钟之后，例会照常。"凌欢电话通知私人助理兼策划主管周翎。通知完之后，他固执地继续刷新自己的私人邮箱，依旧没有等到他渴望已久的邮件。

他的胃部又是一阵翻滚，想呕吐的感觉涌上自己的喉腔，却倔强地点开让他大病一场的邮件，再次点击回复道："告诉我，你是什么意思？"

可是，他就像西楚霸王一般，唱到最后，任你当初力拔山兮，最后，竟成了一个人的独角戏。

他俊秀的眉毛拧成一团。

窗外，F大学的篮球场上，一帮年轻的男生正打得热火朝天，赤膊上阵的一个小子竟来了个空中接力，可惜没接好，球直接抛飞入半空中。

凌欢的唇角轻轻勾起。

十几年前，他也曾在球场上奔跑如风。单手上篮是他的拿手好戏，但他的秘密武器是三分球，不到万不得已，他不使这一招，而他的死对头的秘密武器是空中接力。

凌欢不知道自己是如何撑着给这帮人开完每周例会的。他使用了比平时更多的英文，以此来表示自己依旧健康，对所有人的要求也依旧苛刻。例会结束，他整个人几乎瘫软成一团泥。

Bruce轻轻扶着他的肩膀让他平躺在后座，凌欢发现那条黑裙子孤零零地躺在车后座："Bruce，扔了它。"

Bruce的眼睛瞪得像两只大肉丸："扔了？"

被扔掉衣服的人全然不知，晚上七点五十分，葛薇坐在地铁冰凉的凳子上，脑子一片混乱。

她上午跟着胡子叔见客户，下午帮着招待了几个偏远地区的客人，胡子叔毫不客气地分配给她一堆工作，直到傍晚，她刻意留下来等这件事的说法，胡子叔却被客户拉了去吃消夜。讨论薪水和合同的事情便被整整耽误了一天。

打电话给老妈问意见，老妈说："看薪水情况再决定留不留下。"

征求北京的师兄、师姐的意见，师兄的意思是，公司大一点儿才适合发挥；师姐的意见则是，毕竟是转行，如果工资在可接受范围内，也可行。

小洁则说："明早一定要说清楚啊，他可能给不了你期望的待遇。"

可是，倘若薪水真的合适，自己确定要待在这个只有六个人的小公司吗？

葛薇摸一把刚能扎起的小辫子，苦笑。因为要逼着自己做决定，那头漂亮的长发早在三个月之前就剪掉了，剩下不到肩膀的头发，正如她青春的尾巴。二十七周岁，再也没有资本和时间做错误的决定了。

葛薇想起某人的一句话："我给你三个月的时间，我不管你去打杂还是做纯文案，三个月后再来面试。"可是，他是让自己放低姿态，却没有说让自己进这种小公司啊。

只有自己一个策划，这种小公司真的能学到东西吗？

葛薇忽然意识到，征求一下凌欢的意见似乎很有必要。

自己认识的所有人当中，只有他是经验丰富的专业人士，也只有他是业内人士。

葛薇一遍又一遍翻阅她的手机电话簿，只希望能凭空生出他的手机号，可惜一次又一次宣告失败。

葛薇回到家，一进门，便闻到一股甜丝丝的香味和谷物的味道。

"你吃地瓜吗？"依旧光着膀子的"薰衣草青年"手里端着一个小塑料盆，盆里盛着大小不一的红薯，淀粉香和甜香的热气蒸腾着。

"不吃！"

葛薇微笑着拒绝，却忍不住盯着那红薯多看了一眼。

胡子叔的公司中午做的是白菜豆腐汤和凉拌黄瓜，晚饭有客户，加了清炒白菜、清炒豆芽、西红柿鸡蛋清汤，葛薇吃了两个精致小碗的米饭之后，依旧饥肠辘辘。

"不吃饿死你！"青年哈哈大笑着。

葛薇随手抓起一只，烫手，拿不住，他夺回扔进盆里，端着塑料盆径直走进葛薇的房间，一屁股坐在床上，将葛薇波浪似的被子往身后一推。

葛薇看一眼自己狗窝似的床，脸一红："能不能等我收拾下再进来？"

"这怕啥？""薰衣草青年"将被子再往后一挪，从盆里拿起一个地瓜递给葛薇，"烫，你放碗里吃，可惜没有炉子，不然在自己家炉子上烤着吃，可香了。"

葛薇吹着热气，咬一口，果然糖分很高，甜丝丝的。

青年也抓起一个大口开咬："对了，你叫什么名字？我叫段峰，段誉+乔峰。"

"我叫葛薇。"

葛薇放下手中的红薯，从包里摸出手机，暗笑自己，电话号码怎么可能自动生出。可是，不知为什么，她竟心存幻想，使得她一遍遍固执地看着屏幕。

正在这时候，手机意外来了一条短信，来自于一个陌生号码。

葛薇的心跳得像摇荡的秋千。

"船长在上海市海医院D楼1107号，葛薇姐记得下次上街别穿那么短的裙子咯。"

葛薇嗖地站起身。

"谢谢你的地瓜，我还有急事！"说完，葛薇抓起包，撒腿便往外跑。

二十分钟后，她站在病房门口，伸手敲门，手却在半空中停了下来。

葛薇用手指轻轻触摸着那扇密不透风的白门，透过窗户，只见那人正倚床而坐，手中拿着一只iPad在看PPT，苍白的面容一脸专注。

这时候，来了一位高大健硕的男子，推门即入。他站在凌欢的病床面前，用一副围观动物园羊驼的表情看着凌欢，大笑："哈哈，凌欢你又倒下了啊！为了和我争，赢了项目比稿，输了身体，真是可怜！"

凌欢抬眼，见是高云道，垂下脸说道："总在商场上输掉的人更可怜。"

高云道一听，指着凌欢的鼻子说道："你懂什么，我是见你病恹恹的，让着你的！尊老爱幼关注伤残人士，你懂不懂？"

凌欢垂首不言。

高云道掐着腰等了一阵，觉得无聊，干脆拿起桌上的香蕉，剥开就吃："喂，凌欢！我和你说话呢，干吗不理我？"

凌欢继续沉默。

高云道干脆夺过凌欢手中的iPad，却发现凌欢看的是自己公司的PPT："喂，你害不害臊啊？这不是上次我们公司和你们比稿的PPT吗？你从哪儿弄来的？你这是偷师！"

凌欢扬眉："偷师？真是笑话。"

"那你为什么研究我们的PPT？你爱上我了？"高云道又咬开一只山竹，继续偷看凌欢的PPT，却发现了他新发给公司员工的邮件：

此PPT底色选择错误，失败；

过分依赖数据，失去趣味性，失败；

创意陈旧，失败；

文字不精彩，失败中的失败。

借此PPT为反例，引以为戒。

"凌欢，你……"

高云道看完邮件之后，脸涨得通红，他一挥手，把iPad扔到凌欢的床上，转身摔门离去。

葛薇后退一步，转身，深呼吸一口。

透过黑夜的窗户，葛薇看到了一张并不完美的脸：明显的眼袋、不再无瑕的肌肤、毫无时尚可言的小马尾辫。

她顺了一把刘海，自卑起来。对于他的竞争对手，他尚且如此，那么，对自己呢?

她咬着唇，抚摸着自己的眼袋，许久之后，转身，大步走到门前，刚要敲门，门却被打开，憔悴的却仍旧如刀子一般的目光随即剜了她一眼。

"你来做什么?"

凌欢一手把着门，另一只手扶着墙，长腿在面料精良的白色睡裤下微微打着飘。

"你快回去躺着，我想咨询你的事情，一句两句说不完。"葛薇心虚地望着那稍白的嘴唇，急忙补充道，"是求教，不过，不会耽误你很长时间。"

凌欢转身，葛薇跟上去，想伸手扶他，凌欢一把甩开。

葛薇本想帮这死要面子的人盖被子，知他会拒绝，便木头一样站在床前。

"我昨天去面试了，可是老板没直接讲要聘用我，今天早上他们的人事却分配给我电脑了，而且老板白天带我去开会，回来之后很不客气地让我做了一天的案子。我被上班了。"葛薇深呼吸一口气说道。

凌欢听完之后，在刷新网页的空当抬头扫了她一眼。

葛薇继续说："可是，他们的公司很小，只有六个人，而且只有我自己是策划，我不想做，可是，又怕自己找不到更好的工作，想请教你，我的水准可以找到什么样的广告公司?还有，这种公司能学到东西吗?"

凌欢的目光凝聚在一个焦点，像是在认真考虑，十秒、二十秒……葛薇默默数着，大约过了一分钟，凌欢依旧没有回答。

葛薇只得向前一步，眼巴巴地望着凌欢。

凌欢斜扫了葛薇一眼："为什么要改行?"

葛薇眼圈一热。

她努力绽出一个夸张的笑容："因为缺钱，我之前的工作赚不到钱。"

含糊隐忍的答案。

凌欢打量了一眼葛薇：单纯的大眼睛略带几分腼腆，皮肤闪耀着这个年纪的人少有的光泽，就谈吐气质而言，像是公务员家庭出身，又像是在温室中长大。然而，那目光中却充溢着一股超乎性别的坚韧。凌欢自觉阅人无数，这样的坚韧，却是在男人眼神中也少见的。

凌欢不觉心头一震。

"邮箱号是多少？"凌欢问。

葛薇一愣。

报出号码之后，只见凌欢轻地按着笔记本上的小红帽："回去研究我的PPT，加上你自身的条件，足以让你进入大部分公司。"

葛薇不觉莞尔一笑，伸出手说道："谢谢你。"

凌欢扫了那手一眼。凌欢见过不少女孩子的手：指甲美不胜收的精致巧手、纤纤素手、拉小提琴的尖细手……却没见过那么难看的女孩手：长，却粗，指甲是秃的，微有些参差不齐，想来是她闲来无事啃的。

"我累了。"凌欢怏怏地说。

葛薇一愣，觉得自己像是被带到山巅，却又被一脚踢下山崖。

手固执地擎在凌欢面前。

凌欢随手塞给葛薇一只红透的蛇果。

"我好像把衣服扔在你的车上了，请问现在在哪里？"葛薇忽然想起那件衬得自己线条有致的黑色连衣裙。

"垃圾箱。"凌欢答道。

第三章 当风的艳阳

葛薇依旧相信世上还存在幸运,却不相信艳阳会无缘无故向自己投来灼人的光。

"为什么?"葛薇手中的蛇果已被捏出一道水印子。

"又不是我的。"凌欢抬头,轻描淡写地说道。

葛薇攥着蛇果的手微抖着。

下一秒,凌欢听到垃圾桶里沉甸甸的响声。

凌欢扫了一眼桌子,手机已不见踪影。

"这个也不是我的。"

葛薇启齿一笑,留下一个从容的背影。白裙像一朵摇摆的云,从走廊一直摇摆到病房的门口,可是,这云却摇摇曳曳着,在葛薇的脚迈出门的第一步时,下垂下去,葛薇的脚步也就此止住,下一刻,葛薇掏出手机,任自己的手机在手中变成一块硬邦邦、黏糊糊的握力器。

"愿意被潜吗?"

"和你的无知程度很吻合。"

冷冰冰的话在她耳畔响过。

可是,这样一个人,他却一直在用自己的方式去体恤别人。

葛薇深吸一口气,转身,踩着高跟鞋急匆匆地折回病房,只见凌欢正抱着笔记本,冷淡的目光几乎粘在电脑屏幕上。

葛薇径直走向垃圾桶。

凌欢忍不住抬头,只见葛薇弯腰,捡起依旧仰躺在垃圾桶里的手机,拨出一个号码。

凌欢一言不发地打量着葛薇的一系列举动。

"你晚上最好关机,不然当心午夜凶铃。"葛薇说完,将黑莓往桌上一搁,随即消失在病房外。凌欢一愣,下一刻,唇角竟不自觉地莫名勾起。

葛薇不知道,凌欢上一次笑,还是在十个月前。

抱着对薪水的期望,葛薇再次踏上去胡子大叔那家公司的行程。公交换地铁，到达之后，在空荡荡的大厅研究凌欢的PPT，其间，她接到一个中企和一个美企的面试通知。胡子大叔姗姗来迟时，葛薇的胃已唱起了摇滚乐。

"吃了饭……再问薪水和待遇吧，可以省十块钱。"早已饿得头昏眼花的葛薇不争气地盘算着。

清炒白菜，凉拌黄瓜。

确切地说，是清炒"腌"白菜，凉拌"腌"黄瓜。

"咸是为了保护盘子底。"做饭师傅神秘地说。

葛薇便只得扒米饭，两碗米饭之后，望着盘子里剩下的大半绿花花的黄瓜片，终于知道，那个盘子底是用咸黄瓜片做面膜来保护盘子的。不管怎么样，总算不再饥肠辘辘。

吃完咸菜饭，葛薇走进胡子大叔的办公室。

"试用期一个月两千，试用期三个月。我知道少了点儿，但我们这边业务很多，准备这几年要上市，到时候你就是功臣。"

葛薇先是一愣，打量着办公室外空无一人的格子间，她果断做了个决定。

"谢谢啊，我想……我还有个更重要的面试。"葛薇潇洒地收拾好东西，去地铁。

踏上地铁前，葛薇回望一眼曾经救自己于水火的盛夏，再度望天，秋日的上海艳阳高照。只可惜，正午的阳光照得她妆也花了，今天还忘记了带唇膏。她步入商场，以试用唇膏的名义，涂上了一款蔷薇色唇膏，之后，再次踏上了征程。

如果，昨天没有去上班，或许，自己还能多一天时间准备面试，可是，只能如此了。

葛薇来到这家美企的楼下时，便知道自己来到了搞艺术事业的地方。

抬头，这里的楼并不高，不同于凌欢的4A广告公司那种贵族气浓郁的奢华，这里充满了别致而浓厚的艺术气息。暗红砖头的墙，后现代的画裱在原木的相框里，一幅幅或典雅或抽象的画，还有葛薇看都看不懂的一些红红绿绿的奇异景象。走到三楼，葛薇走了几步，进入了一个草绿色的世界。

草绿色的前台，草绿色的桌子、凳子，凳子是流线式，线条流畅。

葛薇觉得眼前一亮。

"Cici吗？跟我来。我是Ada，WOM（网络营销）部主管。"

葛薇这才知道，原来外企都是以英文名相称的。填完表格之后，走过来一个扎着马尾辫的女孩。女孩身材高挑苗条，岁数和葛薇相仿。

这次面试的考官不同于之前考官那般苛刻，像是一个底气不足的新上任者，喋喋不休地介绍着自己部门的业务、自己的主管身份以及自己部门的属性。末了，伸出白皙的小手，说道："我会把复试题发到你的邮箱。"

葛薇微笑着致谢，离开这家公司时，回望一眼，一张张年轻的脸，一双双匡威耐克鞋，T恤，格子衬衣，黑框眼镜……葛薇心酸地笑笑，她终于回归年轻职场的世界。一转身，脚下一阵绵软，似乎踩到了人。

"你？"

熟悉的大嗓门。

顺着麦色大手往上看，葛薇看到一副宽阔的胸膛，一张英俊而朴实的脸。

葛薇忍不住小声叫道："段峰！"

段峰还未开口，便见另一花衬衣男生招手道："Fancl！Y项目的List什么时候给我？"

段峰一展猿臂，一边挥手，一边小声说道："晚上我回去找你。"

可是，这天晚上，她等到十点也没见段峰回来。

她一遍遍看着自己的复试题，哭笑不得：号召大家买一款博若莱洋酒，让日本人买不到。

她觉得这就等同于说让日本人吃不到乌冬面就饿死他们一样，他们完全可以吃寿司、中华面、鱼生、蛋包饭，所以，喝不到那一款红酒，还有别的红酒啊，还有清酒、白酒……

她越想越摸不到头绪，决定看动漫。

《银魂》还没更新,《周刊少女野崎君》刚完结,一堆模仿《灌篮高手》的运动动漫看得她心累,索性打开一部经典动漫《犬夜叉》。

像她这样的都市宅女并不在少数,看漫画、看电影、看网络小说,找不到恋爱的人,但依旧能过得很开心。

葛薇惊喜而忧伤地发现,女主角的名字竟然和自己的名字同音——葛薇,戈薇。

可惜的是,戈薇是十五岁的美少女,而葛薇二十七岁,刚辞掉一份鸡肋般的底薪无望的工作,现在正四处找工作,并且来到一个陌生的大城市,她看所有的东西都得仰望,却始终找不到一个能够容纳她的地方。

"杀生丸萨玛……"

她努力去让自己花痴《犬夜叉》里的冰山美男,努力让自己不去想这些可怕的事,正用十二分的花痴功力煽动自己为动漫帅哥陶醉时,她的门"咚咚"被人敲响了。

时间显示:晚上十点半。

"大眼妹,开门——"

葛薇听出那声音带着几分浓浓的酒意,只得隔着门说:"晚了,有什么事明天再说。还有,不要叫我大眼妹,我比你大!"

段峰继续咚咚地敲门:"部门聚会了,没喝多少,你至于像保护贞操一般三贞九烈的嘛。我就是想告诉你,你们部门似乎很缺人,加油吧!"说完,他刚要离开,走了两步之后,忽然转身回来,"对了,你说你比我大?"

每次说到年龄的问题,葛薇就会保持一如既往的敏感:"当然,小弟弟!"

"喂,小弟弟这个词是不能乱用的!"段峰的声音隔门飘入葛薇的耳朵。

葛薇沧桑一笑。二十六岁的时候,尚且觉得自己青春酣畅,年长了一岁之后,她竟然发现,自己身边的年轻男子竟多数小过自己。

"我还很年轻!年龄不过是废物对自己一事无成的借口!"葛薇自

言自语着，忽然，笔下就流淌出一段文字：

  我们是否还记得初恋时的滋味？
  青嫩的甜中夹杂着几分涩口的酸，
  红辣的呛中蕴含着陈年的咸……
  我们是否还流连着上一次错过的笑和泪？
  一次次的与幸福擦肩而过，不是我们想要的，
  一次次的向左走，向右走，
  我们再次与有缘人背道而驰，
  现在，你还在等什么？
  从法国的勃艮第舶来的新鲜甘醇滋味，
  汲取自博若莱葡萄的娇媚柔美，
  勾兑出醇厚的幸福，
  不要再矜持，不要再犹豫，
  11月11日，情约今生。

活动内容：

1. "送你心仪的女子浪漫酒杯"速配活动。

  男方选好自己喜欢的女子，赠送印有"Y网"标志、A红酒LOGO的迷你玻璃高脚杯。女方如果同意，互换迷你高脚杯。

2. 挑选十对有情人品尝A红酒新品，并让他们陈述对新品的味道感言。

  将情侣手中的迷你高脚杯斟上美酒，在众人的欢呼声中，让新配对的情侣喝交杯酒。

  之后，让情侣们对酒的味道进行评价。

3. A红酒音乐舞会。

4. 千人互动横幅签名"钓鱼岛是我们的，博若莱红酒也是我们的"。

5. 新情侣亲吻赠送A新品红酒。

凌欢的PPT让她受益无穷。

敲完之后，她却发现，自己的东西竟完全和复试题目相悖了。

可是，面对那个半点含金量都没有的复试题，她再也没了想法。一集一集地看动漫，花痴帅哥这一夜，葛薇没有半点新思路，却是一夜未眠。

清晨时，隔壁先是乒乒乓乓的一阵响动，继而传来一阵番茄炒蛋的菜香和饭蒸熟后的米香。另一个隔壁，一男一女窃笑声不断，到后来，万籁俱寂，只有远处的远航码头上清脆的响声，葛薇心中始终耿耿于怀着。

怕得不到这份外企的工作而担忧？看到五六十个年轻人，哀叹自己的年纪？葛薇不知道。她只知道，面对复试题，她不如上次那般激昂，这次，她迷茫了。

终于挨到天亮，葛薇给小洁打一个电话，小洁听完复试题目之后，为葛薇做了一个颇有魄力的决定："按照你自己的想法做这个题目吧，赌一把。也许这正是人家的圈套。"

葛薇心里仍是七上八下。

上QQ。

网络中，葛薇有个可靠的大姐姐——香港著名西装品牌公司的白领云姐，她已年过三十，却有着二十多岁的心态，更有过来人对社会独到的眼光和看事入木三分的视野。

云姐的文字功底了得，看到葛薇的创意之后，稍微做了修改："汲取自博若莱葡萄的娇媚柔美，勾兑出醇厚的幸福——为什么不改成'绯色'的幸福？"

葛薇大呼高手。

葛薇决定赌一把。她将创意的邮件发出去之后，方才想起，自己竟然忘记问那个内行人。

又一场面试之后，葛薇终于忍不住拿起电话，心中一边揣测着凌欢的状况，手机自动的音乐一遍遍回旋，声音如古香古色的茶具发出的敲

击声,在她耳边轻轻流淌:

> 镌刻好每道眉间心上,
> 画间透过思量,
> 沾染了,墨色淌,
> 千家文,都泛黄,
> 夜静谧,窗纱微微亮……

如葛薇所料,凌欢正直挺挺地躺在病床上,滴着凉飕飕的点滴,本想坐卧着处理一些事务,可是,刚要起身,眼前便黑得天旋地转,恶心的感觉让他不得不躺得像一张木板一样。只是,那仰躺的角度却丝毫没有让胃部有半点舒畅感,一阵腥甜涌上,下一刻,雪白的被子上沾了大朵大朵的黑梅。一时间,凌欢视线模糊,胳膊有万般力气也再抬不起,竟昏昏沉沉地睡去。

一曲《卷珠帘》唱罢,葛薇苦笑。

葛薇看一眼镜中的自己:疲惫的大眼睛,白却干涩的皮肤,颧骨处因最近暴晒而新生成的几粒色斑,眼角处微微延展的纹路,刚能扎起一撮的发辫。

一种强烈的自卑感迅速蔓延开来。

葛薇啊葛薇,你以为你是谁?

一边心痛着,那蔓延的自卑感竟致使她手一抖,凌姓电话确认在删除键。下一刻,两个人几日来的纠葛历历在目。

"按照我的书单回去买书。"第二次见面时候,他捂着胃扔过一团白纸,上面有四本书名和作者俱全的书目。

"袜子次要,给她买条盖住膝盖的裙子,白色的。"第三次见面,他从钱包里掏出一张银行卡。

"邮箱号是多少?"第四次见面,他冷着脸发给她一份PPT,足以让她入门。

葛薇苦笑,他是嫌自己太麻烦了吗?还是——

"这也不是我的。"

葛薇想起被她扔进垃圾桶的手机。

一丝失落蓦然爬上葛薇的心头,生气了吗?怎么现在的男人都那么小气了。

正失落着,手机铃声忽然响起,不是凌欢,却是那家美企:"Cici你好,你的创意蛮不错,可是,并不是我们需要的主题。可以再写一个吗?"

为什么要再写?我的能力不是已经得到认可了吗?

"好的。"葛薇答应着,想起段峰那张质朴的脸,不由得在心中画了一个大问号:段峰,你所在的,究竟是什么公司?

这天傍晚,来上海十多天的葛薇终于得以享用饕餮大餐。

"不就是一个文案嘛,写吧,浪费不了你多少时间。"小洁咀嚼着"心太软",粉嫩透红的脸蛋满足感浓浓。

"原来牛蛙这么好吃啊!"

虽是晚上,两个不知身材为何物的女人却大口嚼着中份的干锅牛蛙,一份甜腻腻的糯米团,一份甜的凉拌海蜇,一份桂花糖藕片,还有一大瓶的果粒橙。

心太软是红枣中间加着滑软的糯米心。

干锅牛蛙里的藕片香脆,莴苣融入了牛蛙的汁液,土豆香软,葛薇这个北方姑娘头一次吃牛蛙,来到上海之后,十来天没好好吃饭,此时已吃得满嘴流油。

"放心,工作好找,不是得到了很多复试机会嘛。"葛薇将莴苣咬得清脆作响。

小洁用白嫩的小胖手体恤地为葛薇轻斟饮料,歪着红润的小脸似乎在思索什么。葛薇啃着牛蛙说道:"对了,你不是说十一月和姐夫去欧洲旅行吗?购物的时候别忘给我带眼霜啊,我给你钱。"

小洁微讪:"还不知道去不去呢,他有点儿忙。"

葛薇继续啃着油汪汪的牛蛙,忽然想起九月下旬的某一天,自己尚且在北京时，小洁一个长途电话炸过来："薇薇，我被他气死了。他说我们结婚时候既不给我买戒指也不办酒宴。"

葛薇还记得，自己当时正盯着电影屏幕上莱昂纳多那张发福了的大脸，当场便来了气，恨恨回复道："问他要，撒着娇要！"

这次，小洁的未婚夫怕是又给了空头承诺，葛薇愤愤地一口饮下半杯果粒橙。

小洁是个典型的上海小资，大葛薇一岁，年方二十八。她衣饰优雅，夜晚偶尔会点燃精油将自己一个人置身朦胧的罗帐，吃着网购的21客纯欧洲血统蛋糕，卧室里镜子的花纹是巴洛克风格。她的未婚夫在杭州工作，一周回来两三次，一个人的时候，她像所有上海小资一样将每月新的《时尚芭莎》《昕薇》沉甸甸地搁在腿上乱翻，或者找女友吃饭，或像大部分北京、上海、广州的女人一样花痴耽美小说，眼神里淡淡的寂寞一如宜家的镜子一般瘦长而花边无限延伸。

小洁这边正强颜欢笑着，葛薇的短信铃声微微一震，开启，又是陌生的号码：葛薇姐，有空来看看船长吧，他身体不太好，不是故意不接你电话。

葛薇心底稍稍一热。正在这时，只见小洁垂着眼皮，低声自语："爱他，就要放手……"

俩人正说着，小洁的电话铃声警报般地响起，她第一时间接起来，像是接了圣旨："喂，宝啊，你回来了？"

小洁几乎已从椅子上炸弹似的弹起来要回家侍寝："嗯，吃好了，我马上回去。没吃饭？好，我这就回去做。"

"让姐夫一起来吃吧。"葛薇说着，看一眼干锅里的牛蛙，还剩三分之一。

"这个是辣的，他胃不好，你还记得六月份的时候他胃出血住过院吗？"小洁已经开始收拾衣服。

"记得。"葛薇的心忽然就怦怦跳得厉害，"我记得……好像你妈给了姐夫一个偏方，可以告诉我是什么吗？"葛薇故意夹起两只牛蛙，努力让自己保持平静的语调。

小洁侧一侧脸蛋："吃生土豆泥，他吃了效果不错，还有木耳山药粥……"

葛薇急忙一口吞下几只牛蛙在嘴里嚼着，一面收起自己的外套。

"我来买单！"葛薇抢先着，却被小洁拦下。

窗外，天色已黑，从"侬好蛙"出来时，秋风微凉。

各色大厦在夜色中绚烂绽放，葛薇却无心享受这份繁华，急匆匆地往菜场走去。

一个小时之后，热气腾腾的山药粥带着淀粉香气扑面而来。

当她拎着一个保温杯出现在医院病房门口时，透过病房窗户窥了一眼，仅一眼，葛薇便觉得毛孔倒立，握着保温杯的手开始微抖。

葛薇扭过脸去，后退一步，低头看一眼自己手上的木耳山药粥，咬唇。

不是说好来道歉和咨询问题的吗，怎么就不敢进去了？

手里，还握着一个塑料袋装的生土豆泥，是她用凳子好不容易碾碎的。

那个男人只是和自己开玩笑，自己就把人家的手机扔进垃圾桶……不是该道歉吗？葛薇的拳头收紧着。

葛薇扬扬眉，吐一口气，吹起自己刚及眉下的刘海，鼓起勇气，推门，再看一眼病床上那人的惨相，仍是心悸不已。

病床上，凌欢煞白着一张脸，两排睫毛显得越发黝黑，他的一只鼻孔里插着一根管子，似是胃管，鼻间亦有氧气管紧紧贴着，手腕处，点滴针将液体输入他的体内。

葛薇轻轻将保温瓶搁置在床头柜上，将土豆泥也小心放下，忍不住帮他掖下被角，这个小小的举动却让凌欢不自觉地睁开眼睛。

葛薇惊得后退两步。

凌欢勉力抬起胳膊，将氧气管挪下。

葛薇竟发现，那张煞白的脸泛起少许红晕。

"你干什么？"葛薇急忙向前捏住氧气管，却见凌欢用修长且苍白的手去扯嘴里的东西。

"你至于那么要面子嘛!"葛薇一激动,竟斥责起他来。

凌欢松了手,似乎是扯不下来,斜一眼葛薇,侧过脸去,闭起眼睛。

"一定要像一块坚冰吗?"葛薇笨拙地将他的氧气管放到他的鼻腔下。

第四章 不能承受之表达

凌欢的岁月不能承受之伤，于是要用病痛来表达；葛薇的冲动不能承受之惑，要用代价来表达。

"你看你现在，成了什么样子？"葛薇将凌欢打着点滴的手腕往被子里一挪，凌欢倔强地将冰凉的手腕挪回原处。

他修长的大手搁在雪白的床单上，愈显苍白。只是，他手臂的骨骼却铮铮有力，青色的血管，微凸的肌肉。

一股莫名其妙的委屈刺痛，忽然扑上葛薇的心头。

"你手臂的肌肉蛮结实的，看得出你身体不差，这次病成这样，肯定是遇到什么事情了。"葛薇垂下黑睫毛，"可是，你一个大男人有什么想不开的。你看你比我大不了几岁，你有那么大的公司，在那么好的地方办公，事业有成，一呼百应，你还有什么不满意的。"葛薇黯然地说，"你再看看我，我什么都没有，刚辞掉了一个莫名其妙的工作，二十七岁还要被迫转行，离开自己原来的城市，从头开始，我不是也快快乐乐的？"

凌欢微微睁开双眼。

"昨天把你的手机扔掉了，对不起。这是治疗胃出血的偏方。"葛薇敲了下自己带来的保温杯，"不过你病成这样，我想这个没有用了……"

凌欢侧过脸来，有气无力地剜了葛薇一眼。

四目相撞时，葛薇端详着，竟从那俊美的黑瞳中读出几分陈年的哀伤。

"我有很多事情比你还想不通，可是，我没有资格生病，所以，我的身体比金刚还坚强。"葛薇一面劝解，一面不无自豪地说。

"你怎么了？"

凌欢轻轻地说道，嗓音略带沙哑，显得疲惫不已。

葛薇见他嘴唇略干，看一眼水杯，本能地抱起热水瓶，兑上些许热水，将杯子握在手中，看一眼凌欢，手臂却像被点了穴一样，停在半空中。

真的……要喂一个陌生男人喝水？

葛薇的心像是突然加了一台发动机，突突突突，震颤着。

凌欢却是真的渴了，望着那杯中的透明液体，满眼的期许。

正在这时候，Bruce冲进门来，手里抱着一只浅紫色的枕头，炫耀着笑道："船长，这下你晚上不会失眠了！这个枕头是安眠枕头……"

Bruce正说着，盯着葛薇手上微微冒着热气的水杯，话匣子猝然关上。

Bruce眨了眨灵光闪耀的大眼睛，看一眼凌欢，再看一眼葛薇，站在病房中央，歪一下脑袋。

葛薇将水杯塞到Bruce的手上，指着床头柜上的保温瓶，低头说："这是治胃出血的偏方，如果他可以吃东西，喂他吃下。"说完，回头瞥凌欢一眼，扭头道，"我回去了。"

凌欢吃力地说道："送她回家。"

Bruce急忙答应，追了上来："葛薇姐！等我！"

葛薇忙挺起胸保证着："不用，现在还有公交车！真碰上小流氓，我又高又强壮，会防卫过当的。"

Bruce却挤眼："不是啊，葛薇姐。"他戳戳葛薇的手臂，一脸神秘地轻声说，"我是想说，我大姨夫来了，想回家休养，要不，你留在这里陪他怎么样？"

"大姨夫"是近年流行起来的词，既然女人的例假是"大姨妈"，男人的话，则被光荣冠以这个雅号。

葛薇盯着Bruce青春洋溢的笑眼，不知怎么竟冒出一句："正好，你可以和你们船长交流交流，从我认识他到现在，他家大姨夫一直都没走过。"

下一刻，Bruce爆发出一连串骇人的笑声，整个走廊都被他笑得震了三震："哈哈哈哈！哈哈！别说，真像，哈哈哈！"笑得脖子都红了。

"每个月总有那么几天……难怪他血流不止……"

葛薇急忙打住："喂，有没有同情心啊，你赶紧回去照顾他一下吧。"

　　Bruce忍着笑："不行。船长吩咐我送你。"

　　葛薇假意挥拳："你出去很久了吧,他嘴唇都干了,回去喂他喝水。他的点滴快结束了,快去!我只有三站公交!"

　　Bruce一面躲过葛薇的拳头,一面打量着葛薇的白色帽衫和休闲鞋,正犹豫着,葛薇已撒腿,大步往门外走去。

　　Bruce只得揉揉后脑勺,转身回了病房,只见凌欢正吃力地捏着杯子,他急忙去接,凌欢固执地一口饮尽,累得头发濡湿着,人也倒在枕头上粗声喘息,两排浓密的睫毛先是微微闪动,继而平铺在眼睑之上,Bruce见他体虚,便也不便开玩笑,只得噤声盯着那点滴。

　　见点滴已近结束,Bruce叫来护士帮着拔掉针头,凌欢一直双目浅合,似是倦得竭尽了全身气力,呼吸却深深浅浅。护士拔了针头,小心翼翼地从他鼻间抽掉胃管时,他眉头微微一拧,却又强忍着平复下眉心,看得年轻小护士的心也跟着紧了起来。

　　小护士收拾好各种管子,对Bruce建议道："你是病人的弟弟吗?病人已入院三天,现在不能洗澡,建议你给他擦擦身体,这样有助于病人入眠……"

　　话未说完,Bruce便见凌欢唇角剧烈地一抽。

　　"不用!"凌欢睁开刀子眼,狠狠斜了护士一眼,吓得小护士一哆嗦,破门而出。

　　Bruce在一边叹息着："早知道就留下葛薇姐了。"

　　凌欢一怔,用冰凉的手抚摸着自己的腿,手中的触感微凉,顺着血管,一直凉到肌肤的最深处。抬眼,远望窗外,眼神像是陈年的酒开了封,酒香夹杂着多年前的味道,氤氲着,弥漫在整个屋子。Bruce闻不懂这酒,却知道,这酒曾是他们船长很重要的一味心灵药剂。

　　那是多久前的事情了?

　　凌欢的手指轻捻:十年,十一年,十二年,十三年,似乎,那还是十三年前。

　　十三年前那一头黑色的马尾和自己朽木一般的身躯,凌欢记忆犹新。

Bruce知道,这种心情他无论如何也无法体会,便无聊地摸出手机,打电话给葛薇,电话的回音却是"对不起,您拨打的电话正在通话中"。

"Cici呀,你写的文案写好了吗?我是雅多营销的Ada。"

电话那头如是说。

"我……"

葛薇一面编织着自己的借口,一面心里想着,总不能直接问,你们是骗创意和文案的吗?

"这几天面试了很多人,我觉得你不错,但是你也要有作品呀。"Ada的声音有着南方女孩特有的那种滑软和清甜。

"可是,我不是应聘写手,是应聘策划的。"葛薇尽量委婉地说道。

"写出来我们才知道你对文案的鉴别能力呀。"Ada继续说。

葛薇答应着,放下手机就去了水果摊。上海的消费比北京高很多,这是葛薇第一次去买水果。

待到段峰下班回家,葛薇一个箭步冲上前去,递上一个大石榴,笑到面部肌肉酸痛。

"你怎么知道我喜欢吃石榴?"段峰将石榴一把攥在大手上,往空中抛几下,"我家场院里就有棵石榴树,石榴可甜了,旁边还有棵香椿树,我妈炒的香椿鸡蛋……"

葛薇赶紧打断:"你确定你们公司最近在招人?"

段峰挠挠脑门:"你们部门嘛,招了几个实习生。"

实习生?那是不是意味着,不会再招自己?毕竟实习生价钱低得多。

葛薇越发狐疑,摸出自己的手机,方才发现,此时已是晚上十点,小洁早已睡下。

这种事情,她是坚决不会问父母来增加他们的牵挂的。

北京的学姐竟在这时候关机,或许是已经睡下。

葛薇忽然觉得，自己像是一个迷路的孩子，周围的人都是与自己不相干的，她拼命摇晃他们的大腿，他们却无动于衷。相干的人，则要么在远方，要么正在忙更重要的事，孤零零的自己，站在人的森林中，一片茫然，仿佛被整个世界抛在身后了。

除了为数不多的朋友，她还能找谁？

葛薇深呼吸一口，闭上眼睛，蜷缩在床上，努力用自己单纯得可怜的人生经历分析着，丝毫没有头绪。反而，那个卧病在床的男人恹恹的病容在她的脑海间扩散开来。

或许，从资历和专业水准上来看，他才是最能帮助自己的人。

葛薇努力压制着自己的这个想法——他已经睡下了吧？即便没睡下，他连说话都有气无力，怎么好让他再为自己操心。

葛薇抚摸着手机，正犹豫着，铃声响起，Bruce欢快的声音从电话那头传来："葛薇姐，你现在是到家了，还是被劫色中？"

葛薇终于将话咽回肚中："当然到家了，你快挂了吧，别……别影响你们船长休息。"

Bruce看了一眼凌欢，笑道："喂，有话对我们船长说吗？"

葛薇犹豫了一下。

"没……没有，我挂了。"说完之后，葛薇迅速挂断，同时，给自己做了一个坚强的决定。

第二天一大早，葛薇六点便醒来，有心事的时候，她从来都是少眠的。文案的内容并不难，葛薇将一些网站上的内容复制粘贴，微微润色一下，一个文案便华丽生成。

葛薇将文案的邮件发给Ada之后，Ada居然亲自来电："一个小时之后，我们的HR（人事）会给你来电话。"

放下电话之后，葛薇先是喜上眉梢，继而笑容凝固：这工作会不会来得太容易了？

葛薇抱着手机开始等，一个小时，两个小时，手机依旧没半点儿动静。

一种彻骨的疲惫涌上葛薇的心头，涌上她的四肢百骸。十月，自己马不停蹄地从北京赶来,跨越南北两方,不停地奔走,不停地熬夜,此刻,事情就像一把剑劈来,让葛薇整个人都松懈下来。

"有的是机会,工作还可以再找。"葛薇开始看动漫,"这是一件好事啊,我工作都四年多了,终于闲下来,该在江南水乡转一转呀,苏州、杭州、无锡、南京……"

葛薇自我安慰着,一阵铃声却将她刚勾画出的江南图变成泡影:"你好,是葛薇小姐吗?我是雅多营销的HR(英文差的葛薇一头雾水,什么R?),恭喜你已成为雅多的一员,我们是美企……"

月薪五千,转正后六千,试用期两个月。

一时间,葛薇竟不知道自己是喜是忧。

并不是自己想象中的行业,不是策划广告,而是策划网络广告,可是,这是外企啊,而且,录取通知都已抵达自己的邮箱,薪水也合自己的要求。

葛薇有种丢盔弃甲的冲动。

真的,暂时不做广告,只做运营了吗?

葛薇犹豫着。

三个月后,那个冷漠的男人也只是给自己一个面试的机会,未来,不好把握,现在,命运却是在自己的手中……

葛薇纠结着,胃里竟十分配合地低唱起来。

又要支出了。

葛薇心痛地将钱包里的钞票一张张舒展开。来上海半个月,每日的花销如流水,吃、用、房租、面试用的衣服……

葛薇觉得,自己真的要沦陷了。

"先安顿下来吧,一边工作着,一边继续学习广告,我绝不会放弃。"葛薇穿上自己在颠簸中苍老下去的柔软羊皮鞋,心中暗暗发着誓。

她将各种证书复印完毕之后,打开刚买的书——凌欢的指定书目。

工作四年多,头一次放长假,匆匆奔波,奔波着通往下一场奔波,假期就这样草草结束。

葛薇笑不出来，半个月前来到上海时候的场景历历在目：被北京的黄牛党所骗，买了最慢的火车票；车上鱼龙混杂，呼吸着脏乱的空气坐了一夜加一上午；下车后弯着背，拖着两个最大号的行李箱，外加一个被被子塞得鼓鼓囊囊的编织袋，一个人咬牙拖下火车，蹒跚前行。十月一日，许是大家太匆忙，竟没有一个人帮忙——葛薇唯一的朋友小洁和未婚夫回家订婚了。葛薇撑着酸痛到几乎麻掉的手臂在坡行路上前行，脸上、眉毛上、头发上全是汗。当她将全部家当拖出火车站之后，却没有出租车肯载她，原来，她竟走错了方向。背负着一堆行李到反方向，依旧没有人肯载她，问路时，反而遇到一个四十多岁的本地男人将她的编织袋扬出两米开外，原因是挡路。葛薇也不恼，捡起编织袋继续打车，终于坐上一辆腿残者的三轮车回到出租屋，可是，回到门外却发现，钥匙已在慌乱中遗失了……

葛薇望着自己的纯英文录取通知，打老妈的手机，老妈正在超市购物，一如既往地伤她自尊："通过试用期再说吧。"

打父亲的电话，在机关工作的父亲此刻正在乡镇出差。得到外企录取的通知，曾强烈反对的父亲不动声色地说："找到工作就好。"

葛薇忐忑地说："可是我英文不好。"

"只要是你想做的事，你从来都能做好。"父亲说。

葛薇的眼圈红晕开来。

二十七年以来，这是葛薇第三次得到表扬。

第一次，是她把自己从一百五十多斤的小胖猪减到正常体重的时候。那年，葛薇清晰地记得是大二寒假，父亲说："原来我姑娘比林心如还漂亮。"

第二次，是她出版第一本书的时候，父亲说："我姑娘也能出书了，才二十五岁。"

想着想着，葛薇终于累了。

一觉到天亮，似乎是周末，隔壁的段峰虽没有冲锋陷阵般洗漱关门，早上七点半却起床将共用的洗衣机开得震天响，一双大拖鞋在客厅里"嗒嗒嗒"，似乎是出门买菜，回来之后，一件件将东西放入冰箱，洗米、洗菜、炒菜、拖地……

葛薇忍无可忍，披上衣服，打开门说道："你可不可以脚步声轻一点儿？"

段峰健康色泽的皮肤在客厅幽暗的光线下越发显得质朴："反正都醒了，一起吃午饭吧！"

葛薇本能地拒绝着："不吃了，我一会儿要出门，谢谢你。"

周一，她一大早乘公交车赶到绿色的公司，刚签完合同，旁边的实习生Queen便酸溜溜地瞪了自己一眼，指着葛薇对另一个实习生愤愤地说道："喂，她正式的啊。"

葛薇微笑道："我岁数大。"

是的，上司Ada都比葛薇小一岁。

"我看她和你差不多大啊。"

另一个实习生和Queen玩笑道。

Queen冷冷地用眼珠直剜了葛薇一眼，恨不得眼光变成硫酸。

之后，俩人再也没说一句话。

不知不觉，已折腾到中午，葛薇独自去楼下的快餐店吃过午饭，回来后，正熟悉着部门的PPT简介，一个和煦而绅士味十足的声音滑过她的耳畔："Ada，带领你麾下战将们到会议室，头脑风暴开始了。"

葛薇循声望去，看到一个挺拔高直的背影。

随着一帮人进入会议室，坐定之后，一干人开始小声议论着，或者双眼盯着屏幕。葛薇打量了一周，抱着一个刚领到的摘抄本，心里疑惑着：为什么会议还没开始？

葛薇悄悄打量着周围的人：穿休闲的似乎和自己一样，是普通的员工，穿修身职业装的似乎是部门领导之类，自己的上司Ada一身黑T恤显得很干练，可是，她也在沉默着，似乎并没有人要主持这场头脑风暴。

那个挺拔高直的人物似乎不在会议室中。

"钟总请大家喝咖啡，大家慢用啊。"正在这时，一个身穿制服的年轻男孩带着笑脸走来。

"好棒，有我喜欢的焦糖玛奇朵！钟总太棒了！"

"我要摩卡!"

"我减肥,有美式吗?钟总太善解人意啦!"

大家纷纷挑自己喜欢的,葛薇没有听清名字,隐约觉得是那个背影的主人。

咖啡的香气瞬间在整个会议室弥散开来。

不知等了多久,待整个会议室溢满阳光的时候,一个身材高大的男人边挂手机边往里走,右排的人纷纷挪椅子给他让出空间。看那身材,似乎是刚才的那个背影。

当他坐在右排第一个位置时候,葛薇这才看见这人的正脸:三十三四岁的年纪,意气风发的面庞,温润而内涵丰富的眸子,笑得和煦的唇角。

他如春风,却在烈烈阳光中出现,他的笑炫目得让人睁不开眼。会议室的窗帘迅速被拉上,他的五官终于更加清晰了,当真是品貌不凡。

"不好意思,刚接了个电话。"

那人摊手。

他衣架子似的身材裹在熨烫得平整的西装白衬衣内,衬衣上的蓝色细纹显得他优雅而不失严谨。

"嗯,有新成员加盟?"

那男人坐下之后,微笑着,一扬修长平齐的眉,眉宇间那股平易之气舒展着。

Ada几乎是自豪地介绍着:"这是我们WOM部门新来的文案策划,Cici。"

那男人带头鼓掌,葛薇微微站起身鞠躬,脸唰地红了。

接下来,众人便开始讨论项目。葛薇没有接触过这个项目,有些听不懂,众人越议论越激烈。葛薇出于习惯,像之前在出版社开会似的,迷迷糊糊、不能自已地闭上了眼睛。

"Cici,你有什么想法吗?"那男人似乎是很认真地在问。

"我?"葛薇从梦中惊醒,大眼睛瞪得像圆溜溜的葡萄。

"凯美置地需要策划一个帖子,能引起公众争议、吸引公众眼球的，但是不能被当成广告，宣传一定要具有软性。"那男人介绍道。

葛薇继续强瞪着大眼睛，以表示自己很精神："如果是持续发酵的事件，一般情况下得是坏事，或者是有争议的事，我有两个想法，第一个想法是漫威电影+票房对赌协议。最近漫威的新电影争议很大，我觉得用电影影业老总和凯美电影院的对赌协议，配合漫威新出的电影吐槽影评，就可以带出对凯美的宣传了。第二个建议就是炒凯美老总的成功名言。采访凯美老总，让他说一句励志名言，然后在各大平台炒作这句名言，当然这句名言是有争议性的。"

葛薇努力让自己显得神清气爽，事实上脑子早已困得停止了思维。

竟然有几个看似领导的同事为这个创意点头。

"两个建议都有可行性啊，中国人最喜欢的就是看热闹，两位老总的对赌协议，相信还是有一定的事件效应的，至于第二个，操作起来会比较烧经费，所以可行与否还得进一步论证。"

有着和煦笑容的男人似是仔细思忖了一番，有条不紊地缓缓总结着。

策划主管已经将这个方案敲入自己的文档。

接下来，众人继续讨论，葛薇因为得到鼓励，稍微清醒了些。可是，下面的内容却与她的意见大相径庭，葛薇方才明白，众人一致倾向策划一个猜楼盘的活动，猜中了指定的楼盘，便有光棍节的电影票相赠——一部莫名其妙的国产片。

葛薇自知自己是新来的，便沉默着，一边强忍着质疑的冲动，一边象征性地记录着，却听又有人问："Cici有什么意见？"

葛薇抬头，发现发问的还是主持这场会议的那个男人。

"我……"

葛薇似乎听说美企不像中国的那些国企、事业单位那般不准有不同的声音，犹豫了一下，说道："一定要赠送国产电影票吗？"

气氛变得有些异样。

那男人点头，唇角微挑着，一双温柔的双瞳暖暖地望着她，似乎在期许着，像是早已洞悉一切。

"因为……大部分国产片并不擅长产生视觉震撼效果,所以,许多并不宽裕的年轻人会选择看国外大片,而且,这部国产片的档期和大片《愤怒的魔法石》冲突,我怕因为这种太商业化的投票会让参与者失去兴趣,进而让大家觉得不如在网上看盗版视频。更何况,现在很多网站的国产片都有九块九折扣价,怕是吸引力……达不到十分理想的状态。"葛薇努力让自己表达得含蓄一些,说完之后却发现,自己说得竟毫不留情面。

那男人依旧微笑,另一个部门的人却打断说道:"马导在中国的票房号召力还是有的,多年的贺岁片票房不是证明了这一切吗?另外,特殊的日子里,电影票并不好买,这个问题你不必担心。"

"这样呀。"

葛薇表示歉意地笑笑,见这事已成既定事实,便不再多嘴。

会议继续进行着,之后再也没人征询葛薇的意见,她下意识地觉得自己已得罪了人。

葛薇浑身开始不自在:头发痒,脚底热,重要的是,她突然想起,自己今天几乎没有化妆。她暗自自卑着,待到会议结束之后,回到自己的位子时,忽然觉得天都暗了。

"Cici,这是一个关于教育方面的案子,你策划一下论坛、博客的话题方向。"会后,Ada立刻吩咐道。

葛薇终于意识到,自己不再是产品的营销和电视、平面广告策划者,而成了广告帖子的策划人。

难度并不大,葛薇用两个小时轻松搞定,之后传给Ada。Ada浏览了三遍,挑不出什么毛病,只得说:"蛮可以的。"于是,她的第一天上班生涯就此结束。

夕阳刚落下,华灯初上。霓虹灯把淮海路照耀得花里胡哨,瑰色的霓虹灯光照在人的脸上,人就像喝了酒一般,面色绯红。路过水池,路过一大会址,身边来来回回的外国人竟比中国人还要多。

每走过一个红绿灯处,葛薇便有幸看到一个理直气壮闯红灯的老外,有的是自己走,有的是领着中国女友一起闯。葛薇庆幸自己的公司在著名的淮海路附近——这个著名的商业区，想起自己的工作，竟不知道自己的选择是对是错。

路过淮海路的太平洋百货时，又是一个红绿灯。站在一群等绿灯的人当中，葛薇凝望着前方蓝色光晕闪耀的建筑物，竟忍不住想起某人那张蓝色的章鱼老板桌。

不知道，凌欢现在怎样了……

她想起凌欢那日的惨白脸色和他鼻子里插入的胃管，一阵凉飕飕的秋风吹来，冻得她打了个寒战。

葛薇走到公交车站台，意外发现了一趟去医院的公交，正犹豫着，这趟公交已晃晃悠悠到站，葛薇心下一顿，被一波人流簇拥着上了车。

半小时之后，葛薇站在病房门口，带着白日里的疑惑敲门，门内的那个人似乎心情稍微好了些，轻轻说道："进来。"

葛薇推门而入，只见凌欢正坐在床上，一面用闲着的一只手敲打着键盘，另一只手虽是手腕处扎着点滴针，偶尔还会配合一下右手。

今天，他的睡衣是浅紫色的，锁骨在衣领下若隐若现，要不是见识过他骨骼刚硬的手臂，葛薇会误以为那精瘦的身躯甚是单薄。

不像上次那般虚弱，他腰杆挺直，坐亦如松。

第五章 转角处的邂逅

陷阱和邂逅总是无处不在的，有多少陷阱就有多少邂逅，有多少邂逅就有多少危险。

葛薇打量着那转好的脸色，忍不住盯着那手腕问道："你不怕点滴回血吗？我……有事想请教你。"

凌欢似乎正忙着处理公事，也没看她，淡淡地说道："等下。"

葛薇只得坐在床边的椅子上，抱着包打量着他。她很好奇凌欢在忙些什么，更好奇4A广告公司需要做什么，却不敢去打扰，干脆摸出凌欢曾经推荐过的一本广告教材，兀自低头研读着，偶尔翻页。凌欢无暇顾及她，盯着电脑屏幕，偶尔敲几下键盘，两个人默契得竟像是熟识了许久。

墙上的时钟轻轻嘀嗒不止，有规律的，怦怦的，像人的心跳声。窗外的晚风刮着花园里偶尔落下的叶子，空气湿而冷，窗内似有一股春流微微暗涌。

敲击键盘声、呼吸声、心跳声……

二十分钟之后，凌欢噼里啪啦将键盘敲得飞快，甚至忘记了自己手上的点滴，葛薇忍不住抬头，却见凌欢松手，再看一眼剩下不足三分之一的点滴，随手扯下，斜了一眼葛薇："你先出去。"

葛薇没有立刻会意，心底狠狠一疼，肩膀微微一缩，"嗖"地从凳子上站起来，一双大眼睛巴巴地望着凌欢："赶我走吗？我还没请教你问题。"

公司刚接到一个大单子，凌欢心情并不太坏，瞟一眼葛薇，唇角闪过一丝揶揄。

下一刻，凌欢迅速解开睡衣的上数第一颗和第二颗纽扣，葛薇尚未反应过来之时，凌欢已撩起睡衣，浅紫色的睡衣在须臾间铺在床上，肋骨分明的男人精瘦的上身完全展现在葛薇面前。

"难道你不该回避？"

凌欢挑衅地瞪了葛薇一眼，掀开被子。

葛薇打量着凌欢结实的胸肌,通红着一张脸气呼呼地转身跑出去,门被"轰隆"一声关掉的那刻,凌欢听到一个心虚的声音:"你有本事全脱!"

凌欢心情大好,换上黑T恤和长裤,胡乱地将睡衣和笔记本往包里一塞,随意往肩头一甩,走出病房,见葛薇在不远处徘徊着,轻轻喊一声:"喂,我穿好了。"

葛薇觉得回头也不是,不回头也不是,站在原地。

凌欢走上前来,淡淡地冲门口一指:"吃饭去。"

葛薇还没反应过来,一只大手已将她的手放在他结实的手臂上,葛薇刚要挣扎,却见一个小护士迎上来,一脸的关切:"凌先生,你不是在打点滴吗?你这是要逃院吗?"

葛薇一怔,忍笑,探下头时,只觉得凌欢的呼吸微微扑落在自己的脖颈上,呼吸并不热,葛薇的脸却烫起来。

凌欢往病房的方向一指:"我是他的双胞胎弟弟。"

"啊?"护士开始仰头端详凌欢。

凌欢一脸不屑地继续往前走:"带我女朋友来看他。"

护士侧着脑袋端详着,一边还自言自语:"好像真的不是,他住院好几天似乎都没有女朋友陪着。"

凌欢不紧不慢地和葛薇在走廊上走着,走到拐角处时,葛薇迅速抽下凌欢手臂上的手,惊叹着:"看不出,你损人入木三分,说谎也技高一筹啊!"

正说着,小护士追上来:"凌先生你别跑,你至少再住三天观察观察啊……"

葛薇只觉得自己像小狗一样被牵着胳膊,疯跑起来。

躲开走廊上的护士和坐轮椅的老爷子,穿过推在走廊上的病床和提着各种营养品的探视者,两个人跑出住院部,躲开各式各色的汽车,跑到门口时,穿了一身休闲装的葛薇已经气喘吁吁。葛薇读书的时候参加过长跑比赛,也参加过篮球赛,像凌欢这种速度跑完却面不改色的,男生中也罕见,可是,刚出医院门口,只见凌欢捂着右胸处，脚步停了下来。

葛薇上气不接下气，呼呼喘着："很……很痛吗？要不，回……医院吧！"

凌欢清冽的刀子眼一飞。

一只大手迅速从胸前挪开，直起身，凌欢一挥手，一辆出租车停在两个人面前。

"南京路，汉朝酒店。"

凌欢说着，打开车门，一仰头，示意葛薇先进入，葛薇依言坐了进去，凌欢在下一秒并肩坐在葛薇身旁，出租车开动，葛薇开口道："我有事想请教你。"

凌欢望着前方的路，不冷不热地说："先吃饭。"

葛薇只得缄口。

忽然，她想起自己上次的裙子还是眼前这人所赠，葛薇咬牙说道："那我请你。"

凌欢白了她一眼："我从不让女人买单。"说完，往前方随意一望，神态随即大变，一张英俊的脸上肌肉微微抽搐着，双目圆瞪，一如发现了令他最难以置信的事实。

葛薇虽然感觉不到前方的那人对凌欢的心灵造成了多大的震撼，只是，她似乎觉得，自己的周围已燃烧了起来，不是烈火，而是冰火，冰得她内心瑟缩着，人也怯懦着。

"停车！"

凌欢的声音已走调。

司机被这变调的声音吓了一下，车还没刹稳，凌欢便已开门飞身出去。葛薇看到，凌欢跳过低矮的人行道栅栏，似乎是控制着自己手上的力度，却一把按住那个女孩的肩头。

女孩有几乎及腰的长发，娇小的骨骼，修长的腿裹在铅笔裤中，显得越发线条动人。

葛薇不由伸手摸一下自己的小辫子，低头看一眼自己并不纤细的腿。

然而，凌欢按住女孩的一刹那，空气中的冰与火的燃烧已经熄灭，像汽车迅速熄火一般，葛薇听到那冰冷的声音透出一种掩饰不住的沉甸甸的失落感："认错人了。"

女孩子先是打了个冷战，然后，似乎恋恋不舍地说道："没事。"离开时，似乎还回望了一眼。

凌欢站在原地，一言不发。

"喂，你还走不走了？"

出租车司机叫嚷起来。

葛薇默默数着数："1，2，3，4，5……"

数到30的时候，凌欢转身，依旧是那张面瘫脸，苍白的脸上却瞬间蒙上了一层阴霾。

路程并不远，一路上，两个人一言不发，待到下车时，发现自己又绕回了淮海路。葛薇尾巴一样跟在他身后进了一家餐厅，浅紫色的水晶吊灯一圈圈在上方微微闪烁着幽光，因为不是用餐高峰期，窗口意外有空座，两个人面对面坐下，拿到菜单之后，凌欢径自开点："野菌焗豆腐、荷风蒲烧鳗、奶油胛力牛排陶板、黄袍加身、唐风鸭舌，伯爵红茶。"

葛薇本以为自己已被取消参与权，却见凌欢抬头："我的点完了，该你了。"

葛薇摇头："已经够了。"

凌欢自作主张地对服务生说："再来一杯奶茶，油爆虾、照烧鸡翅，饭后甜点上一份抹茶番薯冰激凌。"

葛薇急忙拒绝着："可以将甜品和照烧鸡翅换成照烧鸡排汤面吗？你胃刚好，吃点儿面比较舒服。"

凌欢一愣，将菜单还给服务生："一杯奶茶，油爆虾、照烧鸡翅，抹茶番薯冰激凌，鸡排面。"

葛薇只觉得肉疼，庆幸不是自己埋单，这时候，凌欢似乎认真地说："找我有什么事？"

葛薇知道凌欢因为刚才的事情绪欠佳，便犹豫着不知该不该开口。

"我不喜欢别人吊我胃口。"凌欢说。

葛薇便开口说:"我已经有新的工作了。"

两杯奶茶端上,凌欢轻轻搅拌着。

"一家美企,有一百多人,似乎北京还有分公司,月薪六千,似乎硬件也还可以,可是,它不算严格意义上的广告业,是做运营广告的。"葛薇说着说着,便心虚得没再说下去。

"做WOM?"凌欢淡淡地问。

葛薇点头。

"为什么不去广告公司?"凌欢的声音似乎是在强压着火气。

"我进去之前不知道是去做运营的,以为广告都差不多,而且,我来到上海已经半个多月,心里有点儿……"

凌欢拿银勺轻轻地搅拌着红茶,似乎想起什么事,脸色突然就黑得像是被人杀妻夺子了一般。

"你们女人都这样没有骨气吗?"凌欢猛饮一口奶茶,像是质问一般。

没骨气?

葛薇只觉得心被狠狠地捅入一刀。

"我!我没骨气?我都二十七岁了,如果不坚持,我早就回老家了。现在一个人来到一个陌生的城市,压力很大,你知道吗?你看上去养尊处优的,穷人家的孩子怎么想的、怎么过的,你了解吗?"葛薇一面说着,今年的经历一幕幕电影般闪现在自己眼前:被取出来的一张张存折,在北京时连下水道都不通的宿舍,笨重的行李,烈日下的迷路,一次次被用人单位拒绝……"你心情不好是吧!那就当别人是出气筒吗?"

凌欢打量着葛薇明显年轻于实际年纪的白皙皮肤,她依旧像个学生,眼神干净、倔强,皮肤是透明的白,白得明润。

凌欢道:"穷人?你?"

葛薇一愣,冷笑。每次见他,是的,直到今年之前,葛薇还以为自己是生活在一个多么优越的家庭。

"我多希望我不是。"葛薇喃喃道。

凌欢盯着那双疲惫的大眼睛，再次肯定了第一次见她时的判断，不由怜惜地揣测着她身上究竟发生了什么。

葛薇见他沉默，似乎事不关己一般，敏感的心于一刹那爆发："本来还想请教你，我看错你了！"

说完，葛薇再次拎包便跑，下电梯，跑出那座大楼，走几步，公交车应景地出现。葛薇方才发现，这里离自己的公司竟出奇得近。

葛薇气呼呼地上车，抓着公交车把手，刚行驶一站，因为人少，司机竟用呱啦呱啦的上海话报站。

葛薇努力分辨着司机口中的每一个字，没有听懂。景色在流动，十分眼熟。

似乎是……淮海路？葛薇习惯性地发现，自己又坐反了方向。下一站到站，下车，肚子竟在这时候"咕咕"叫起来，葛薇甩开大步向前走，走着走着，不知怎么就穿入一条陌生的小巷，她又一次迷路。

这一天晚上，气温突然降了下来。秋风萧瑟之感，草木摇落露为霜。凉风钻入她的脖颈，她的脊背因生气而津津生着汗，整个人却颤抖不已。

她小跑起来。

跑了几步，忽然看到一个橘红色店面的面馆，上书"川子小店面馆"，葛薇便走了进去。

进门，暖融融、安静舒缓的音乐便柔柔地飘入她的耳朵：

　　城里的月光把梦照亮，
　　请温暖他心房，
　　看透了人间聚散，
　　能不能多点快乐片段……

葛薇依稀记起，大学时候和一帮好姐妹捧着爆米花在KTV唱歌时，似乎总有人抢唱这首许美静的《城里的月光》。几个女孩子拽着一个麦克，笑着、闹着，秀自以为甜美的嗓音，青春稚气的脸上，笑容无忧无虑……葛薇立刻喜欢上了这个贴着砖墙纸的温暖面馆。

"有乌冬面？"葛薇盯着墙上的菜单，一阵惊喜，发现乌冬面比普通面多出两块的价格，又忍不住让她一牵眉头。

"一碗滑肉面。"葛薇搓几下又凉又湿的双手，凑到唇边呵一口热气说道。

"要乌冬面还是要普通的面？"素颜却不失美丽的老板娘笑容可掬。

"普通的。"葛薇说完，抱着瑟瑟发抖的肩膀在角落里坐下，一面将凉丝丝的手捂在唇边继续呵着热气，刚坐下，听到一个似乎白天听到过的温润男中音轻轻传入鼓膜："老板，来一碗滑肉乌冬面。"

声音温厚，暖洋洋的，即便在冷风寒夜，也像午后的奶茶一般，牛奶的滋味，掺杂着红茶的香气和阳光。

"来了啊，呵呵。"穿着围裙的老板娘一面手中继续摆弄着刚入锅的面条，一面冲着那人绽出熟人间的笑容，"这几天经常这时候来，工作很忙吗？"

"还好了，因为这时候来你们家才不用等位子呀。"那人温厚地浅笑着，在整个店面最显著的位置优雅缓慢地入座，葛薇打量了一眼，望着那西装工整的笔挺后背，想起一个词：伟岸。

"叔叔，来了啊！"一个看上去不过十二三岁的瘦小男孩子一面剁菜，一面自然地打着招呼，语气像是在街上走时遇到了自己崇拜的隔壁邻居。

"来了呀，小伙子真勤快，你妈好福气！"那人语气平易近人得像是最温柔的贵族。

葛薇方才意识到，这人竟是公司的高层，而自己，则是误打误撞，莫名其妙地闯入高层的用膳领地。

这下糟了。葛薇将脑袋深深地埋下去，头恨不能钻到桌子底下，呼吸声也嫌大了，生怕被发现。

葛薇突然有一种抱头鼠窜、逃之夭夭的冲动。

打量一下前面,面早已下锅,滑肉也已经放入橘色的碗中,小伙子也已开始加料:雪菜、葱花、香菜……

逃,腹中早已饥肠辘辘;不逃,场面实在尴尬。

老板娘已经麻利地将面倒入碗中。

"小姑娘,你的滑肉面好了啊。"老板将面端到长柜上,笑得让人有一种宾至如归的感觉,这不重要,重要的是,葛薇方才发现,原来这家店是要自己到前方柜台去取餐的。

"小姑娘,面好了哦!"老板娘见葛薇迟迟不肯过来,又微笑着提醒了一遍。

葛薇这才慢慢起身。

心虚的感觉,一如多年前那个丁香花绽放的时节遇见她暗恋的男神。可惜的是,当年是丁香花的味道洒满整个校园,今晚则是屋外冷风在凉湿的空气中游荡。

经过那个背影的时候,葛薇忽然想起,早在许多年之前,自己有一个对付不想打招呼的男生的绝招——装瞎,故作心事重重,然后,一双大眼睛游离不定,不知道眼神恍惚于何方,然后——整个世界都隔离了,即便被打招呼,自己也有托词:我刚才在想事情。

那男人离柜台并不远,经过他的背影,便要走到柜台前了:新鲜的雪菜、大块大块鲜嫩粉红的猪肉、鲜绿的葱花、干净的汤底和微红的辣油。

> 每个深夜某一个地方,
> 总有着最深的思量,
> 世间万千的变幻,
> 爱把有情的人分两端,
> 心若知道灵犀的方向,
> 哪怕不能够朝夕相伴……

许美静的歌声如雪丽糕一般绵软着飘进耳朵,葛薇拒绝不了这清幽的嗓音，也控制不了自己的后怕。

她小心地用双手捧住大碗，转身，迎上一个春日午后般的笑容。

葛薇正故意眼神恍惚，开始装瞎。

"嗨，Cici，好巧啊。"

真不愧是领导，很快就记住了新人的名字，葛薇只得微笑："你好呀！"打完招呼之后，竟发现自己连这个公司高层的名字是什么都一无所知。

"坐。"

那男人挥手示意，葛薇拘谨地在他对面坐下，忐忑地垂着头，那男人笑着将筷子递给她，说："第一天来，已经被很多名字搞晕了吧？我是Akira，钟少航。"

葛薇接过筷子，紧张地自我介绍着："我是Cici，葛薇。"

"茜茜公主？"钟少航笑问。

"不是，我的第一个网名叫嘻嘻，因为我总喜欢笑，所以就是Cici了。"葛薇诚惶诚恐地回答着。

"不是喜欢笑吗，怎么不笑呢？"钟少航笑着问道，"是不是毕业之后，一切和学校差别很大？"

葛薇苦笑："我毕业近五年了。"

钟少航略显吃惊，打量了葛薇一眼："不像，你最多像二十四五岁。"

葛薇微笑，皮肤白皙细腻，算是她最大的成就："谢谢。"

正说着，老板娘笑喊："滑肉乌冬面好了！"

钟少航起身，端来面碗，顺便将面纸的小盒子递给葛薇，这间店的每个面纸盒子上都有一个可爱的笑脸，让人心情愉快。

两个人开吃。钟少航的吃相一如长相般文雅，葛薇见他吃相斯文，也便不敢造次，一紧张，"啪"的一声，面汤溅入她的眼睛。面汤中有辣油，痛得葛薇急忙放下筷子，去取隐形眼镜。

"Cici，你怎么了？"钟少航急忙问。

"没事。"葛薇站起身，捂着眼睛到柜台前，"老板娘，可以给点清水吗？"

老板娘急忙接来一碗清水，葛薇蘸着水冲过之后，眼睛的热辣感消失，钟少航站起身，走到葛薇面前，轻轻地触摸着她的颧骨问："真的没事了吗？"

"没事，我可是金刚不坏之身。"葛薇不在乎地回答道。

"就算你是金刚，也没有火眼金睛……"

正在这时候，店门"吱呀"一声响，葛薇一扭头，心下一凉。原来，来人不是别人，正是自己的女上司Ada。Ada本是笑挽着公司另一个部门女同事的胳膊，见到这场景，笑容定格在脸上。

第六章 恋恋红尘色

葛薇的公司高层是一位三十四五岁的成熟男人，英俊潇洒，风度翩翩，对周围的每一个年轻女孩子都很殷勤而绅士。他有一个嗜好：和年轻貌美的女孩子玩暧昧。

"Akira？"

"Cici？"

Ada打量着这两个本该"纵使相逢应不识"的人，此刻，钟少航的手尚且停留在葛薇的颊上。

优雅艺术家般的大手紧贴着白皙的皮肤。

Ada连同一起来的女孩一律盯着那手，惊得下巴都要脱臼似的。

钟少航十分自然地将手从葛薇的脸上挪下，冲着来人笑得一脸温柔："这么多美女？Ada正好，你家的小姑娘眼睛进了点油，你给看看。"

Ada忙坐在葛薇身边，比画着轻吹着热气："Cici，你还好吧？"

"没事没事！"葛薇摇头，"已经用水洗过了。"

正在点餐的Ada的同伴Susan忍不住回头望了一眼，葛薇的双眼中依旧有红血丝。

"Ada，Cici在德国留过学吗？"Susan笑容可掬地走来。

Ada尚未领悟："你说什么？"

"哦，我是说，Cici是007毕业的吗？刚来就打探到公司第一帅哥的用膳地点了呢。"Susan笑着说。

葛薇的手指开始冒冷汗："其实，我是和朋友吵了架，迷路走到这里来的……"

"和男朋友吵架了？"Susan用纸巾轻轻擦拭着溅了几滴汤油的桌面，微笑着问。

钟少航不动声色地望了葛薇一眼。

"不，不是男朋友……"葛薇想起凌欢冷得刀子似的眼，不由得打了个寒战。

"不是朋友,那就更犯不上吵架了,是吧?所以,苦肉计都用上了吗?"不知怎么,Susan的口气在葛薇听来有一种特别鄙夷的嘲讽意味,就连她扫过自己的眼神都有了一种针刺般的锋芒。她似乎是上海女人的一个典型,衣着优雅,笑容婉约,但是在接触的刹那,葛薇总能感觉到那精致笑容后面精明的算盘声,短短的几个瞬间,她就能给你打出身份分、竞争分、潜力分,如果你低于她的起评分,那她看你的眼神几乎都是从头顶绕过去的。

这种情况下,葛薇深知自己唯一保身的机会便是示弱。如此想着,葛薇努力让自己保持谦和无害的微笑。

"蓝颜知己?"

Ada也打趣道,正要说下去,一个电话打过来,似乎是客户,她便去忙自己的了。

"不是不是。"葛薇依旧谦逊地微笑着,胡乱搅拌着面条。葛薇忽又想起那句"你们女人都这样没有骨气吗",眼神也影影绰绰的。

钟少航笑着问:"对了,Susan,什么时候喝你的喜酒?"

Susan略带嘲讽的脸忽然低垂下来,似乎要仔细观察那原木质地的桌子上究竟有多少花纹一般,仔细思索了几秒后,淡淡答道:"不急。"

钟少航十分虔诚地望着Susan,款款地说:"以大哥哥的身份,我劝你还是宜早不宜迟。"

Susan郑重地望着钟少航,索性坦露心事:"没有房子,怎么结婚?何况,他还像个小孩子似的,任性死了,而且,我感觉他女性朋友非常多,我怎么能安心嫁给他?"

钟少航略一思忖,认真地说:"男人嘛,你总不可能让他脱离这个社会。他也算是潜力股了,会有很多更年轻的小女孩想坐享其成,算起来,你们这些美女虽然比那些小姑娘们更有味道,但她们也有她们的魅力,为了你们顺利走向红毯,看准了,就嫁了吧。"

Susan欣然一笑,感激地说道:"Akira,谢谢你。"

葛薇黯然盯着面汤里粉嫩的肉片,不语。

Ada正忙着接一个客户的电话,两碗面端上来,钟少航绅士地将筷子递给新来的两位女士。葛薇此时已饿得前胸贴后背，不顾形象地抱起碗，大喝一口微辣的浓汤，抄起筷子就往嘴里填，钟少航笑看葛薇："我刚要说我喜欢你是寂静的，仿佛你消失了一样，你就用吃面的交响乐打破沉寂了。"

葛薇知道，这是智利诗人聂鲁达最经典的诗《我喜欢你是寂静的》中的诗篇。

葛薇抬头，看一眼钟少航，神情揶揄却不失庄重，眸子里充满美好，带着几分纯净水般的淡淡澄澈。

葛薇见他没有收回视线的意思，只得回敬："Akira，我受不起你坚贞的凝视。"

黑夜的窗外，冷风依旧呼啸热烈，行人纷纷低着头，缩着脖颈。屋内，那人像红茶一般，又像缓缓流过的温泉，无声，流淌。

葛薇吃饭神速，一分钟之内，已将面消灭得所剩无几，见上司Ada尚未吃完，便配合地捞碗里的雪菜，猛一看钟少航，发现他也已将面吃得干净，两个人相视一笑。两个苗条的女人吃了半碗就称饱了，钟少航埋单之后，笑着说："我请你们吃消夜。"

葛薇这才察觉，Ada今天来找钟少航是无事不登三宝殿。

Ada果然拍手道："好呀！Cici你去不去？"

显然是要去。

葛薇点头："去。"

Susan表示十分惋惜："唉，你们去吧，如果我回家晚了，男友该生气了。"

三人便出发，钟少航起身为女士们开门的时候，老板娘对儿子使了个眼色，那秀气的小伙子迅速从橱柜里掏出一包东西，不由分说地往钟少航的裤子口袋里塞："钟叔叔，我们家乡的茶，你们上班辛苦，喝茶提提神吧！"

葛薇一愣，Ada和Susan也吃惊地望着这个小伙子。

"叔叔不要，你和你妈也蛮辛苦的，你们喝吧。"钟少航笑着推给少年。

因为经常来光顾，就送客人茶叶？

葛薇开始在心里默默地算成本，却见那小伙子一意固执着，扳着钟少航的手不罢休："你帮了我们那么多，你不收，我们会过意不去的！"

钟少航只得收下，笑着说："谢谢你们。"下一刻，转头对Susan说，"不晚，一起去喝点东西吧。"

Susan十分为难地摊手拒绝。

钟少航不再挽留，对Ada和葛薇笑道："走，咱们去'代官山'吃甜点，Suan你也跟我们走，送你去地铁。"

葛薇突然觉得，那个店名十分耳熟。

莫不是……自己和凌欢吵架刚溜出的那家餐厅？

葛薇怯怯地望一眼钟少航。

"要不，咱们今天试家新的？"钟少航浅笑着。

"那里也蛮好的。"Ada尚未体会其中的含义。

葛薇便尾巴似的跟在两个女人身后，小心翼翼地上了钟少航银色的凯迪拉克，一面啃着手指头。

一路上，钟少航似乎心情不错，放着淡雅的德彪西钢琴曲《月光》，Susan下车之后，Ada大方地做主："Cici，想吃什么，让Akira请，他对美女从来都是很大方的！"

钟少航也顺水推舟："是啊，只要两位美女肯赏光。"

"对，吃饱了就该给你干活了。"Ada甩一把马尾，笑着说。

葛薇终于明白Ada来找钟少航的用意。

正犹豫着，汽车已驶入热闹的南京路。

十里南京路，一个新世界。走过新世界的时候，商家如是宣传。新世界的十一楼有家上海歌城，小洁曾带葛薇来唱歌，从观光梯一路上去，南京路的颜色慢慢地便尽收眼底，一派纸醉金迷、歌舞升平。

许多外地的游客最熟悉的大概就是这里和外滩，各种各样的竖着的霓虹广告牌赫然入目，大约亚洲能与其相媲美的怕只有香港和东京的涩谷街头。

泊车之后,葛薇乖巧地跟在两个人的身后,不声不响着。她清晰地记得,以前在北京的那家迂腐的小事业单位时,等级森严,界限分明,尽管这边十分民主,葛薇却依旧保留着以前的习惯。

"Ada美女是狐仙,身后还有条漂亮的尾巴。"钟少航转身笑着说。

被称为狐仙,Ada忍俊不禁。

这是葛薇今天第二次踏上这家商场的电梯。

进门,灯光依旧如丝绸,紫色的水晶吊坠在灯光下忽明忽幽。

葛薇故作漫不经心地扫一眼,窗边的那人依旧石像般地沉稳坐着。

葛薇心下一颤。

钟少航扫了一眼正襟危坐的那个神态严肃的男人,唇角轻轻一勾。

"坐那里吧!"Ada指着一处靠窗的位置。

所指位置的前方就是凌欢的桌子。

葛薇小心翼翼地垂下头。

"Cici,你以前来过这里吧?"Ada笑着坐到窗边。

葛薇微笑。

葛薇挨着Ada,钟少航与她们相对而坐,坐下之后,她的余光感觉到一个黑影在慢慢逼近。

黑影前移着、前移着,忽然,葛薇听到了一声几乎让她连隐形眼镜都要脱框而出的称呼。

葛薇听到,某个熟悉的声音简洁干脆地说:"师兄。"

师?兄?

葛薇和Ada面面相觑。

宿敌?兄长?半个恩师?情敌?甚至,同性恋人?

一个让人浮想联翩的称呼。

钟少航抬头微笑:"凌欢?"说着,起身拍拍凌欢的肩膀,"坐。"

凌欢不客气地坐在钟少航的身边,钟少航笑看一眼Ada,挥手介绍着:"这是我们WOM部门的主管,Ada,这是她部门新来的策划,Cici。"说完,挥手指向凌欢,"这是博籁广告的老板,凌欢。"

Ada双瞳放大,显然被这位老板的相貌镇住了,却没有忘记熟练地伸出手:"没想到你这么帅,一直以来都是和你们公司的周翎联系。"

　　凌欢淡然地冲Ada伸手:"周翎常提起你。"

　　葛薇这才知道自己的公司和白脸胃病男的公司是合作伙伴。

　　葛薇只得伸出被自己抠得血肉模糊的粗糙手指,凌欢出手时,她气急败坏地狠狠挠了凌欢微凉的掌心一记。

　　凌欢面不改色。

　　"周翎有提过我吗?是说我比较好说话,所以就总奴役我们吗?你看我们新来的小姑娘多漂亮,你们公司可得怜香惜玉呀!"Ada笑说。

　　凌欢瞪了葛薇一眼,略微一顿,淡淡地开口,却是语惊四座:"不要因为她是娇花就怜惜她。"

　　葛薇此时已麻木,摇头,这种态度,他每次见面不都如此嘛。

　　钟少航道:"凌欢啊,你这话说得,如果没有下句,我可得护着WOM的美女们了。"

　　至此,葛薇终于知道,原来Ada这次来找钟少航,竟多半是为了甲方的压力诉苦来了。

　　葛薇心中好奇起来:那个周翎到底是个什么人物?是手持铁鞭的老处女,是《穿普拉达的女王》中苛刻到近乎变态的铁娘子,还是《哈利·波特》里杀死小天狼星的变态女魔?

　　凌欢似乎认真思考了片刻:"作为慰劳,这顿我请。"

　　钟少航笑说:"我们吃过了,我是带姑娘们来吃甜点的。"

　　凌欢冲自己的那张桌子扬眉:"一桌子菜,刚点上。"

　　"自己吃?"钟少航探一眼葛薇,葛薇的脸唰地一热。

　　凌欢倒是反应快,看一眼对面:"刚好四个人。"

　　位置换到凌欢的桌上,钟少航打量着凌欢苍白的脸色,嘘寒问暖着:"瘦了呢,最近忙得没打篮球?别怪我这个师兄没提醒你,比起生命,神马都是浮云呢。"

　　钟少航一边谈笑风生,一边不着痕迹地疏通着Ada与那个胃病男的关系,葛薇因为之前被指责"没骨气",低头一言不发,直到凌欢瞥她一眼道:"你们刚来的姑娘好像很累。"

钟少航看一眼葛薇疲惫的神情,似乎设身考虑了一番:"还真是,葛薇,你要回去休息吗?"

葛薇心下一暖,乐得解脱:"确实,最近四处找工作,很久没有睡个好觉了。"

钟少航似乎认真忖度了下,望着葛薇的双眼,从钱夹里掏出一张红色纸币:"今晚打车回家吧。"

葛薇连忙摆手:"不要,我到家只有几站路!"

钟少航点头:"正好,那这钱肯定够了。"

"不要!"葛薇急忙拒绝。

九月中旬的天气已渐渐转凉,晚九点之后的公交车上乘客并不多,她很快到家,可是刚进家门,就见段峰手里挥舞着一把滴着酱油的菜勺,冲着房东脸红脖子粗地喊:"放屁!你这个懦夫,你就那么怕那个娘们儿么!你这是无理取闹!"

房东一脸为难:"我也不想赶你走,可是,楼下的那个孕妇总向居委会投诉,我实在没有办法……"

"我晚上回来炒个菜就能动她的胎气?她的胎儿是人,别人家的儿子就不是人?我们来上海打工,租个房子连吃饭的权利都没有?他们家晚上自己不炒菜?我每天带饭去上班,一个月下来能省三百块寄回家,你们没有老人要赡养么!你们到底是人还是冷血的畜生!"段峰越说越来气,抄起铲子便要揍这个房东。

房东急忙闪开:"我也不是上海人,我是福建人,别人告我,我也没办法,那个女的三十五岁才怀孩子,也挺不容易的,你走了我还得退给你押金和半月的房租,再找住户又得耽误几天……"

葛薇这才知道,原来,房东是要撵人了。

"孩子没呼吸就怪别人,你这是让火熏了眼睛怨灶王爷!"段峰继续骂。

"好好好,我退给你一个月的房租行不行?下周一搬走,好不?谢谢。"房东也是被骂得无语,再看自己玲珑的块头儿,自觉实在是不适合与这位小爷起冲突。

"你回来了?"房东一见葛薇,像是见了救星,"帮我劝劝他,姑娘,我也没办法。"

说完,房东便走为上:"我还有事,我先走了。"

"你给我回来!"段峰气得追上去,"你就是再给我两个月的房租,也弥补不了我的创伤!"

电梯门缓缓开放,段峰的脸色也稍稍舒缓过来,葛薇正被某人的言辞打得心酸神伤,却见段峰神色迅速恢复过来:"喂,你第一天上班,就早早走人啊?"

葛薇答应着,一面小心安慰道:"没事吧?"

段峰憨笑一声,笑道:"正好啊,这个月可以多寄点钱回家了!多出的预算,我可以买个微波炉,天天早上蒸蛋……"

葛薇瞪大眼睛望着他。

"唉,其实,那女的也挺不容易,年轻的时候买不起房子,生不起孩子,现在年纪大了,有资本生孩子了,自己又没保护好。"段峰说着,将身上的围裙解下来。

"那么说,你不恨那个孕妇了?"葛薇惊讶地望着段峰。

段峰嘿嘿一笑:"我不这样说,房东怎么能赔钱啊!"

葛薇打量一眼这位"凤凰男",叹息一声。这么好的男孩子,他该有更好的明天才是。

第二天早上,急匆匆地赶公交时,葛薇十分愉快。二十七岁了,这是葛薇自食其力的第二天。之前,在父亲的关系网下工作了四年,硕鼠一般无为,南郭先生一样被迫滥竽充数,困在那个囚笼里,一困就是四年。庆幸的是,自己没有像《无间道》里的梁朝伟,三年又三年,她终究选择了离开。

葛薇不敢想下去。如果,自己四年前就出来的话,此时怕是另一番天地了。葛薇想起那个白脸男凌欢写字楼前的许愿池,一股奋斗的动力涌上心间。

凌欢早上九点准时出现在自己的董事长办公室门外。

他依稀记得自己大三、大四实习的时候，甚至，离开学校之后的前两年、前三年，都是几年如一日般地工作。每天早上一来，至少三个案子要面对，营销方案、公关策略、文案、电视广告片……后来，自己创业之后，压力更大：每天早上醒来，就要付写字楼的房租费、水电费、员工的薪水，处理各个案子的PPT、周报、结案报告……再后来，这些事情有人帮他处理，月计划、季度计划、半年计划、年策略、标书、和高云道吵架、竞争……这么多年来，这是他所有的生活。

不是没有生理需求。

他凌欢不是同性恋，只是，一旦床前曾有明月光，任千万星光缭绕，他的心中也再难燎原。

不知不觉，他已走到自己的办公室，透过玻璃窗，蓝色的章鱼桌子张牙舞爪地挥舞着，像是在欢迎他，又像是在提醒什么。

阳光铺陈在凌欢白得一尘不染的书橱、古董架上，天气真好。

密码是她的生日，缓缓进入，蓝色的章鱼桌子上，自己的骨瓷杯已氤氲着热气。

胃药的味道。

凌欢轻轻抚摸着温暖的茶杯，眼前闪过那人修饰得一丝不苟的梅花图案指甲。

轻啜一杯丝滑的液体，凌欢的味蕾却直击红茶成分里的微涩，放下杯子，送奶茶的人已袅袅婷婷地在门口按门铃。

凌欢点头，周翎摇摆着纤腰走到桌前："船长，你终于回来了。"

凌欢淡淡地"哦"了一声。

"S的案子今天要启动了，WOM项目也会在今天和雅多公司召开电话会议。"周翎一边汇报着，一边将目光牢牢锁定在那张英俊而略带憔悴的脸上。

"哦。"凌欢打开自己的笔记本。

"其实，你还可以再休息几天，这个样子，我们很心疼。"

周翎微微侧一下妆容精致的脸，凌欢抬头，正在这时候，电脑已完全开启，凌欢开始不死心地去点开自己的私人邮箱，一面淡淡地说:"嗯。"

周翎知道这是他撵人的隐含语,只得退下。出门之后,凌欢瞥一眼那个高挑的背影,忽然想起这个女人一年多之前曾对自己说过的话:"你知道我为什么不嫁吗?因为我天天面对最固执、最专一的男人,再也看不上别人。"

想起来,凌欢微微用手掌捂住那骨瓷杯上的玫瑰,心下微微叹惋着。

不是没有想过接受这个女人,但是当她踩着十厘米的高跟鞋,几乎与打篮球出身的自己并肩的时候,当她对自己的手下和客户横眉竖眼、吹毛求疵、得寸进尺的时候,凌欢一次又一次放弃了这个想法。公司里不乏女孩子,合作伙伴亦不乏女强人,可是,他心里早有一把尺子,在量别人时候,横量、竖量,怎么都不合适。

管不住自己的手,将半月之前的那封邮件再度深深浏览了一遍,凌欢打开自己的公共邮箱,发现各种抄送给自己的邮件已堆积成山,一封封看完,已是半个小时之后,看一眼窗外,学校的篮球场上依旧有人抢那颗橘色的物体,抢得热火朝天。陈年的那声欢呼,再次穿透耳膜,那般清晰地响起。

"凌欢,进攻呀!凌欢,加油!"

放肆而不张扬,清甜而不娇嗲。

凌欢清晰地记得对他来说最重要的那场比赛。她穿着橘色的T恤,指挥着整个啦啦队,乐此不疲地喊着。乌黑的马尾在风中轻摆,歇斯底里地喊了半场,声音依旧亢奋,尤其是在他一次次进球、运球的时候,可是,在自己被体重一百九十斤、身高一百九十厘米的对手撞倒时,她的声音却戛然而止。

那天,连他的篮球启蒙者——师兄钟少航也来看他打球了,他却像替罪的羔羊一般,被那个土匪队恶意撞倒在篮下,倒下的时候,身体像折断了的一块僵硬的木桩。

想到这里,凌欢忽然想起钟少航昨晚的一句叮咛:"我们虽然是乙方,这些姑娘却也都是双亲手里的宝贝,别让周翎给他们太大的压力。"

凌欢思索了片刻，在周翎的MSN上打下一句话：S的WOM项目别给乙方太大压力。

发送出去后，凌欢的脊背开始隐隐作痛，看一眼天色，万里无云。当然，凌欢以自己脊背的疼痛程度断定：最晚今天下午，天气必会阴风大作。

想起阴风，凌欢眼前忽然闪过一张坚强却又委屈的脸：那个女孩叫葛薇是吧，又是周翎监督你工作，三个月后，你会坚强成女金刚。

正在饮水机前接水的葛薇莫名其妙地打了个哆嗦。

电话会议开始时，钟少航正在楼上熟练地用美语谈笑风生，可是，会议室这边的电话会议却打起了菜市场砍价战。

"才五个话题啊，怎么那么少？二百二十个论坛，根本覆盖不了所有的知名论坛啊，中国那么大，这样如何起到宣传作用？"周翎在电话中的声音满是挑剔，"Maggie啊，我们当时商量的可没有那么少，你赶紧让Ada加数量，论坛二百五十个吧，BBS的话题六个，好吧？"

Ada面对如此强势的命令，狠狠咽一口唾沫，唾沫刚走到嗓子眼，周翎又开始叫嚣："SNS（社交类网站）只准备十个话题？天啊，十五个好不好？"

葛薇的工作，说通俗了，就是策划网络广告。也就是说，网上的论坛里、相关有影响的帖子上、博客的博文中，那些煞有介事地讲道理和煞有介事地自曝隐私顺便推销产品的文章，那些精美大图片推销产品的帖子，有一部分便出自葛薇的公司，今后，有一部分将会出自葛薇的笔下，这就是葛薇的工作。

眼看周翎在电话中以买菜的方式把博籁公司交了两万费用的单子讨价还价成四万的单子时，Ada眉头紧锁："周翎姐，真的不可以，我们是有成本的……"

正在这时候，钟少航笑着推门而入："Hello，各位美女。"

电话那头，周翎的态度立刻收敛了些："Akira，你这么忙，也要亲自来盯为期只有一个月的单子吗？"

Ada伸出两个手指头。

钟少航冲着会议电话浅笑："咦？周翎美女，这果真是两个月的量吗？或者，是你少写了两万的费用？那么漂亮的女人也会计算错数字吗？"

Ada一干人窃笑起来。

葛薇配合地笑笑，依稀想起多年前，也有一个男人在所有的女性面前游刃有余的样子。

可是，周翎的下一个目标已被这个恶魔结结实实地按在砧板上了："听说你们新来了一个策划师？"

葛薇只觉得右眼皮开始扑腾扑腾跳。

自己什么时候已经成为"策划师"了？

"很好，下午三点前让她把五个BBS、十个SNS（发在社交网站的帖子）、五篇BLOG（博客的广告博文）的话题方向和传播脉络、传播重点写好发给我们，我们的客户今天急着要。"周翎命令道，虽是美男当前，语气收敛了些，但那种不容商量的态度却是引来一屋人的皱眉。

葛薇看一眼会议室墙上的钟——北京时间上午十一点二十分。

钟少航也轻轻抬头，然后，侧目看了葛薇一眼，四只眼睛交汇。

"周翎美女，即便我们策划师是敢死队出身，她可以除了工作什么都不干，饭也不吃，不过四个小时，S那么大的品牌，你们这么大的跨国广告公司，难道需要的就是信口雌黄的草率策划？"钟少航丝毫不退让。

"当然不是。那么，三点半吧。这个案子比较急。"周翎开始妥协。

葛薇点头，小声保证道："没问题。"

钟少航微微一扬眉，算是赞扬，淡淡地回复周翎："可以。"

葛薇开始了马不停蹄的策划进程。

下午三点，她准时将自己的策划交上，周翎又下了新指令："S是国际大牌泳装，提倡时尚、大牌、温泉浴和体育明星是对的，但是提倡冬泳太平民化，把冬泳话题全部换掉。"

四点半的时候,葛薇将修好的案子再交上去,周翎又下了新通牒:"光交策划案吗?这么没诚意?你们今天最好写好一篇微博文、一篇微信文,我们明天早上一起发给客户。"

葛薇趁与周翎沟通时喝了一口早已凉透的红茶,放下杯子,下一场战斗又开始了:写广告灌水帖子、查资料、截图片、写文,写完一篇的时候,已是晚上七点。窗外,狂风伴着早已下了多时的中雨。

葛薇的肚子已经叫得像喋喋不休的唐僧。

Ada也饥肠辘辘,准备叫外卖。

正在这个时候,昨晚那家面馆的清秀小男孩提着三份外卖出现在公司。

茄汁鸡肉盖饭套餐,玉竹排骨汤,香蕉。

回眸,钟少航正在公司的茶水角微笑。

第七章 朝圣者的灵魂

多少人爱她青春酣畅的容颜，爱她的美貌出自假意或真心，唯独凌欢爱她朝圣者的灵魂，爱她日渐衰老脸上的满面风尘。

冰山男正在办公室的洗手间里。他脱下衬衣，转过身去，节节脊骨分明。他熟练地将一贴膏药贴在自己的脊背疼痛处，患处微凉，麻麻的，疼痛感却依旧没有消失。每逢阴雨天，他的脊背痛都会这样准时。

他伸手在后背使劲拍一下，冰凉的触感让他再度忆起那只汗涔涔的小手。那只小手给他贴过多少次止痛膏药，凌欢已记不得次数，手贴在后背上的感觉，依旧清晰如昨天。

"凉不凉？下次我捂暖了手再给你贴好不好？"

"不凉？你都起鸡皮疙瘩了，呵呵呵。"

凌欢冷笑一声。怀念被一个人照顾的感觉，在这个人终于消失之后愈加浓烈起来。

自受伤到她的离开，她对他的照顾多少年从没有中断过，哪怕是少年时代最艰难的时刻。

"你醒了？太好了！"

凌欢清楚地记得，自己在球赛中受伤昏厥之后，醒来看到的第一个人，不是自己的严父，不是自己的慈母，竟然是她。

"你妈妈在和医生探讨你的伤势呢，你昏睡了三天，我们都吓死了。"

凌欢记得，她看到自己醒来时，一双大眼睛都亮了起来。

他一把抓过她的小手，汗涔涔、热乎乎，像是刚出笼的包子。

十五岁的他支撑着胳膊，想坐起来，胸以下却像是被什么牢牢地绑起来似的，两条腿也像被人刻意拧成了麻花一般的酸痛。他只得一皱眉，对她说："帮我把腿放平，很酸很麻。"

她的笑容僵在了脸上："你的腿不是平的吗？"

他急忙去摸自己大腿，没有一丝感觉，拧一下，不痛，心，忍不住狠狠地一跌。

他抬眼，质问她："我伤得很重吗？"

她摇头："好像不算太轻，不过应该是……暂时的吧。"

"什么！"

凌欢想起球场上故意打伤自己的那个三百多斤的傻大个，怒上眉梢。

"你不用上课吗？"凌欢继续冷问。

"现在是中午啊。"她说着，端起水杯，兑好水温，将杯子拿到凌欢唇边。

"我不渴。"凌欢推开，"你赶紧回去上课。"

她看一眼自己精美瑞士表上的时间说："我等你妈妈来了就走。"

表是那座城市的四大家族之首的富商送给凌欢父亲的，凌欢的父亲用不了那么多表，便给儿子带，凌欢嫌太过精致而不够粗犷，打篮球也不方便，直接送给了她。多年之后，两个傻孩子才知道自己戴着多贵的表满校园里招摇。

回忆至此，凌欢只觉得周身凉飕飕的。

穿好衬衣，望一眼，镜子里已不是当年的那个少年，衣着优雅得体，已成为他第二个梦想中的模样，可是，当年是多么狼狈啊。

"走开！"

病床上躺着的十五岁的少年一把推开穿着白T恤的女孩。

"翻一下身而已，又不是帮你擦身体和洗澡……"她站在床头喃喃道，手臂却依旧保持着刚才被推开时的姿势。

"住口！"

十五岁的少年白皙的脸涨成猪肝似的颜色，沙哑着嗓子吼道，摸起床头上的一只大橙子，本要抛出去，却舍不得抛向那个给自己带了整整齐齐好几门功课笔记的女孩子。

她夺下他颤抖的手中的甜橙，使劲抠几下，撕开橙色的皮，掰一瓣送到少年唇边："喂，你别激动，你要正视你现在的身体状况，你知道吗？"

少年直挺挺地躺在病床上，仰望着白得没有任何生气的天花板，整个人微微颤抖着："你既然知道我的状况，还来干什么？"

她挥挥自己带钻的江诗丹顿手表，一脸的心安理得："你说呢？"

……

想到这里，三十岁的凌欢忍不住勾起唇角。

章鱼办公桌上的手机铃声响起，他缓缓离开洗手间，看一眼来电显示，是Bruce，公司里的小司机，整个公司唯一一个不怕自己的人。

"船长，我妈特意为你煲的猪肚汤，过来吃饭好吗？我妈可想你了。"Bruce兴奋地邀请道。

凌欢心下一热。

远离父母，身边亦没有贴心的另一半，家常菜像是一个许久不曾再会的老友。上一回吃到家常菜，也是Bruce的妈妈亲手烹调的。如许多上海的底层家庭，Bruce和母亲住在一个陈旧的弄堂里，母亲在自家门前经营着一家米店，母子俩却是知足常乐的。

"我正忙着，改天吧。"凌欢微微收敛了一下语调里的冰意。

"忙也要吃饭呀！船长你忙完就过来吧，我和我妈等你吃饭！"Bruce热情不改。

"等半小时。"凌欢淡淡地说道，说完，却已将车钥匙套在了自己的食指上。

凌欢带着大果篮和熟食礼盒来到一个堆满了杂物的陈年弄堂，对面的马路上晒着的各色的衣服床单、内衣内裤迎风招展。穿过狭长的弄堂，就是Bruce母子的家，简陋却干干净净，煲汤的香气远远地从共用的厨房里传来，番茄炒鸡蛋的菜香、蒜黄的香、排骨的香。

系着微沾油渍围裙的Bruce殷勤地接过礼品，笑盈盈地说："船长，侬来了！下次不要破费了！"

凌欢点头，一进Bruce的家门，只见客厅的饭桌上已摆满了菜盘。

Bruce的母亲端着透亮的水晶虾仁从拥挤的厨房里走出来，凌欢忙嘱咐："伯母，够了，开饭吧。"

"好呀，好呀！"Bruce的母亲笑答，"侬哪能老大时光没来啦（你怎么好久没来了）！"

"很忙。"凌欢答道。

三个人开吃，一碗木耳香菇炖柴鸡汤被热腾腾地端到凌欢的面前，凌欢轻抿一小口，不由赞叹道："好喝。"

"那就找个女船长，天天让她炖给你喝呀，船长。"Bruce自己大口喝着。

凌欢姿势优雅地端匀。

"那个葛薇姐姐不错啊，又漂亮又好玩，就是不太会穿衣服，穿得有点儿老气，船长品位这么好，刚好改造她一下。"Bruce继续做媒。

凌欢凑到唇边的碗停滞了几秒钟。

"她不是穿得老气，是本来就老。"凌欢说。

"是吗，船长？葛薇姐有多大，有二十五岁吗……"

"吃饭。"凌欢也不抬头，没有夹虾仁，却夹起一颗青豆轻轻送进嘴里。

"囡囡不要这样问凌老板，有没有礼貌呀！凌老板吃虾……"

Bruce的妈妈也开始喋喋不休地讲那口上海普通话。

凌欢颔首应和着，却一句也没有听入耳朵。

二十一寸的小彩电正隆隆响着，这就是上海再普通不过的家庭。母亲叨唠热情，父亲热衷于炒个小菜，两个人笨拙地宠爱着儿子。

Bruce刻意调小了些声音，郑重安慰道："船长，我知道你这些日子不开心，我佩服你面对各种难题时候的冷静，我知道，你一定是感情不顺利了。其实，得不到又怎么样？已被那个自己爱着的女人深爱过，就不后悔。"

"吃饭。"凌欢继续打断着。

"船长你觉得你一开始就那么爱那个女孩吗，还是后来越来越恩爱的？感情都是培养出来的，船长，找个好的女人，再让自己慢慢爱上她。"

"吃饭。"

这一晚，凌欢再次难眠。半月前的那封邮件不停地在他眼前晃来晃去，反增了后背的几分抽痛。

不是不肯吃止痛药，受伤之后，脊背就成了晴雨表，吃药反倒会将刚恢复了几分的胃再折磨一遍。

换一帖止痛膏药，酥麻凉湿的感觉在伤处细细密密着，半月前收到的邮件内容则在黑夜中更加生动而刺眼。

邮件仅是张照片，照片里，她笑得灿烂，腹部明显隆起，她的老外丈夫和漂亮的大儿子在草坪上冲着镜头打招呼。

她凸起的腹部，刺得他双目生疼，比不能打篮球之后看到那颗橘红色的东西时疼得更甚。

他瘫痪时，她每天中午、晚上放学都会偷偷去看他，乐此不疲，他稍稍能动的时候，整个暑假，她瞒着父母，有空便陪他做物理治疗……最艰难的时刻早已过去，她怎么就一去不归了？

那是高一秋季的篮球赛上。

他一个人拿下四十分，四次助攻，五个篮板，还盖了对方三次火锅——她在台下亢奋地指挥着班里的啦啦队，清甜的声音让他的血管一次又一次地沸腾。这场比赛最终结束在他几乎要砸碎篮筐的一级灌篮之后，而他的队友高云道这次表现得却有些失常。高云道甚至跳起来想盖他的火锅，被他一个假动作之后躲开了。

赛后，凌欢披上外套，无视一句句赞美和女生们倾慕的眼神，低头，一言不发地坐在班级看台的第一排，一个人咕咚咕咚喝宝矿力，挨在她身边。

本来，他只想安静地坐着，偏偏高云道这臭小子来送水果和冷饮给她，他再也忍不住了，一把解下自己腕上的手表，递给她，吓了她一大跳。

"干……干什么？"她被那双刀子眼剜了一下，不知所措地放下手中的小旗。凌欢认得那面小旗，自己在赛场上的时候，她挥得最卖力。

"送给你。"凌欢认真地望着那双灵动的眼。

她以为他累糊涂了，或者是自己听错了，看一眼镶钻的手表，吞吞吐吐地问："让我给你保管吗？"

凌欢再度强调了一遍:"送,你。"

"哇!"

邻座的女生一声尖叫。

"凌欢你神经病啊!追女孩子直接送表,你也不怕吓到她!"高云道扯着嗓门大声喊。

"这不是表,这是手铐,锁住她。"凌欢说。

从第二天开始,每天早上,她的课桌上便多了一盒雀巢的脱脂牛奶。十几年前,纸盒装的牛奶,而且是脱脂的,尚且是稀罕物。

后来,她便去操场上看凌欢打篮球,凌欢载她回家,她帮凌欢洗毛巾和球衣,帮他买宝矿力。

再后来,他瘫痪了,她躲开父母和老师的视线,不避嫌地来照顾他,一次次鼓励他,在她坚持不懈的鼓励下,他竟慢慢地重新站了起来,再后来……她的第一次是他的。

回忆到这里,凌欢轻轻勾起唇角。

或许,她将照片发给自己,就是想证明她不能和自己在一起,却依旧深深依恋着自己、在乎着自己的感受,不是吗?

想到这里,多年以来心头的死结竟慢慢地、慢慢地,松脱,揭开了,舒展成一条粉色的丝带,系在他心底最柔软的角落,结成一个蝴蝶结,在风中轻轻摆动。

过去了,就让它过去吧。曾经沧海难为水,除却巫山,尚有蔷薇在。

凌欢拨通葛薇的手机时,电话那头范玮琪的声线高亢而励志:"我们可不可以不勇敢……"

一曲歌罢,无人接听。

凌欢凌厉的眸子一转,固执地再度拨通,响几下,接电话的却是熟悉的男中音。

"你好,师弟。"

电话中的声音温厚、柔滑,略带三分磁性、七分戏谑。

钟少航?!

他的手表显示二十三点三十四分。

"师兄？不会吵到你睡觉吧？"

凌欢强迫自己的嘴角向上弯。

"不会啊，我还没睡呢。你找Cici吗，她刚去洗手间了。"钟少航轻啜一口巧克力热饮，笑着说。

洗手间！

凌欢狠狠剜了一眼窗外的行人，窗外的行人莫名打了个喷嚏。

钟少航轻笑："她加了一晚上的班都没有离开座位，好不容易去一次洗手间，你就来电话了。"

凌欢舒一口气，一想到葛薇正在加班，竟多了几分怜惜，淡淡地说道："资本家。"

钟少航笑说："哦？是在说我吗？一会儿见到Cici，让她不妨亲口告诉你她在为谁辛苦为谁忙。"

Ada得空微微抬了下眼睫。

不便埋怨自己的爱将周翎，凌欢只得转换话题说道："公司就你们两个人在加班？"

钟少航笑道："对呀，怎么了？"

凌欢刚要说什么，只听电话那头传来一声："钟总，有我电话？"

钟少航便对凌欢笑道："她来了，你是和她聊呢，还是和我聊？"

凌欢说道："让她听。"

此时，葛薇的头脑负荷量已达到极限。即便去洗手间吹了下冷风，头脑中的糨糊却依旧黏糊糊地黏住了她所有的思路。广告博客博文是倡导冬日去激情亚热带旅游的，海南、温泉、激情、自由……

可是，深夜的空气又湿又冷，自己的座位靠近窗户，哪里来的海风、温泉？

早在半小时之前，葛薇忍不住问Ada："我可以明天早上做完吗？"

Ada坚决地说："今天的事情必须今天做完。"

所以，葛薇是打着呵欠接过钟少航手里的电话的。

葛薇接过电话，便听电话那头冷冷地说道："还没做完？"

工作了十几个小时的葛薇冷不丁被人质问，像是被踩了猫尾巴一样："你们下达了那么多任务，我们不需要花时间吗？"

凌欢知她是误会了，不由轻轻骂道："笨蛋，记得将世界级男模和帅哥足球明星的话题还有比基尼加到文案里。"

比基尼的话题？

葛薇不得不大赞。

可是——

"球星的话题早做好了。"葛薇再打一个呵欠。

"做一个比基尼投票帖子，之后赶紧回家。"凌欢命令道。

葛薇这才发现，自己竟莫名多加了几个小时的班。

"这么晚了，你怎么回家？"凌欢补充道。

"我坐公交。"葛薇刚回答完，只听身边的钟少航冲对面桌位的Ada说："我送你们。"

你们。

"好呀，谢谢钟总！"Ada说。

凌欢这才放心。

"路上小心。"凌欢说完，挂掉电话，旧时光一下子从记忆里涌出来。

那时候，似乎大都是她在等自己。下午放学，她在操场上一边看自己打篮球，一边埋在一堆书包里高喊加油，傍晚的余晖照在她的脸上，像是天使在夕阳下的影子。天气稍冷的时候，她会披着他的大外套，等他，之后，她坐在他的单车后面，一起回家。凌欢第一次等她的时候，她哭了。那是他受伤之后，第一次能挂着两条拐前行。他激动地拦了一辆车，就往学校的方向奔去。

那个秋天的傍晚，老师拖了足足四十分钟的堂，本就阴沉沉的天一个霹雳，下起雨来，他挂着两条拐杖，先是死撑着不再灵敏的身子伫立在校门口的树下，再一步步挂拐蹒跚地挪到传达室，见到她的时候，他一个不稳，摔倒在地，他看到，她的眼泪顺着眼角滴滴落下。

背部的疼痛，因着这记忆，愈加炽烈，凌欢轻轻抚摸着后背的伤口处，躺回床上，忽又想起自己的笑面虎师兄，知道自己这次遇到了对手。

傻丫头还在加班吗？

凌欢在脑海里勾画着那个坚强的女金刚，一双干净的大眼睛盯着屏幕选图片时的专注表情。

凌欢摸一下床头的钥匙，又松开，起身脱下睡衣，熟练地在黑夜的凉空气中换掉自己贴了一天的止痛膏药，新一帖散发着麝香的药贴麻酥酥地熨帖在脊背时，凌欢似乎意识到了什么，轻轻勾起唇角。

此时，葛薇刚挂掉电话，Ada瞄了她一眼："Cici，微信文写得怎么样了？"

葛薇手忙脚乱地迅速检查一眼屏幕，点头："正在优化。"

"我们明天给客户的只有BBS和微博的文案吗？"Ada眉头微蹙。

"嗯。"葛薇脑中突然蹦出凌欢的绝妙建议，"还有比基尼的投票文案，这个话题挺容易吸引男性的眼球和招徕爱美女性的目光。"

"写了吗？"Ada神色平静，语气里却满是责备。

钟少航本是到葛薇和Ada的座位附近送消夜，听到这个问句，不动声色地一笑，回到自己的隔间。

不是只要写好BBS论坛的帖子吗？葛薇心里说道。

葛薇以为上司在考验自己的工作能力，当即握拳："马上就能写好。"

Ada意味深长地望了葛薇一眼。

葛薇将投票的帖子写好，将所有文案交给Ada的时候，Ada板着脸看了三遍，末了，Ada淡淡的眉毛轻轻一挑："既然是S产品的宣传，照片上怎么没有它的品牌Logo？会PS吗？"

远处的钟少航抬了一下头。

"嗯，会！"葛薇几秒钟搞定。

钟少航已将自己的电脑关掉，在那副挺拔的衣架子似的身材上套上了自己的普拉达外套。他挥着优雅的手臂："有什么事明天再做呀，我送你们回去吧，美女们。"

Ada抬头扫了一眼葛薇，皱眉："我还有事情没做完，你们先走吧。"

钟少航望一眼写字间，此时，整个写字间只剩下Ada和二楼的一个男同事。

"早点回家。"

Ada看一眼葛薇："Cici，你也蛮辛苦，做完了就先回家吧，正好还可以搭Akira的顺风车，我也比较放心。"

葛薇一愣，感激地开始收拾东西："好。"

就这样，两个人走出公司，葛薇依旧像一条尾巴一样，跟在高大的钟少航身后，一言不发。

"以前是在事业单位工作吗，Cici？"钟少航轻轻地问。

"嗯，所以很多事情不懂。"葛薇边走边回答。

公司在三楼，因为已经很晚，二楼的灯已关，葛薇迷迷糊糊地跟在钟少航身后，一脚踩空。

钟少航回头，一张刚吃过蛋挞的油腻喷香的唇直冲过来。

第八章 事业、爱情濒危双生花

工作像一把双刃刀,一头削尖着葛薇所剩无几的青春,另一头,不断围堵着她的事业和爱情。濒临枯萎的双生花,到最后一切都是浮云。

她柔软的唇就这样毫无保留地、完完全全地贴住了钟少航的唇。

带着从上而来的压力,她的唇湿漉漉地倾压在他的牙齿上。

怕葛薇摔下去,钟少航本能地伸出有力的大手,紧紧搂住葛薇略带弹性的腰,冲力让葛薇旋即整个人贴到钟少航的身上。

钟少航搂着葛薇的腰转一圈,两个人落回平地,钟少航松开葛薇时,葛薇的心依旧悬在半空中。

一时间,巧克力热饮的可可味道同蛋挞的黄油味道糅合在一起,暖融融地融成消夜的午夜味道。

黑暗中,急促的呼吸声、咚咚的心跳声似乎和着墙上的名画一起浮动起来。这幅《格尔尼卡》的画上,手握鲜花与断剑张臂倒地的士兵在呻吟,从楼上跳下来的人高举双手仰天号叫,他身后是熊熊的火焰……

那天,葛薇穿了一件薄的长身黄T恤,外罩一件纯白的花边小西装,胸与胸的绵软接触,腰以下的相抵让葛薇在一瞬间脸烧得像被火热的碳炙烤过一般,通身津津冒着汗。落地时,葛薇本能地后退三步,迅速与钟少航保持了一米开外的距离。

钟少航的呼吸沉重起来。

一秒,二秒,三秒……

"对不起,不得已冒犯,你没事吧?"钟少航迅速调整好状态,一派泰然地微笑道。

葛薇懊恼地整一下发辫,抬头说道:"没事,谢谢你。"

钟少航下意识地仰头,迎上三楼的幽幽的双瞳,那眸子并不大,像神怪画中墙角凿开的光,下一刻不知会从那幽光中冒出什么。

钟少航像是完全没有感受到那眼神似的,冲葛薇淡淡一笑,继续下楼:"走吧,愣在这儿做什么。"

葛薇也仰头，撞上三楼那猜不透的目光，心下一慌。一时间，她竟不知是走是留，Ada适时转身，葛薇心里七上八下地跟在钟少航后面。来到公司的第二天，葛薇第二次坐上了高层的凯迪拉克。

车子发动起来之后，钟少航淡淡地说："继续刚才的话题，Cici，你是头一次自己找工作吗？"

经凌欢指导，葛薇在简历上写了三个月的广告业工作经验，显而易见，她没有工作经验的事实已被钟少航看穿。

葛薇回答也不是，不回答也不是，抬头端详着钟少航。橘色的路灯下，钟少航的五官分明如雕像。

钟少航轻笑道："小妹妹，你知道你刚才在公司犯了多少错误吗？"

葛薇一愣，咬唇，心想：有那么多错嘛。

途经一个红灯，钟少航缓缓刹车，侧过脸来，款款说道："第一，你应该出去接自己的私人电话，公事、私事要分明；第二，你需要韬光养晦。当Ada问你'只有那两种形式吗'的时候，你可以告诉她文案的形式还有投票，但是不要告诉她马上就可以做出来；第三，虚心求教总是好的，她既然问你会不会PS，可以知道她要么这方面很好，要么这方面完全不会，你应该先请教她，给她一个表现机会，或者说'我不太会，不过可以碰碰运气'这样才显得比较尊重她；第四……"钟少航顿了顿，平静地望着前方，"在我诚邀送你们一程的时候，Ada拒绝被载并让你走，她不是体恤你，而是在表达对你的不满，那时候，你应该和她一起，继续加班。"说完，钟少航微笑着补充，"当然，能载你，我非常荣幸。"

绿灯一闪，车行往前方。

葛薇听毕，开始闷声啃手指头，整个人坐在副驾驶座位上，屁股下仿佛针扎一般，要下车也不是，继续坐在钟少航的车上，更是觉得通体难安。

"我看过你的面试题，你资质很好，千万不要因为美貌和太过单纯的性格伤害到自己。"钟少航一面继续开车，一面谆谆教诲着。

葛薇啃着手指头，轻轻嘟哝："都二十七岁了，哪里还漂亮？"

钟少航扭头端详了葛薇一眼，缓缓说道："漂亮，像是只有二十四五岁。"

淮海路的太平洋百货处依旧灯火绚烂，花里胡哨地照在钟少航英俊的脸上，葛薇受宠若惊，心下一震。

正在这时候，葛薇的电话应景地响起。

"到家了吗？"对方冷冷地问。

葛薇误以为那座冰山是来催任务了，没好气地说道："已经帮你们写好了博客文章、BBS帖和投票帖，照片的Logo都PS上了……"

"我问你到没到家。"凌欢打断道。

"我可是做完工作才走的。"葛薇不服气地说道。

"我说第三遍，到没到家，回答我。"凌欢冷着脸，又重复了一遍。

葛薇想破脑袋也料不到这座冰山已将自己作为目标，被质问一番，抵御不住这强大的气压，败下阵来："没有……"回答完毕，却怒火中烧，提高一度嗓门问道，"可是，你干吗这样说话？甲方了不起吗？"

"笨蛋。"

电话那头开始轻骂。

骂过后，电话那头的冰山男刀子眼突然一亮："告诉钟少航，我谢谢他送你回家。"

葛薇狠狠地握住手机，手机屏幕上迅速被她的手捂出一层汗。

"我为什么要这样做？"葛薇努力压制着自己的情绪，深呼吸一口说道。

"你说呢？"凌欢显然高估了葛薇的情商。

"你……"葛薇此刻的理智已化作负数，"你有什么了不起的，我惹不起但躲得起，大不了我不干了！拜拜！"

钟少航的车子驶入金光外滩，深夜十一点多，外滩对岸林立的大厦闪着各色的光，花旗银行的动画广告变幻着。黄浦江上，游轮早已沉睡，江边稀稀拉拉几个照相的游客，连那座铜牛也寂寞了。

"别生气。"钟少航轻笑，递上一片绿箭口香糖。

葛薇接过来，道一声谢，送入口中的时候，只听钟少航沉吟道："二十七岁的女孩子还那么单纯，难怪长得那么年轻。"

当时，葛薇并未听出其深意。

另一边，被挂掉电话的凌欢一阵迷茫。

长那么大，还没有人挂过他的电话，包括自己的母亲。自己唯一爱过的女人，像是一只活泼的小白兔一样顺从而小巧，而这个女人，怎么就像是鸵鸟一样。

想着想着，往事又像挥之不去的香茗一般，悠悠飘入凌欢的心间。

"喂，我给你制订了三个计划。"那天，她穿着一件白色帽衫，手里挥舞着一张大白纸就冲进他的病房。她的马尾辫在风中轻摆，带着秋的高爽和一路清新的味道。她干净的小脸因为骑自行车速度太快，热得两颊粉红："两个月内学会用拐杖灵活走路，再用两个月学会用一条拐杖，那时候，我们就又可以一起放学了，到时候我载你回家好不好？不过，自行车要借我用啊，你的自行车蛮帅的，而且比我的大一些！"

当然帅，忘记是哪个奸商送给老爸的了。

"不好。"

凌欢吃力地从白色的病床上直起身，避开前来扶持自己的白皙手臂，用那恢复了少许的虚弱身体支撑起两根白晃晃的长拐杖。

"什么不好？"她有些着急，睫毛扬起，未经修饰的眉毛一拧。

"三个月之后，我载你。"凌欢居高临下地瞄了她一眼，匀出一只手，轻轻将她箍在自己的胸前，下一刻，他支撑不住自己的高大身躯，两个人一同倒在地上……

他开始用她的方法进行物理治疗，一面抓住双杠，一面口中念念有词："乔丹、斯科特皮蓬、罗德曼、约翰斯塔克斯、大卫罗宾逊、马克普莱斯、伊塞亚托马斯、韦伯……"

三个月之后，他终究没有完成自己的承诺，板着脸，挂着一根拐杖出现在校园里。偶尔，他会扔掉拐杖扶着墙慢慢走，傍晚放学时，待大批人流走尽，她挽着他的胳膊，在夕阳下，俩人忘情接吻……

除了都健康活泼，葛薇和她竟完全是两种性格。

该怎么面对这个金刚小辣椒？凌欢躺在床上，双目微闭。

另一边，钟少航的车刚开到外白渡桥时，外白渡桥的颜色由红变至深蓝。

葛薇的手机再度响起。

她看一眼号码，不是别人的，却是自己家中的电话。

葛薇一阵心慌。父母通常在十一点就早已休息，这么晚来电，难道……

葛薇径直进入正题："妈，有事吗？"

老妈似乎犹豫了一下："你这是在哪？租的房子里？"

葛薇显然没领悟："是的，妈你快说吧！"

老妈却卖起了关子："这样吧，让你爸跟你说。"

葛薇便耐着性子，等到那阵拖鞋声越来越近，父亲的呼吸声越来越近，只听父亲用威严的嗓音商量说："薇薇，家里这边有个机会，你可以进安城的发展银行，你回来吗？"

深夜，手机的对话声清晰而干脆，一个音节不落地飘入钟少航的耳朵，葛薇看一眼专注驾车的人，虽是面色没有半丝变化，可是，他听得到，葛薇感觉得到。

"爸，我等会儿打给你，好吗？"葛薇急忙挂掉电话。

葛薇终于理解钟少航教导接电话远离同事的缘由。

"Akira，"葛薇鼓起勇气说道，"可以……当作没听见那个电话吗？我会考虑下，如果我做出决定，第一时间通知公司好吗？坚决不给公司添麻烦。"

说完之后，葛薇眼圈一热，突然有一种热泪盈眶的冲动，不知是委屈，还是一种别的什么情愫。

四年的小事业单位生涯像一场陈旧的电影一般，在她的眼前一幕幕飞驰而过，飞过时，带着腐朽的灰尘，夹杂着腐朽的棺材木味道，扑啦啦落入她的眼中。

低矮的一排老平房，爬山虎布满了二十世纪七十年代的簌簌落灰的墙。进入被一排家属楼挡住的、微微潮湿的平房里，有六七间办公室，每个办公室有一个或者两个所谓的事业单位的工作者，正在悠然地喝茶水。如果是男人，那茶中往往还多了几枚枸杞，以补充他们夜晚在廉价夜总会中消耗掉的精力。这些人，或者跷着二郎腿悠哉地看报纸，或者目不转睛地盯着股票大盘，或者边聊天边玩纸牌，或者肆无忌惮地煲着电话粥……如果是下午，或许早已找不到人，那里的工作者们岁数多在四十以上，甚至四十五以上。虽说是文化单位，可是，即便是本科文凭，在这群人中也是罕见的。

葛薇清晰地记得，自己的第一个主任是初中文凭，以前是在某机关当水电工，因为他姐夫成了这个单位的一把手，他跟着鸡犬升天，先做办公室主任，挤走了一个博士，自己堂而皇之地当上了单位最有实权部门的主任，从此，"水电工"主任便成了这里的"九千岁"。

九千岁喜欢一天到晚泡在单位大领导的办公室里，对自己的裙带关系点头哈腰、涎水横流，一张肥硕的方脸上肥肉乱颤；九千岁最喜欢听女下属跟他撒娇，葛薇虽然心里像明镜似的，但是每次他斜着眼盯着她的胸前时，自己却总退避三舍。所以，尽管办公室不乏七尺男儿，每次搬部门所有重物的总是葛薇一人。

葛薇斗志昂扬地交上一个又一个本职工作内的业务计划，九千岁却将这些业务计划直接当水电单扔进了垃圾箱，葛薇每天的工作则是，上网聊天，帮九千岁打扫卫生，帮九千岁偶尔跑腿印盒名片，帮九千岁去邮局寄个东西、交水电费，莫名其妙地天天挨九千岁的骂……就这样，葛薇工作的前两年便草草度过了。

要不是第三年、第四年的重大变故，也许，父亲会一直强迫葛薇待在这个单位，眼看着这个单位的人由中午的棋牌局走向夜晚的廉价夜总会，由浑浊的眼珠沦为餐桌上的鱼目……

"家乡的银行，对吗？"钟少航思忖了一下，注视着前方，淡淡地问道。

葛薇绾起滑落于耳前的鬓发，紧了紧已松散的发辫。

葛薇清楚地记得，几个月前，自己是怎样被逼入绝境的。正是因为被逼上绝路,才不得不用一年来摸索出路,最终闯入上海这个国际大都市,如今,突然有了退路,葛薇只觉得,自己像是踯躅在风雨飘摇的独木桥上。忽然,江上出现了一条小木船,这木船不大,只能容下葛薇强健但不壮硕的身子,但是,也许在独木桥上再走一程,就可以登上撑着帆的大轮船了。

"我……我不知道。"葛薇望着钟少航那高挺的鼻梁说道。

钟少航略微思索了片刻,将车内的音乐打开,暖暖的午夜天籁就像喷涌的蚕丝一般缠绕于葛薇的耳畔:

> 如果骄傲没被现实大海冷冷拍下,
> 又怎会懂得要多努力?
> 才走得到远方。
> 如果梦想不曾坠落悬崖,
> 千钧一发,
> 又怎会晓得执着的人,
> 拥有隐形翅膀?
> 把眼泪种在心上,
> 会开出勇敢的花,
> 可以在疲惫的时光,
> 闭上眼睛闻到一种芬芳……

歌声到此为止,钟少航将音乐调弱,缓缓说道:"二十七岁就出过好几本书的女孩子,你的前途是光明的,葛薇,也许我们公司不是你的终点,但绝对是你好的起点,看得出,你还有梦想尚待实现,如果回家,你比我更清楚这意味着什么,所以,我不支持你回家。"

葛薇的心忽地在胸腔一颤。

梦想。那个不知道是否穷极一生方能到达的地方,对她来讲,又意味着什么。

钟少航说完之后,将音乐声音调高了些许,嘹亮的歌声充斥在葛薇周围的每一个角落：

> 最初的梦想紧握在手上，
> 最想要去的地方，
> 怎么能在半路就返航？
> 最初的梦想绝对会到达。
> 实现了真的渴望，
> 才能够算到过了天堂……

歌罢，激越的尾曲还在鸣奏，葛薇的小区却已在眼前。

"小区我自己进去，谢谢钟总了。"葛薇感激地说道。

车子慢慢停下，钟少航笑着说："也好，穿过小区，你可以清醒地想一下自己的事情，另外，如果不在公司的话，我更希望你叫我钟大哥。"

葛薇一惊。

路过传达室，穿越小区茂密阔叶林植被的花园，葛薇不由得想起自己在北京时的免费宿舍。

老事业单位的宿舍和那排办公平房都在一个即将拆迁的小区里，单位存在的二十年，由荒远偏僻的四环外，变成正在发展中的四环外。

四环外先后建起了超市、健身房、专卖店、四星级酒店、商务娱乐中心……老事业单位的老楼房便成了这个大环境下的一抹败笔。沿着老楼，建起了一个硕大的高架桥，无论白天黑夜，葛薇的宿舍外一直是烽烟滚滚，大车的轰隆声响无时无刻不在雷鸣一般，即便睡觉的时候，床也是在动的。周围的房子施工不断，最后的两年，葛薇便在四面楚歌中度过。面临拆迁压力的时候，整个楼层搬得只剩四家钉子户。每每上六楼，脚下的烟尘起舞，到最后，连下水道也堵了。走之前的最后一个月，葛薇的住处连电都被断掉了，夜晚，漆黑一片。

不是不想换个环境住，最后的两年，葛薇的薪水降得连蓝领也不如，她付不起房租。至于她省吃俭用攒下的不少积蓄，早已给父母去做更大的事业。不是不想换工作，父亲固执地认为，事业单位安稳有保障，为此，葛薇曾大把大把抹着眼泪说道："爸，我现在就是出去卖一个晚上，都能顶我半年的工资了！"

父亲却淡然说道："你不是还有写书的收入吗？"

葛薇记得自己当时在冷笑。

"每本书的一万多块收入是怎么来的？是我日夜不眠不休，连聚会都不参加，连逛街、谈对象的时间都省下来赚的！我都二十七了岁，要我依旧当写字的机器吗？我要去上海，重新开始，远离这个被关系圈包围的地方！"

听到这里，父亲冷冷地说道："我不支持。"说完，离开沙发。

"不支持就给我找个一劳永逸的工作，不然，我只有靠自己奋斗！"葛薇决绝地说。

"四年前，你干什么去了！"父亲冷冷地反驳道。

四年前，葛薇放弃家中要给自己办入安城法院的千载难逢的机会，发誓要到北京闯荡，只是，还没到达北京之前，身为公务员的父亲早已托人打点好葛薇的工作。就这样，葛薇在北京安稳地"闯荡"了四年，经历了自己的单位由事业单位变成企业的全过程。

蹉跎了四年，父亲已退居二线，大有人走茶凉之态。葛薇义无反顾地来到上海。

可是，以后真的都要每晚加班到十一点半吗？

如果只是工作的机器，自己的人生意义还是什么！

走进小区时，不远处东方明珠的灯光已熄，黄浦江对岸的金色楼、粉色楼、蓝色楼、灰色楼也都困倦了。

然而，葛薇租住的地方依旧有灯光，进门，段峰正抱着一本书站在橘光闪闪的共用老式微波炉前。

见她回来，段峰递过一根红皮的火腿肠："吃不？泡面好搭档！"

葛薇摇头，勉强挤出一个微笑，低头摸出钥匙打开自己的门。一进门，凌乱的屋子就张牙舞爪地展现在自己的面前：被子乱得像是被抢劫过十八次了一样东倒西歪，满地的鞋；桌子上方便面调料和调料袋子、吃完的八宝粥铁罐、面包小包装、油腻腻的一次性盒饭盒子；书柜上，没有盖上盖子的护肤品盒子……

葛薇不想收拾，一头拱进乱成一团的被窝，一觉到天亮。

和一群嘴里叼着豆浆、啃着煎饼果子的上班族们等公交的时候，葛薇心怀感激。感激上苍，让自己在二十七岁的时候学会自立，第一份工作就有五千的月薪，可是——想起自己加班的时限，葛薇又打了一个寒战。

上午十点时，博籁公司的女魔头周翎下了通牒，勒令葛薇今天必须赶出三个BBS文章和十个Viki（网站的问答，如百度的"知道"，搜狗的"问答"）。

整整一天，葛薇连去洗手间的时间都被占用掉，周翎却不停地要求变动内容："图选得好差，我们可不可以选Logo更明显的？""对产品的宣传好少，这样能起到作用吗？""为什么不选更有代表性的人？这个男明星不够知名。""可以加上李玟的比基尼照片吗？她可是性感女神哦！""既然是泳装的宣传，怎么可以没有韩国著名的运动员朴正建，他在韩国可是相当受欢迎的哦！"

其实，Logo太明显容易被网站删掉帖子；宣传产品太多，网民根本不会去看；被称为不知名的男明星似乎只有周翎自己不认识；李玟早已过气；至于韩国的体育明星，相信除了周翎，再也找不到第二个感兴趣的人……

葛薇觉得自己像只猴子，一只被主人强迫要猴戏的猴子一般，先被要求翻跟头，再被要求骑自行车，然后是翻单杠、跳舞、举重，而后，一次次挨鞭子，等筋疲力尽的时候，拿起一顶小帽子，帮主人收到一堆堆的铜板，自己只得到几颗栗子和一身伤痕。

然而，即便如此，周翎依旧将整个部门指挥得像热锅上的蚂蚁似的，电话更一次次响得像一级火警："你们能不能快一点？我们等着给客户看！""不是说这个时间要给我吗？"

可是，周翎没急着将今天的作品给客户看，倒是拿着葛薇昨天熬夜加班的作品，袅袅婷婷地来到凌欢的办公桌前："船长啊，S看了咱们昨天的作品，相当满意，尤其是比基尼投票的文案，S已决定和我们再签两个月的合同了！"

凌欢盯着一个PPT，头也不抬："哦。"

"不愧是船长找的文化传播公司，很专业，短短一下午就将一个月的传播策略交给了我们，还在今天早上交给了我们一个BBS、一篇微信文、一个SNS。S公司说，博籁是他们见过最有效率的广告公司！"周翎涂得一丝不苟的长睫毛黑而浓密，像是两片时而展翅的黑蝴蝶一般。

凌欢抬起头来，扫视了周翎一眼。一个美轮美奂的女子，妆容精致，可惜，不是自己的那杯茶。这时候，凌欢莫名地想起了那只火爆的小辣椒：工作欲旺盛，脾气火爆，五官精致却从来都不会打扮，却总装出一副女王气场。

想到这里，凌欢心中竟莫名觉得欢喜。

此时，葛薇正在疯狂地加班，整个月的传播策略得在今天之内完成。

"船长，我已经让雅多公司今天将本周的BBS全部写完，项目即将开始，S那么大的公司，我会让他们看到我们的专业……"周翎说道。

"你有点儿过了。"凌欢说。

"是，我知道，乙方也是人，我会注意的。"周翎说。她说完之后，走出凌欢的办公室，刚坐到座位上，打开新的邮件扫一眼之后，又开始了自己的鸡蛋挑骨头功："Cici呀，我发现韩国的朴正建穿的也是这款泳装，为什么我们的文案里没有他？要加上哦！"

就这样，不觉便已中午，不觉便已下午，不觉便已是傍晚。

葛薇正在用修图工具为图片加Logo时，凌欢一个电话骚扰过来。

"放下你的电脑。"凌欢说。

"为什么？我有好多工作，都是你们公司的任务。"

葛薇犹豫了一下，再想起周翎地狱魔鬼式的皮鞭，怒火中烧。

凌欢再次发号施令："到楼下来。"

葛薇拒绝道："不下来。"

凌欢的声音依旧冷冰："我再说一次，下楼。"

葛薇一怔，刚才设计好的骂人话全部咽回了腹中，心，却是不甘的："我承认，你是甲方，我的工作是为你们做，但是，我的人没有卖给你！凭什么你让我下楼我就下楼！"

凌欢一愣，顿了顿，说道："你不怕同事看到，我就上去。"

葛薇迟疑的时候，一个电话再打过来："快点下来。"

"不下。"葛薇别扭地回道。

"那我上来。"凌欢冷冷地说道。

葛薇只得晃一下沉甸甸的脑袋，拖着疲惫的步子继续下楼，刚走到楼下，一个有着模特身材般的冰山白脸男已鹤立鸡群地"陈列"在不远处，白脸男今天穿了一件优雅的黑色风衣，一只大手斜插入做工精细的风衣口袋中，另一只手里正拎着一包东西，高挑的身子微微斜倚在他的宝马车前。

傍晚的红光照得那本来吸血鬼似的男人满面红光，也照在那黑风衣的肩头。

"我是老虎吗？"凌欢因为有着运动员的身高，俯瞰葛薇时，大有居高临下之态。

"你是周扒皮。"葛薇仰望一眼凌欢，垂下头喃喃道。

凌欢上前几步，将手中的包装袋塞到葛薇的手中，未等葛薇拒绝，已从自己的左手摘下一块手表，抓起葛薇的右手，便要给她戴上。

葛薇唰地抽出手臂，后退一步："干什么！打赏你的下人吗？凌大少爷？"

凌欢一愣，打量一眼葛薇，眼皮似乎肿了一圈，包子脸却似乎给那大眼睛添了几分可爱和俏皮。

"你明知道不是！"凌欢意识到，自己再不解释清楚，还会被这个傻丫头误会下去，便直截了当地俯视着葛薇说道，"我要追你。"

葛薇一听，手上的食物袋子一松。

二十七岁的葛薇经历过许多种追求方式：丁香花时节的校园散步，雪地里凄楚的眸子，桃花树下含蓄地望着自己表白的，霸道地在她的单位门口求交往的，以聚会请吃饭的名义要求谈对象的，不断的电话轰炸之后提出申请的……这种军令状式的追求,却是第一次遭遇。

凌欢倾身,一挥长臂,食物袋子被轻轻捞起,想要放入葛薇的手中,葛薇却再退后一步。

"追女孩子,就是像你这样居高临下、颐指气使、呼来喝去的吗?"葛薇抬眼望着凌欢,咬唇说道,"你这是追女孩子,还是施舍感情?你以为我没有存款、没有事业、没有房子、也没有青春了,我就没有尊严了吗!你不要以为你是大公司的老板就可以把女人当狗使唤!你就是要追条母狗,也要尊重她!"

说完之后,葛薇鼻子痛到发酸。豪语一出,她才发现,自己似乎抄袭了《简·爱》一书中的独白:"你以为,就因为我贫穷、低微、不美、矮小,我就没有灵魂,也没有心吗?你错了!我跟你一样有灵魂,也同样有一颗心!要是上帝曾给予我一点美貌和大量财富的话,我也会让你难以离开我,就像我现在难以离开你一样。我现在不是用习俗、常规,甚至也不是用血肉之躯跟你说话,就好像我们都已离开人世,两个人一同站在上帝面前,彼此平等,就像我们本来就是的那样!"

"你《简·爱》看多了。"凌欢淡淡说道。

"才不是!简·爱是懦弱的,她为了不当穷人,宁可在亲戚家受尽折磨,我不是那个软骨头!"葛薇扭头便走。

刚一转身,葛薇的手机铃声警报一般响起,葛薇一看,却是陌生号码。

接起来,尖锐的女声响起:"Cici啊,你们的Viki(网上的问答)什么时候发给我呀?十个Viki,客户明天早上就要哦!"

葛薇头也不回地转身,上楼,剩下凌欢一个人站在夕阳下的风中。

秋风微微掀起他的风衣,他望着眼前的那座艺术气息浓厚的小楼,陷入沉思。

夕阳依旧停驻在他英俊的脸上,那白皙的脸镀着橘色的晕,勾勒出一幅动人的秋日传奇图画。倘若此刻有人拍下一张照片特写此景,肯定能得大奖,可惜,该看的人因为强烈的自尊心和强大的工作压力,仓皇逃跑了。

她说什么？尊严？

将自己心爱的手表送给她，真的让她那么受伤吗？

他回想起周翎早上的报告："我已让雅多公司今天将本周的BBS全部写完……"终于知道为什么葛薇竟如此恼火。

他不忍地掏出手机，想要制止周翎，电话即将拨通的时候，却又挂断，放下手机，上车，发动自己的宾利时，心下忽然对葛薇有了几分敬意。

她用两天的时间，竟然做得出别人四天也无法完成的工作，这点，傻丫头倒是与自己有几分相似，可是，她毕竟是个女人。

想到这里，他分外怜惜起这个女人来。

驱车途经一所大学的球场，一帮男大学生们正打得热火朝天，凌欢只觉得双手又热又痒。受伤之后，他再也没正式打过一次篮球。读大学的那几年，他总是刻意绕开球场、避开球赛，哪怕体育部的人如何邀请："你那么高，打篮球一定很棒啊！你看你长得多像流川枫！"他的回答永远都是："我讨厌篮球。"

秋深了，夕阳下的男孩们依旧光着膀子，一如他年轻时。几个男孩显然没有经过专业训练，近投也不进，也不会换手投球，假动作也不行。真是一群小笨蛋！

凌欢将车子折回来，手心越来越痒，脚底更是被一种难言的力量刺激着。

既然不是正式比赛，又是这样的几个孩子，脊背应该问题不大。

忽然想起那日的运动装还在车上，凌欢眼中闪过一丝灼人的光彩。

抄球，三分，单手上篮，盖帽，假动作投球，后仰跳投，不到二十分钟，几个大学生已被这个大自己几岁的男人惊得嘴都张成了"O"形。

"侬，侬老早点儿是做啥额？（你以前是做什么的）"

罚球时，一个男大学生忍不住问轻松准投的凌欢。

凌欢略一思索，望着沉下的夕阳，顿了一下："运动员。"

比赛继续，凌欢忽然发现，自己的体力似乎已经开始透支，脊背也开始隐隐作痛。

正在这时候，一句刚烈的话在他的耳畔激荡："你就是要追条母狗，也要尊重她！"

凌欢只觉得忍俊不禁，篮球适时地飞过来，砸到了他的脸上。

"哈哈哈，大笨蛋，怎么，瘸子也能打球吗？"

声若洪钟。

凌欢回头一看，只见高云道边脱西装边喊："还能打球的话，我们再来一场吧！"

"来。"凌欢挽起了袖子。

高云道直接把西装往地上一扔，弯腰运球，左躲右晃，躲过两个大学生的攻击，直奔篮下："你这擅长进攻、不擅长防守的笨蛋，这次再受伤别怪我了啊！"

凌欢长臂一挥，拦住了高云道。高云道却迅速转身，打算单手上篮。

凌欢跳起来，打苍蝇一样，把高云道手中球拍飞了。

"你居然盖我的火锅！"高云道气得指着凌欢的鼻子大骂，"来吧，接着来！"

结果，比赛打了不到十分钟的时候，高云道本打算带球撞一个学生小哥，结果，凌欢前来抄球，不小心摔倒在地。膝盖落地的时候，他只觉得骨骼处狠狠地被刺了一下，下一刻，膝盖如快速发酵一般肿胀起来。

"凌欢！"高云道吓得脸都绿了，"这次是你自己跑过来找撞的！真不是我故意的！"

"住口！扶我起来……"凌欢打断他。

"笨蛋，要不要背你啊？哎哟！"高云道大步向前走去，可惜，他的步子太大，一不小心摔了一跤，脸也摔破了，鼻子还流了血。

十五年前，高云道在赛场上的一次重大失误，害得他同凌欢双双失去了篮球这人生的第一个梦想。十五年后，两个人面对最初的梦想，没想到，依旧是伤。

第九章 冰块 VS 丝滑伯爵红茶

当骄傲被现实的大海冷冷拍下,给自己做一个SWOT分析:优势,劣势,机会,威胁,看看自己最初的梦想能不能到达。当冰块和伯爵红茶同时将自己的冰度和丝滑传达,葛薇知道,自己要付出爱的代价。

"这红尘世道的无常,注定真爱的人一生伤……"

Bruce兴致勃勃地开着凌欢的私家座驾,摇头晃脑地哼唱着古风歌曲。这是他从小就看的动漫《秦时明月》的片头曲,男主人公盖聂,为了心中一直固执着要守护的东西,失去了所有,遍体鳞伤。而男主人公的师弟卫庄更是一个偏执狂,他和盖聂斗了许多年。两个人的关系看上去,倒是与凌欢和高云道的关系有些相像。

凌欢抬高着膝盖韧带拉伤的僵直右腿,终于忍不住说道:"这几天要早晚接送我,很开心吗?"

Bruce的大眼睛忽闪忽闪着,回头望一眼凌欢笔直修长的——伤腿,急忙点头:"开心啊!早晚接送船长,是我的荣幸!"

凌欢阴着脸捉弄道:"船长腿瘸了,你很开心?"

Bruce乌溜溜的眼珠子一转:"是啊,船长偶尔受下伤、生下病,才像一个真实的人,才能跟我的距离近一些,不然,我只能把船长当神来崇拜,觉得船长高不可攀……"Bruce油腔滑调地说道。

"废话。"凌欢说道。

"我说实话啊船长,"Bruce坏笑,"其实我是觉得高云道这个混蛋摔破了脸很开心,这样的话,葛薇姐就可以关心你一下了。"

凌欢一怔,耳畔再次响起那个傻妞毫无顾忌的大骂——你就是追一条母狗,也得尊重她!

"我不尊重她了吗?"凌欢暗暗思忖着,Bruce已将车开入他所在的小区,开至楼下。

"船长,我来接驾了。"Bruce将车停下之后,十分狗腿地嬉笑着绕到车后面,笑着开车门,然后,双手递上一根亮晶晶的——拐杖。

凌欢拄拐到家中卧室安顿下来时，胃部已开始对他的不规律饮食提出强烈抗议，凌欢这才发觉，晚上先是见那个傻女人，后去打篮球，竟忘记了吃晚餐。一时间，脊背痛、腿痛、胃痛，在凌欢身上疼出一曲华丽的交响曲。

纹丝不动地躺在床上，凌欢凝望着对面那幅巨大的仿真世界名画《戴珍珠耳环的少女》，画中的少女一脸迷茫地用大眼睛望着他。

这是早在十七世纪的荷兰画家约翰内斯·维米尔的名作，是凌欢一直深深迷恋的作品，无独有偶，除了画作，还有他一直深深为之着迷的同名故事。故事里，戴耳环的少女名叫葛丽叶，受聘成为画家维梅尔的女佣，画家深深地爱着这个朴素却美丽的女子，但是，他们之间却有一道无法跨越的沟渠。掌管维梅尔家经济实权的刁钻岳母、表面高贵优雅实际嫉妒成性的维梅尔夫人，还有无法逾越的身份和地位……当《戴珍珠耳环的少女》作品完成之后，葛丽叶被那两个气急败坏的女人赶出了画家的府邸，最后，竟嫁给了一个屠夫的儿子，这段感情无疾而终。画中的少女眼睛大而漂亮，坚强而单纯，却带了些许凄楚与哀伤。隐隐约约在脖颈处的珍珠纯洁而朴素，更是有种天然去雕饰的美感。一直以来，凌欢都从那双眼睛里看得到当年的她，不知怎么了，今天，竟觉得这眼神与那个名叫葛薇的丫头出奇的相似。

她下班了吗？

他看一眼赠送失败的手表，心下默问。

如他所料，葛薇此时依旧在不分昼夜地加班。

"宣传力度不够！"

"宣传重点不突出！"

"提供的信息要更明显！"

"宣传角度还是有误！"

周翎乐此不疲地发号着施令。

这边，Ada又开始下达新一轮任务："Cici，我们去给兼职打个电话，让他把所有的文案都发到各个网站上。"

葛薇看一眼电脑上的时间，已是晚间八点三十七分。

葛薇忍不住问:"Ada,这事可以明天再做吗?"

Ada板着脸,腮部的青春痘红里透着油光:"不行,一定要今天。"

Ada和兼职沟通完毕后,眉头一紧:"Cici,你发送的邮件为什么没有邮件的名称?"

葛薇一怔,歉意地笑道:"嗯?那我下次注意。"

"为什么没有在邮件里将你的需求交代明白?"Ada继续挑剔道。

——因为刚才电话里不是交代明白了嘛,而且已经在需求的表格里写清楚了。葛薇心里想。

"那我下次注意。"葛薇咬着嘴唇,继续赔笑着点头道歉。

"有抄送给Akira一份吗?"Ada一面抬头继续责问,一面将电脑的键盘敲得啪啪作响。

可是,你有交代过我要抄送邮件给他吗?葛薇心想,一面开始情不自禁地咬起手指甲。

"好的,我再发送给他一份。"葛薇急忙将邮件再次发送了一份。

刚发完邮件,Ada的神色依旧是严肃的:"Cici,你明天的计划是什么?"

葛薇一愣,这周S品牌的文案不是已经提前写出来了吗?

"你既然不知道明天的计划,为什么不问我?"Ada继续质问道。

葛薇便问:"那……明天的计划是什么?"

"E网站的BBS、Blog和Viki,SNS(开心网)、X教育网站的本月宣传策略和下月宣传策略……"Ada如数家珍地说道。

待到所有事项进行完毕,葛薇看一眼时间,已经是晚二十一点零九分。

Ada依旧在筋疲力尽地战斗。如所有靠资历而非靠能力坐到这个位子上的领导一样,她的加班功力当仁不让。

葛薇关掉电脑,穿好衣服,二十一点十一分。

葛薇撒腿便跑。

没跑几步,体力已透支,冰凉的脚指头亦在告诉葛薇,单羊皮鞋已需要换成皮靴。

前方，淮海路灯火辉煌，各种广告牌、宣传画在橱柜中夺目抢眼，用最逼真的印刷方式、对比最悬殊的色素，虚构成一款又一款和自己不相关的物品。整条街道，一道道光束将周围的空气也照耀得缤纷而涌动。

恰好路过太平洋百货，葛薇进门，琳琅的靴子已摆满了一楼的商家货柜。

1488元，1988元，2488元，3288元……

价格像一把把重锤砸在葛薇的眼珠子上，砸得葛薇双眼眩晕。

款式同去年比几乎没有改进，价位却比去年翻了一番。

上楼，各种风衣、皮衣的款式也是未有任何进步，价格也比去年高了大半："1488元、2488元……"

葛薇望着晃眼的红色价标，心，像是被人活脱脱扔进了一口深不见底的冰凉的井底。

她仓皇下楼，迎面走过一对情侣，男的高大英俊，女孩子和她岁数相仿，正挽着男人的胳膊，一脸挑剔地审视着这些鞋子："老公啊，怎么这些鞋那么难看，一会儿去UGG看看去！"

UGG的鞋子似乎更贵吧。葛薇心想。

回老家的话，东西是不是就没有那么贵了？也不需要面对非人类的客户和女铁人般的领导，更不需要每天十八小时在上班了？葛薇忽然记起小时候自己家乡的那些银行的职员：横眉竖眼的难看脸色，面对客户时居高临下的表情，一脸养尊处优的神态……虽然这些年来，银行工作人员的态度已经有很大的变化，但是，眉宇间的那份养尊处优的优越感依旧不变。回家，就能保证自己衣食无忧；回家，至少不用每天加班到深夜，也不至于一进商场便觉得物价飞涨得那么厉害……

难怪那个胃病男瞧不起自己。葛薇苦笑着，再也挺不直腰板，服务员似乎看透这位漂亮的小姐无钱消费一般，剪指甲的剪指甲，照镜子的照镜子。葛薇缓缓走出商场，迎面，则是一些更大牌的与自己不相关的店面。葛薇不是虚荣的人，此时，却对这个城市产生了疑惑：一切，都与自己无关了吗？

二十七岁的尾巴将至，孤独地在一个如地狱与天堂混合体的城市踯躅，努力，却像流水作业一般出卖着自己的文采和能力；用功，却像填鸭子一般任体力透支。物价如飞机起飞般地涨起，异性高高在上的冷眼……

葛薇想起那居高临下的求爱方式，疲惫的心慢慢结成了一块冰。

过马路的时候，葛薇慢慢挪动着自己踩也踩不实的步子，一帮老外和自己一样，理直气壮地闯红灯，刚过马路，葛薇的手机铃声吵得像警世钟似的，摸出来，看一眼：颐指气使的冰山男。

本想拒听，冰凉的手指颤抖了一下，竟然按错了键，霸道的声音响起："到家了？"

万年不变的逼供的语气。

葛薇扬眉道："这是拷问吗？在你学会尊重一个女孩子之前，我的行踪与你无关！"

胃部的丝丝抽动伸展开来，凌欢斜一眼几近晚间十点的手表，没好气地说道："问你到家了吗，回答我。"

正在此时，不远处有人横穿马路，招来了一阵刺耳的刹车声："嗤——吱——"

凌欢的心吊了起来："你在哪儿？"

葛薇心头微微一热，温度，却依旧是在零度以下的凝固冰冻状态："谢谢你的关心，可是，我要走了。"

凌欢愣了一下："去哪儿？"

"回家，回我的家乡。"葛薇淡淡一笑，努力让自己显得洒脱一些。

"再也不回来了？"凌欢问。

"再也不回来了。"葛薇心酸地笑道，说完之后，却不甘地加上了两个字，"也许。"

正说着，一辆公交车慢慢悠悠地开过来，却不是葛薇等的那趟。车近了，耀眼的车灯照得葛薇双目一眯，那灯光，让葛薇不由得想起了自己大学时代的灼目阳光。

想起大学时代，她总觉得有午后的骄阳照射在自己的身上：暖、热、闪亮、耀眼……一切夺目的词都用得上。长发纷飞的少女时代，一个个头衔冠在她身上：学院的宣传部部长、校刊杂志创刊主编、文学社副社长……有人私下喊她是S大的第一才女，有人说她是最漂亮的学生干部，更有人问："葛薇，你怎么和其他学生会的人不一样呢？"葛薇清楚地记得，自己的回答是："我是用实力来做事的！"

葛薇是大三时决定要来北京的。拒绝了父亲帮她办入县城法院的机会，拒绝了去市里银行的指标，所有人都说："葛薇，你的选择是对的，三四年之后，你会像在大学里一样优秀。"还有人说："葛薇，你那么优秀，以后一定能嫁一个英俊又优秀的金龟婿！"

可是，毕业四年之后，她不但没有优秀，反而要重新开始，而且，要临阵逃脱了。

她想起了自己小时候听戏的场景。那一次，葛薇和大人们一起去剧院听京剧，一帮不知名的黑衣老旦咿咿呀呀地唱啊唱，等了许久许久，还不见名角儿出现。大人告诉她：快回家睡觉吧，小孩子晚睡觉会耽误长身体，等他，都不知道要等到什么时候！小葛薇却巴巴地等着名角儿的出现，为什么不等了呢，眼看他就要出现了啊！

可是，他真的会出现吗？他会在哪出戏里出现？葛薇自己也不知道。

"也许？"凌欢顿了顿，冷冷地问，"你有认真衡量过自己的实力吗？"凌欢以自己多年的识人经验判断，这样的女孩子，不成功才是奇迹。可是，她竟然要临阵逃脱了！

"你又质问我！你就不能在我走之前，好好和我说一次话？"葛薇失望地说道。

"占有你之后，我会的。"凌欢说出来之后，自己都惊讶起来。

"你！"葛薇又羞又恼，"你那么优秀的人，到底看上我什么了？你是在戏弄我吗？"

凌欢说道："你一个学法律的，既然有胆量二十七岁换行业，为什么不做好？口口声声说要进广告业，你给自己做SWOT分析了吗？"

"SWOT，"葛薇心下默念，"优势，劣势，机会，威胁。"

凌欢冷斥道："我不知道你是被周翎吓怕了还是真的吃不了苦，如果是这样，白浪费了你的才情，我瞧不起你。"说完之后，葛薇坚定的大眼睛却在他的脑海中影影绰绰。

"哎呀！哎呀！哎呀呀呀！"

正在这时候，穿着围裙、抱着一大碗热腾腾汤面的Bruce一惊一乍地走进卧室，大呼小叫起来："船长啊，你的膝盖怎么肿得这么高了！像个高庄馒头啊！是不是很痛啊！"

葛薇听到电话那头的大呼小叫，忍不住问："你的腿怎么了？"

凌欢冷冷答道："没事，如果你是吃不了苦而离开，我再说一次，我瞧不起你。"说完之后，凌欢迅速挂掉电话。

"我瞧不起你"，字字如沉重的棒槌，一棒又一棒地打在葛薇的心上。

尽管种种迹象表明，不是这样的。可是，一个近二十八岁的女孩子，没有一个真心和自己共度一生的伴侣，青春不复，没有存款，没有房子，回到自己的出租屋，每晚要忍受隔壁的有氧运动，每天要工作十八小时以上，这就是她葛薇在上海的全部生活？

123路公交车慢慢腾腾地开来。

葛薇机械地上车，抓着扶手，挨着一群刚逛完街或是像自己一样刚下班归来的双目发涩的上班族，一家家琳琅的店铺在她眼前晃过，她什么也没看到。

公交车开往外滩之前，路过一家银行的侧门，门虚掩着，一个保安正在和一个佝偻的老妇交流着什么——与其说是交流，倒不如说是在教训。只见那保安挺直着腰板，一只手背在腰后头，另一只手的食指指指戳戳着，那个弯腰驼背的老妇面露难色，仰望着保安，不知两个人商量何事。

葛薇的脑间忽然便蹦出那么一个不仗义的词：狗仗人势。下一刻，穆时英的那句话又响彻在她耳畔：上海，一个造在地狱上面的天堂！

黄浦江上，招展着挂灯的商业花轮在轻声鸣唱，掠过繁华的江，留下一条条水波，将水上各色的灯影打成一条一条的。

陈毅石站得顶天立地，人民英雄纪念碑尖而翘地竖立着，公交车驶入外白渡桥的时候，铁质廊桥的蓝光忽而变成了红彤彤的赤光。

葛薇抓着公交车上的把手，探头向窗外张望。

波光粼粼的水影，她看不分明。

忍不住摸出手机，拨通电话给小洁，小洁边接电话边打呵欠："薇薇，好晚啊，你下班了吗？"

"下了。"葛薇咽一口唾沫说，"小洁，我……我家那边新开了一个银行，我爸的关系可以让我进去。"

小洁睡意稍微退散了些："啊？你想回家啊？"

"我有些不甘心。六月份来上海考察过，七月份也在这边投过简历、面试过，我才敢来这边的，而且，不是顺利找到一份外企的工作吗？我觉得，也许我再等几年，事业就有进展了。"葛薇叹息一声，"可是，生活只剩下上班和睡觉，我仅有的知识和文笔会很快被榨干，我没有时间和社会接触、和网络接触、和人接触，我马上就会落伍于整个时代。而且，我也没有时间谈恋爱，我这辈子，或许就毁在这毫无意义的工作上了。"

"你说得对，人生的意义不只是工作，你不喜欢的话可以换一份，但是，真的要回家吗？你回家，你父亲能管你一辈子吗？人走茶凉的道理你不懂吗？我们单位的一个老师傅马上就退休了，我们的上司在他把权力交接出去之后，马上就翻脸不认人，有事情不许请假，工作给最重的。我希望你考虑清楚，不要因为被这份工作吓怕了而逃避，逃回家不是办法。当然，我相信，你只是累了叫唤一下，明天早上一醒来，又是铁人薇、金刚薇了，不是吗？"

小洁的声音温柔得像红豆蛋挞一般，绵软、香甜，这种只有水乡妹子才有的滑软声音，葛薇自认一辈子也做不到。

是啊，父亲能管自己一辈子吗？人走茶凉，这几年来，往家里送礼的人越来越少，多年前中秋节家中月饼因吃不掉而扔掉的场景，已经不复存在。明年，父亲就要退居二线，葛薇想起自己在北京工作的第三年，自己的职位被局长的新夫人取而代之，之后薪水迅速降下三分之二时的尴尬。葛薇啊葛薇，你还想重蹈覆辙吗？

"薇薇，我知道你一个人在上海闯荡不容易，我们多年前也是这样熬过来的。累了就向我发发牢骚，每个人都有累的时候，可是，我们要坚持住哦！"小洁鼓励道。

葛薇又将电话拨给北京的学姐，学姐明确表示："你肯定不会回家，我知道的，我四年前也像你一样，推掉了家里安排的银行工作。可是，你知道吗，银行完全不像你想象中的那样，你如果是普通的职员，每年的任务指标会像山一样压在你头上，你要是想往上爬，一个银行就那么几个职位，你家里的势力很硬吗？不然的话，你每年的收入都不够上供的……"

葛薇挺直腰板，拨出最后一个征求电话，广州的文友，生活上的又一个导师，香港著名西装公司的姐姐云。云只说了两句话："你好不容易逃出你爸的五指山，现在又回去了吗？这样你一辈子也长不大！"

葛薇望着天上的缺月，居然嘿嘿着咧开嘴笑了。

挂掉电话，葛薇望一眼天空：夜上海光怪陆离的灯光光束冲天延展着，一直延伸到明朗的月亮上，东方明珠的红灯、蓝灯在恣意地舞蹈。

深呼吸一口，葛薇拨出了这晚的最后一个电话，给父亲："爸，我决定了……"

回到小区，开门，门口立着一个大箱子。

"喂，大眼妹，我明天就搬家了。"段峰又抱出一个电饭锅。

"好快，搬到哪里？"葛薇小心地绕过一堆堆锅碗瓢盆问道。

"莘庄。"段峰边搬东西边炫耀，"那边的房租一个月比这边便宜五百块呢！"

葛薇叹息一声："你不觉得每天的公交费也会贵很多吗？"

段峰站起身来，掐腰笑道："哈哈哈，才不会，我那边有公交始发站，直达，再怎么坐都两块！我可以早点儿起床！始发站有座位，我可以天天早晨抱着书看，一天来回能看两个小时的书呢！"

不得不说，这是强迫自己学习的一个妙招。葛薇打量着段峰被格子衬衣撑起的鼓鼓胸肌，头一次觉得当他头脑简单四肢发达是错怪他了。

换下外衣，她刚要直奔洗手间准备洗漱，却听到里面一阵阵哗哗的水声，只得折回自己的房间，从桌上拿起一本某个胃病男推荐的书，塞进包里，再拾起另一本，刚要翻过几页，手机铃声再次喧闹着飘入耳朵。

看一眼来电显示，葛薇犹豫了一下。

"准备让我看不起了吗？"那人倒也直入正题。

葛薇抚摸着手里封面红成一片的广告案例书，皱起眉头："嗯，再也不回来了。"

电话那头，一片沉寂。

"以后再也没有人天天仗着自己是BOSS、甲方和电线杆就居高临下、吆五喝六了。"葛薇说着，用右脚的鞋脱掉左脚的鞋，右脚将鞋随意地一甩。

电话那头冷冷地说道："你连说谎都不会。你争强好胜，又怕别人看轻你，如果真走，会先说服别人同意你走的理由。"

"你……"

葛薇不得不佩服这个思维缜密的男人。

"不只这样，我还有两个断言。"凌欢果断地说。

"什么？"葛薇问。

"第一，不出两个月，你必被炒鱿鱼；第二，不出一个月，你必是我的人。"凌欢回答道。

"才不会！"葛薇激动地提高了嗓门。

凌欢微微抬眼："那么，你是打算现在答应我？"说完之后，又补充道，"我不喜欢啰唆，给你两个答案，回答我，yes or no？"

葛薇眼前忽然闪过这样一个电视镜头：一个英俊的海盗飞身下船上岸，飘曳着一袭长衫，招摇走过热闹的集市，随手拿起一把剑，也不管人家老板乐意不乐意，便居高临下地狠狠俯瞰了人家一眼，威吓道："卖，还是不卖？"

想到这里，葛薇狠狠按住"挂断"键。许多年前的热烈眸子在窗影上暖暖地浮现:"你……挺好的。"

短短的四个字,热烈、深沉、眷恋、犹豫、害羞、迟疑、不决……所有的词,都凝结其中,那,才是真正的表白啊。

想到这里,葛薇抓起镜子,侧脸,轻轻摩挲着岁月留在那张脸蛋上的痕迹。二十一岁的时候,颧骨这里还没有色斑;二十二岁的时候,即便笑狠了,眼角也没有假性的皱纹;二十三岁的时候……

下一秒,手机再次轰响起来。

客厅里已然沉寂,两个隔壁的邻居也已沉睡,电话的铃声便像一首催魂的夜曲一般,划破了整个屋子的沉寂。

张皇地再次挂掉电话,葛薇走到窗边,不远处的码头传来江浪的细微拍击声,缺月折回云中央了。

沉睡的上海却再次被这阵电话声扰醒。

葛薇知道躲不过,接起电话,懊恼地问:"你是索马里海盗船长吗?"

电话的另一头冷冷地说道:"你还没回答我的问题。"

夜晚的江风顺着窗户缝里钻进来,直吹入葛薇的脖颈,葛薇打了一个寒战,颀长的脖颈却仍是直挺挺地扬着:"我告诉你,如果你是这种态度,别说是一年,十年,我们也不可能!你以为你是军队总司令吗?还是你要找压寨夫人?女人是你的剑,握在手里也行,扔了也行吗!"

凌欢一怔,不慌不忙地回道:"女人当然要被男人握在手里,难不成,你希望你的男人天天跪在你面前给你捶腿修指甲?"

静夜,人声便是最大的声音。

冰凉的声音啪啪地敲在葛薇的心上。

女人当然要被男人握在手里。

是的,他有他握在手心里的女人,可惜,那个女人不在了。

"所以,你要再找一个热宝用来捂手吗?"葛薇鼓足勇气说道。

毫无疑问,这个男人是近几年来她见过最优秀的男人之一,多金、才华横溢、执着、五官完美,可是优雅的外表下,他却有着让自己难以接受的性格。葛薇忽然想起那晚让他失态的女子背影:长头发,身材娇小，相貌应该也不错。那是他心头的一抹朱砂。

葛薇犹豫了一下，鼓起勇气继续说："凌欢，我知道，你没有忘记一个人，前几天我还看到你跳下出租车去追一个相似的影子。在你没有忘记她之前，你不觉得现在追我是在找替身吗？我希望你考虑清楚自己的感情之后，再选择一段新感情。"

凌欢思索了一番，反问："你就不怕我反悔？"

"反悔？我告诉你，我什么样子的男人没见过！虽然都没碰过。随便你反悔好了！"说完，葛薇挂掉电话，将整个人深深埋进被子里，关机，睡觉。

一夜无梦，只是，似乎睡得迷迷糊糊之际总有人在咄咄逼人：S的BBS好了吗？S的Blog好了吗？S的Viki好了吗？

"写好了！写好了！"葛薇翻个身，认真地回答。

第二天早上六点起床，到公司时，整个楼层都是沉寂的。

输入密码，进入，开电脑，冲一杯咖啡，葛薇便投入了下一场战斗——红酒之战。浪漫情调的话题，西餐搭配的话题，品位生活，金钱欲望……婚庆，促销。不知做了多久，同事们一个个来到座位上，葛薇顾不上打招呼，继续战斗，完成红酒网站的十一月总策划话题大纲，继续写十月余下的文案：

十四道经典法国菜，连同漂洋过海来的博若莱红酒，组成了一道法式盛宴：

鱼茸色拉开胃，温泉蛋鲜嫩清新，

鹅肝醇厚肥美，巧克力慕斯雪葩爽口。

薄若莱红酒入口果香浓郁，妙不可言。

香蕉、覆盆子、黑樱桃的新鲜滋味，

夹杂着儿时的橡皮糖的味道，

飘过索恩河，飞跃阿尔卑斯积雪的山巅，

甜蜜芬芳而来。

第一口，水果芬芳唇齿留香，你无须高超的品酒技巧，薄若菜红酒圆润浓郁的口感自会充斥你的味蕾。

第二口，酒液是一杯烛影摇红，南国的事，一曲歌尽，桃花扇底的清风。

第三口，今宵酒醒何处？柳橙清香濡染着法国鹅肝，醇厚白菌草汤温润过喉腔，香草蒜香羊鞍扒肉质嫩滑，雪葩清凉。

七款红酒，在这绯色之夜，盛绽了……

Ada姗姗来迟，葛薇已将一个文案收至尾声。她对自己每天迟到的解释是："我每天晚上加班到十点哦！"事实上，加班到那时候，早已毫无效率可言。

Ada将东西收拾好之后，说："今天记得把Y红酒网站的十一月策划大纲写出来，把十月本周的文案完成，对，还有教育文案。"

葛薇一双大眼睛闪亮："大纲已经写好，红酒文案也写好了。"

Ada点头："很好，继续。"

等到晚上八点半时，葛薇终于结束所有的工作，看一眼寂寥了一天的手机，却不知，某人已看完中医，正往这条路上逼近。

"Ada，还有要做的事情吗？"葛薇乖巧地问。

"没有了，你早点儿回去吧。"Ada抬起惺忪的单眼皮说。

"嗯，好。"葛薇收拾下包，刚走到二楼，便听到一声温软糯滑的轻唤："Cici？"

葛薇停住了脚步。

钟少航今天穿了一件立领灰色风衣，优雅得像一位欧洲的绅士。

"今天可以早回家了，开心吗？"钟少航笑问。

葛薇脑子飞速运转着，不着痕迹地回答："能好好做完工作，很开心。"

整个楼层只有两个人在说话。

钟少航轻笑："饿了吗？一起吃点东西？"

葛薇回道："好啊，今天我请你！"

钟少航摊手："没有被女孩子请过呢，恭难从命。"

两个人正说着，下楼，却不知，楼下的那辆宾利车里，有四只眼睛正目不转睛地盯着这两个人。

四只眼睛扫描到一男一女距离近了些，凌厉的眼睛微微收缩。

Bruce忍不住吐了吐舌头，透过反光镜偷窥一眼后座的冰山BOSS，只见那双漂亮的丹凤眼依旧是万年不变的寒光微迸。今天他的冰山老板换了一辆车，还换了一只他在郑重场合才会戴的宝铂月相表。

丹凤眼的主人因为腿伤，不得不将右腿搭在车座上，斜倚着后座的靠背，似乎在思索着什么。

Bruce不敢出声，憋着一肚子废话，默默盯着前方三米左右处的女孩子，夜晚的照明灯影影绰绰的，照耀得女孩子分外神采飞扬。她的一双大眼睛灵动地转动着，白色帽衫的两条帽带一跳一跳，扬着白皙的长脖子望着不远处车库的方向，脸上还堆满了一簇笑。

"看吧看吧。"Bruce指着葛薇，一脸不屑地说，"谣言就是这么传出来的。"

凌欢望着前方，一言不发。

"船长，要不……我去把葛薇姐带过来？"Bruce不甘地请示着。

凌欢终于开口："Bruce。"

"船长，什么事？"Bruce笑得一脸心虚。

"你就那么想撮合我和她？"凌欢问。

Bruce嘿嘿一乐："那个……因为啊，船长一表人才，又那么优秀，肯定也要找个又漂亮人品又不错的船长夫人，可是啊，论长相和才华，周围的人也就只有周翎姐和葛薇姐配得上你。但是，周翎姐人品不如葛薇姐……所以我就……"

"你怎么知道葛薇人品好？"凌欢打断道。

隐隐约约地，凌欢似乎记起那么一件事：两年前，公司刚配了专门的司机，负责和客户谈生意的时候专门接送本公司员工，也负责送策划、美编去摄影棚，接模特之类，长得眉清目秀的十九岁的Bruce就是这样被招进来的。小司机腿勤手快，干事麻利，周翎带着本部门的人集体加班时，说为了替公司省钱，半夜一点的时候，让这个可怜的孩子把部门的人挨个送回家，结果，这个孩子就绕着上海，从卢湾到闸北，从虹口到浦东，从静安到宝山再回长宁……

Bruce挠挠头："嘿嘿，船长，你还记得你上次胃病住院的时候不？你让我送她回家，她一个女孩子的，又是晚上，不怕自己危险，却说让我赶紧回病房照顾你，说你渴了，而且点滴快结束了，多好的女孩子啊！她会疼人的。"Bruce忙着辩解道。

两个人正说着，却见葛薇上了钟少航的那辆银色的凯迪拉克，然而，车刚开出去，却迅速停在了路边。

Bruce伸长了脖子。

只见钟少航似乎正对着手机讲什么，再看凌欢，依旧是波澜不惊的，便忍不住问："船长啊，现在的女孩子最萌美大叔了，你就不怕……"

凌欢抬头："怕什么？"

是的，怕什么。

钟少航的天大秘密，即便别人不知，他凌欢却是十分不巧地知晓内幕，知道得完完全全、彻头彻尾。

抬眼，两年前的事历历在目。

"你摆什么臭脸啊！比你好的男人有的是，你还真把自己当杨过了是不是？"

凌欢记得，那尊一天换一种发型，普拉达、香奈儿，一天换好几身的大小姐像膏药似的缠了自己半年多之后，终于甩下那么一句狠话，甩着一头新做的大波浪长发扬长而去，留下满屋子的绿毒香水浓浓的魅气。两个月后，凌欢收到了某位政要精美的婚礼邀请函，漫不经心地翻开请柬，扉页上的新郎、新娘的合照却让他大吃一惊：照片上的新郎俊朗得眉宇飞扬，面如雕像，一派玉树临风的模样，怎么形容他都不过分。这人不是别人，正是自己的篮球启蒙人。

凌欢忍不住约师兄出来，茶餐厅里，凌欢含蓄地问："你清楚你的婚姻吗？"

娶一个一周泡五天夜店、几天换一个男朋友、花钱如流水、脾气比他凌欢还火爆的女人?

钟少航的回答则是:"每个人都有自己的生活方式。"

凌欢于是低头饮那杯黑咖啡,胃里窸窸窣窣,伴着钟少航优雅的搅拌蓝山的声音以及两个人的童年回忆里那颗跳跃的橘红色的球。末了,钟少航和煦地笑着:"谢谢你,小师弟。我知道我的世界观和你不一样,所以没有打算让你认同,更没打算说服你。"

之后,这一对郎才女貌的夫妻果然依旧保留着各自的生活方式——她逛商场的时候,每次亦有不同的英俊男子相伴,凌欢则偶尔会撞见他带着一个或清纯或妩媚的女子,卷发的、直发的,一样的青春洋溢,女孩眼中,皆是崇拜的目光。

凌欢对此无可厚非。不少英俊的美男子人到中年不都是如此嘛,不缺性、不缺金,却只缺年轻的快感,不缺伴、不缺丰富得让他乏味的物质,却只缺对青春恋爱的无边渴求。这种男人也许并不打算和那个女孩实际发生什么,却无不在努力让对方爱上自己,这种男人也许付出的亦是几分真情,却是构筑在伤害一个又一个纯洁灵魂的前提之下。

凌欢亲眼看到过一个女孩嘤嘤伏在他魁伟的肩头,许是工作上的挫折,许是什么不如意的事,可是,经那口吐莲花的笑唇两句劝说,下一刻,女孩便在他的肩头破涕为笑,继而抬头,满眼尽是桃花。

正是如此,上次凌欢才要借葛薇的口表达自己对她的归属权:"告诉钟少航,我谢谢他送你回家。"

那个笨蛋竟傻兮兮地回答:"我为什么要这样做?"

想到这里,凌欢也觉得心被吊了起来。

Bruce扭过头提醒着:"船长啊……那个……再不行动的话,葛薇姐怕是……"

另一头,事态似乎正顺着他们的担心,如洪水冲刷过的速度一般蔓延着。

透过车后窗,凌欢看到,葛薇正侧耳细听着钟少航的电话。

"钟大帅哥,你们的美眉是怎么做事的?你们的所有话题虽然都全了,但怎么全是从女性角度出发的啊!客户已经表示出强烈不满,要求你们必须从男性角度来重新撰写文案!"

面对钟少航,电话那头的女声虽然极力在变温柔,却依旧难掩命令的味道。

葛薇只觉得头脑一涨,几乎要从副驾驶座位上跳起来:"大纲是你们确定的,文案也是经过你们审核的,如今公司也已经请兼职发布到大小近百个论坛,怎么就翻脸了!"

钟少航微微勾起唇角,清晰地判断着她的来意——葛薇的所有文案都抄送给他,男性、女性的话题一样不少,周翎的用意则一目了然。

"哦?说说看。"钟少航笑说。

"要盘点体坛帅哥身上的大牌,S的代言是男体星,受众群体更多也是中产以上的男人,做那么多女性话题,这太愚蠢了!"周翎继续说道,"真的不知道你们是从哪里找来的策划师,我希望她给我一个交代。"

周翎的话一字一句砸在葛薇的鼓膜上,像是一发又一发子弹,每一发都砸得她头晕目眩。葛薇狠狠地用牙齿啃着嘴唇上干皱的皮,牙齿将死皮撕下,嘴里咸得发腥、涩得发苦,鼻子亦忍不住酸涩起来。

钟少航轻轻揉一下葛薇的头发,笑道:"哦,周美女,我只想说三句话,第一,这些话题不是当时已经通过了嘛,客户也因此和你们多签了两个月的合同;第二,我不知道你为什么荒谬地认为男体育明星的话题只有女性在看,别忘了,男人对体育话题感兴趣的比女人多一半以上呢;第三,我希望你尊重我们的策划师,她可是经验丰富的策划师,而且自己还出过书,写过小说,她的想象力和策划能力,我们都是有目共睹的不是吗?如果你们需要我们附赠话题,我想,我们应该会满足你。我们的策划师,是吗?"

说着,钟少航拍拍葛薇的后背,葛薇只觉得眼圈一烫。仰头,车顶的天窗挡住了视线,望向车外,弄堂口的老人正悠闲下着棋,几个小孩子拖着一圈塑料袋,绑着绳子放风筝。一边打量着,葛薇一边想起自己加班到深夜,回到家时奄奄一息般的极致疲惫,只觉得眼角一阵湿润。

Bruce忍不住大叫:"这个大色狼!怎么比我还手贱!"

电话投诉会议依旧在进行中。

周翎冷笑:"钟总袒护属下的本事还真有一套,我的确确认了,可是,客户的二把手答应了,大头却表示强烈反对,我也没有办法啊,他们大头说了,你们的策划师的水准需要进一步提高……"

葛薇再也忍不住,滚烫的泪珠子从眼眶里哗哗淌下,一部分顺着微肿的脸蛋渗入锁骨,一部分簌簌滴落在钟少航的车毯上。

钟少航轻轻拧一把葛薇的鼻子,笑道:"周美女,你觉得是S的大头对WOM专业呢,还是我们?既然我们选择了合作,你们对我们的专业水准想必已达到内心的认知程度,明天中午的时候,我们的策划师会将赠送的话题发送给你们,我们这边还有别的事情,好吧?"

此时,葛薇的头发已被眼泪打湿,热珠子一串串的像是水晶帘被抽了线,落在脸上,先是烫,再是凉,冰丝丝地在脸上糊成了个沉甸黏凉的冰膜。

钟少航挂掉电话的下一刻,已将有着糖果味道的纸巾递了上去。

葛薇狠狠地擤着鼻涕,委屈的感觉在夜空中无限放大,一直延伸着。

汽车开动了,葛薇的眼泪也汹涌地从眼眶中溢出来。

正在这时候,钟少航的电话再度响起。

汽车时速微微降下,钟少航接起电话,只听凌欢说道:"师兄,我女朋友怎么了?"

钟少航一愣,通过反光镜,瞥一眼身后的那辆宝马X系,轻笑:"没事,有客户刁难,我已经替她解围。"

正说着,钟少航只听身后的车唰地冲了上来。

"咻——"

车子就这样横在钟少航的车前,钟少航不得不熟练地刹住车。

只见那个身材比自己高了几分的小师弟一推车门,冷着一张脸下车。

葛薇一愣。

钟少航也下车。车上的葛薇不得不跟着开车门,站在凌欢面前。

凌欢瞪了一眼葛薇："对不起，我约了葛薇，她可能忘了。"说完，面无表情地望着钟少航，"什么时候请你和嫂子吃饭？"

钟少航款款一笑："我既然是你师兄，自然是我请你和新弟妹，既然你们先约了，那我就先告辞了。"

说着，钟少航潇洒上车。

Bruce狗腿地将拐杖递到凌欢的手上时，凌欢的鼻尖已沁出了一抹冷汗。

Bruce看一眼葛薇，摆摆手，动身将横在马路上的车倒转，剩下葛薇和凌欢两个人站在路边，四目交汇。

"你的腿怎么了？"葛薇急忙抹掉满脸的泪痕，声音却依旧沙哑着，低头打量一眼凌欢的长腿，只见他的右腿直得跟一条木头腿似的，丝毫打不了弯。

"瘸了。"凌欢含糊地答道，一面问，"哭什么？"

两个人正说着，只见几个孩子手里擒着拴了线的塑料袋，飞奔着呼啸而来，经过两个人，便要穿过马路继续自己的风筝之旅。

"小心！"葛薇忍不住提醒着，见是绿灯，刚要放心，却见拐弯处冲出一辆普桑来，急忙去拽那孩子，凌欢亦上前一步，因腿不灵便，葛薇已把孩子拽回来，俩人却撞在一起，葛薇被那刚硬的骨骼一撞，便要跌到马路一边。

此时，拐弯而来的车眼看要开过来。

"笨蛋！"

凌欢用拐杖撑住身躯，强忍着膝盖处针扎似的痛感，一用力，将葛薇狠狠往自己身边带，葛薇因为这大力，结结实实地跌在凌欢身上，一把将凌欢撞倒，凌欢的拐杖也因承受不了这冲力，嗖地从凌欢手中脱出。

"啪！"拐杖倒地。

她只觉得身子唰地往后一仰，结结实实地躺倒在一个精瘦的身躯上。

"咚。"

她听到了沉重的声响。

她急忙爬起，却见夜晚的路灯下，他的面部肌肉微微抽搐着，一双漂亮的丹凤眼瞪大着，人直挺挺地躺在地上，却没有回答自己。

十五年前的一幕，像是一个无边的恐慌，充斥在凌欢的每一个神经末梢。

快攻，抄球，假动作，闪人，轻轻一晃，再一躲，为了保证命中率，双手抱球，灌篮。

有了这两分，这场比赛，自己便足足拿下四十分，省队的教练已在场下微笑。

篮筐离自己越来越近，越来越近。

越来越远，越来越远。

"啪！"

一个巨大的胳膊肘直捣他的胸前，巨大的后背和屁股并用，十五岁的凌欢就这样结结实实地摔倒在篮球架之下。脊椎的疼痛，像是要把他疼死一般，像是怪兽狠狠地在咬他的骨头，像是烈火在狠狠地灼烧他的脊椎，像是……整个胸以下都被砍掉了，很疼……

这种撕裂骨头般的疼，已经有十五年没有发生过。十五年前受伤后，凌欢用了半年的康复时间，胸以下才恢复知觉，之后，每逢阴雨天，脊椎处就像无数蚂蚁在轻轻噬咬，可是，很久没有这样疼过了。

今天很疼啊，疼得凌欢觉得自己像是一具苟延残喘的僵尸，他想坐起来，想站起来，用胳膊支撑着僵硬沉重的身躯，却又完全用不上一丝力气……

"我……我不是故意的！"开车的司机连忙狡辩，十五年前的高云道在赛场上高呼的也是这一句。伴着这亦真亦幻的声音，凌欢进入了梦中。

第十章　蔷薇刺与白月光

凌欢钟情的女人往往让他受尽折磨，可是她们会在他身上激发出强烈而深刻的情感。葛薇为此将工作效率提高到最大化，将工作人际关系学的失误率也提高到最大化。

十五年尘封的疼，像是埋在地底下的一坛香洌的好酒，一把砸烂了罐子，酒香被彻底浇过来。

——"都是男的有啥好害羞的？自己瘫了还给别人找麻烦，真是的。"

护工窃窃的埋怨声伴着往盆里狠摔毛巾的水花迸溅声。

——"不杀人不放火，老老实实念完书给你找个好大学，这个要求很高吗？你只要念下书来，将来想进哪个单位随你挑，打什么篮球？这下好了，以后谁伺候你？等你以后给你找个媳妇都怕拐着咱们的钱跑了！"

——这是父亲的声音。受伤五天之后，从容的父亲从省城归来，先是吹了头发、洗了桑拿，去某个级别更大的人物那里报到完毕才来到医院。镜片过滤过的目光像激光，父亲给自己带回一大堆营养品，将单人病房占去了相当大的面积，却站在病床前冷训热嘲了五分钟。之后，司机来接他，他转身便走，走的时候没有忘记拍拍护工的肩膀，用上级体恤下级的口气留下一句官腔十足的话："好好干，我凌明正不会亏待你。"

…………

所有的声音、所有的影像，仿佛是唐僧念给孙悟空的紧箍咒一般，紧得他头疼欲裂，恨不得满地打滚，只是，身子却像一尊朽木，纹丝不动。

"凌欢！"葛薇吓得紧紧抓住凌欢的冰手。

凌欢想回应，喉咙却像是被贴了封条一般，完全开不了口。

被救的孩子显然是吓着了，在一边冲着没有星星的夜空号啕大哭起来。

Bruce一阵风似的冲上来，一把拦住要扶起凌欢的葛薇，冷静地制止着："别动他！没准儿会要他的命！"说着，自己拨通了120，此时，周围的居民已围了上来。

　　"哟，不得了！"一个上海老太太惊叫着，似乎还带着夜空的回声。

　　救护车到来之前，葛薇就这样一直握着凌欢比自己还凉的大手，那只大手亦紧紧握住她的手，似乎是在寻找力量一般。

　　他在害怕吗？

　　葛薇将自己的另一只手牢牢地压在那冰凉的手指上，什么也不敢想。他的喘息声像是暗涌的潮水，无声地将她淹没着，葛薇很快就沉浸那冰凉的江潮中，直至潮水将她淹没，两只手仍交合着，似乎在那暗潮中逐渐相融。

　　很快，救护车呼啸而来，那个完全没有了动作的人被担架抬上车的时候，葛薇觉得无形的冰凉潮水逐渐变成黑色慢慢将自己完全淹没。凌欢的额头、太阳穴处、鼻尖在不停地冒冷汗，她轻轻用纸巾擦拭着，到后来，一包纸巾全部用尽，凌欢却依旧汗流不止。

　　他为什么要救自己？因为喜欢？可是，他那算喜欢吗？葛薇盯着那个从来喜怒不外露而今扭曲痛楚的脸，不忍地将那凉手凑近唇边，吐着热气温暖着，然后紧跟着担架下救护车，急诊时，葛薇却没有尾随进去，怔怔地站在门外，大脑一片空白。

　　良久，回过神来，只见Bruce瞪着一双大眼睛，呆呆地望着地板，忍不住问："Bruce，你们船长没有家人在这边吗？"

　　Bruce摇头。

　　"有好朋友和兄弟姐妹吗？"葛薇继续问。

　　Bruce摇头——船长向来惜字如金，他不过是个司机，又怎么知道？

　　葛薇忽然觉得自己完全像是凌欢世界的一个圈外人。

　　葛薇双手握紧，默默祈祷着，却不知道该祈祷何方神圣，抬眼，白色的急诊室门凉丝丝地迸发着阵阵刺眼的寒气。白墙、白天花板、白大褂的医生护士、白病号服，看得她双手冰凉，凉得她手指的骨关节一阵阵肿痛着。

"葛薇姐,你回去吧,都九点多了。"Bruce噘着嘴给家里打电话。

葛薇摇头。她万万没想到,她只当他是一句戏言,他却这样为之付出。

两个人正说着,门开了,凌欢眉头微蹙,额心之间闪现着痛苦。葛薇抓住医生的胳膊,刚要问,便听医生说道:"依X片来看,并没看出有骨折,但是之前有病史,你们明天一大早给他预约MRI吧,看脊椎、软组织损伤比较清楚。"

Bruce打断道:"什么意思?怎么一句也没听懂?"

医生的双目仿佛透过冰冷的镜片射过一道光:"意思就是,我们需要进一步为他检查,而且,他现在神经麻痹,你们得早点儿叫醒他,最好是给他按摩一下,辅助他的血液循环。"

"这个听懂了!"Bruce追上去,单间病房里,葛薇和Bruce开始用尽一切办法试图让凌欢醒来。葛薇拍他的脸,挠他的胳肢窝,他没有反应。

Bruce鬼哭狼嚎地唱《秦时明月》的主题曲《月光》,凌欢紧闭双目,依旧毫无反应。

Bruce凑到凌欢耳边大喊:"船长,葛薇姐要脱你的衣服了!"

凌欢沉沉地睡着,像要睡上千年万年。

这是葛薇头一次这样真切地看异性沉睡,她轻轻地用手指梳理他的黑发,将那无论如何也捂不暖的大手掖进被子里。葛薇觉得有一阵奇异的气流漾在整个病房,睡着的和醒着的呼吸的节奏一致,躺着的和看着的血液流淌的速度一致。

"月光色,女子香,泪断剑,情多长,有多痛,无字想,忘了你……"Bruce开始卖力唱歌以缓和气氛。换作平时,葛薇肯定和他一起唱,可是,此时她的神经绷得很紧,怎么也唱不出来。

"要不,咱们先给他按摩吧。"葛薇说着,笨拙地掀开被子,运动员才有的修长腿脚便展现在她面前。笨拙地揉、捏、掐、按着肌肉结实的长腿长脚,瞥一眼那沉静而表情略带痛楚的眉,手中坚硬的骨骼像金刚钻。有过旧伤吗？怎么伤的？带着无边的好奇，葛薇帮昏睡中的人按摩的力度又加强了些。

Bruce发现凌欢的睫毛微微一振。

葛薇继续按摩着他的小腿，凌欢没有因此而睁开眼睛，梦，却因此而越来越沉。梦中，少女看尽他的狼狈相，却接过护工手中的毛巾。少年紧张地想像上次一样大吼一声"出去"，刚一张口，却被一只剥了皮的香蕉堵得严严实实。

镜头一转，已是几年后。

少女散下黑亮的马尾，一头乌发在灯光下流淌，沿着锁骨垂落到已然发育完全的胸前，伤好之后的他也已成长为一个独立的男人，熬夜而没有刮去的微微的胡子扎在她小巧的的耳垂上，她微凉的手轻轻拍在他麻麻痒痒的脊背上。

"给你贴膏药呢，老实点儿。"她的长发轻轻一甩，一丝丝轻轻地散落在他的后背。

镜头再一转，又是一年后。

她随着天空那团又圆又白的云飞向天的另一方。

"梅。"

葛薇听到一声喃喃的低唤，语气是她认识他这些天来最温柔的一次。

"没？没水了？"Bruce四周张望一下，"船长，你要喝水吗？"

葛薇勉强冲Bruce微微一笑，笑得唇角酸溜溜的。

再看一眼凌欢，痛苦的五官却已舒展开，英挺的鼻梁峭拔地微扬着，似乎在深深迷恋着什么，迷恋着、迷恋着，轻轻呻吟一声，浓密的睫毛抖动一下，抖动两下，薄薄的眼皮渐渐启开，漂亮的丹凤眼眨一下，眨两下，视线清晰了，一言不发地瞪着帮他揉捏小腿的人。

黑曜石的瞳孔先是凝神，再散开。

葛薇隐隐约约中，略体味到几丝那黑瞳里的温度，却不知道是否属于自己，手本能地一松。

Bruce一拍大腿："船长，我出去买包烟啊。"

凌欢略一思量，望着那同样美好却并不相似的面容，细细端详着那倔强的眉、清润的大眼，似要开口，动动唇角，却终于冷冷地说道："送她回家。"

第二天一大早，葛薇肿着两只眼皮出现在公司的时候，只觉得头昏昏沉沉的，反应很迟钝。葛薇正木然地敲着键盘，依旧姗姗来迟的Ada将高跟鞋踩得嗒嗒作响，大步流星地走进来，神情严肃："嗯，嗯，知道了。好，没问题。"挂掉电话，便说，"Cici，S对我们的策划表示不满了，你再写几个话题吧。"

葛薇当下悟了，原来，周翎为了几个免费的话题，向钟少航告状之后，竟"击鼓鸣冤"到Ada这里了。

"好的。"葛薇答应着，"可是，咱们的话题他们之前不是觉得满意了嘛，她明明是想威吓我们做事。"

"因为我们是乙方。"Ada满脸严肃，"而且，既然他们能找出问题，就证明我们真的有问题。"Ada说。她今天精心化了一个妆，睫毛、眼影一样也没少，上身的红色皮衣葛薇在徐家汇的港汇商场见过，四千多元。

"好的。"葛薇顺从地说。

"Cici，你欠我一个微信文字，还有五个问答。"实习生唯恐天下不乱地制造着恐慌。

上班的第四天中午，卢湾区的一条繁华商业地段，小吃餐厅云集，葛薇却再次叫了外卖，边吃边写。

"你挺忙的嘛。"

邻座的实习生看一眼边嚼着米饭边查资料的葛薇，酸溜溜地说。

葛薇嘿嘿一笑，心就像刚烙出的煎饼似的：反过来，烙成皮，覆过去，再烙一层，刷上辣椒酱，油炸的一大块方形的大果子敲碎后揉啊揉，揉得她胃微微痉挛着。

趁着吃完饭的时间，葛薇将手机拨出去，Bruce迅速接起来，小声说："葛薇姐，上午刚做了MRI，结果还没下来，不过，船长的脊背似乎真的出问题了。"

"怎么了？"葛薇只觉得心"突突突"地猛跳开来。

"嗯……船长，现在还是动不了。"Bruce低声说道。

葛薇握着手机的手掌登时一麻，脚也开始麻，麻得她心里乱成了闹哄哄的集市，叫卖声、砍价声……乱成一团。

"葛薇姐？"Bruce听不到葛薇的声音，急急地呼唤。

"什么时候出结果？"葛薇咬唇问道。

Bruce轻声答道："一个礼拜。"

"一个礼拜？那他这个礼拜怎么治疗？"葛薇的手心开始簌簌冒汗。

"是啊，葛薇姐，我跟你说啊，医生说如果是水肿压迫神经的话，水肿消了人就好了，可是水肿压迫的话，不可能一点感觉都没有，可是，船长现在胸以下完全……好像有点麻烦了。"Bruce压低嗓门。

葛薇内心的菜市场开始愈发喧闹起来，耳中人声鼎沸，吵得她心慌人慌，咬唇，嘴唇干裂开来，指甲亦忍不住在墙上不停地钻凿着，钻出一个个灰色的痕，白粉末哗哗落在地面上。

开窗，一阵凉风打在脸上，灌入喉中，葛薇的大脑稍微清晰了些。

"Bruce，你现在在哪？他现在在做什么？"葛薇将一双胳膊压在窗口，白T恤迅速被压出两道灰印子。

"我在病房门外啊。船长他一天也没说话，早上派我回公司带回笔记本来了，检查完了身体就继续工作。其实他有偷偷掐自己的大腿，都掐紫了……"Bruce悻悻地汇报着。

"他吃东西了吗？"葛薇追问着。

"不吃……早上喝了半盒牛奶。"Bruce摇头说道。

"中午呢？"葛薇忙问。

"滴水未进啊。"Bruce说，"葛薇姐，你下班之后赶紧过来吧，我是劝不动他，他胃不好，可别折腾了。"

"好，我现在就过来！"葛薇边说边离开走廊，往写字间抬腿便跑。

Bruce却阻拦着："喂，都周五了，你还是下班再过来吧，找个工作不容易。我保证让船长吃饭，好不好？再说，你又不是医生啊。"

还未等葛薇回话，Bruce又想出一招："葛薇姐啊，船长好像和你们的CEO有交情，要不要问他医院的放射科有没有熟人啊，也好让诊断书早点下来？"

"好。"葛薇答应着，放下电话，便要去找钟少航，忽又想起Susan的白眼和Ada黑夜中的眼神，心想这份工作必是干不长久了。

"既然害得他旧伤复发，那我就用工作赔给他吧。"葛薇果断决定着，径直走进写字间，一路向前，敲了几下钟少航透明的办公室门，钟少航一愣。

"进来。"

葛薇直言不讳地说明来意，说完之后，钟少航也不拒绝，也不答应，轻轻地将一份文件夹合上，笑问："Cici，你知道刚才你犯了几个错误吗？"

"啊？"葛薇咬唇。

"第一，我属于你上司的上司，上班的时间你绕过Ada来找我，是越级汇报工作，Ada那边你说不过去；第二，上班时间，你即便越级也应该是和我谈工作，可你和我讨论的是什么？第三，你这样直接进来找我，你知道会有多少女同事羡慕嫉妒恨吗？"钟少航轻笑，和煦的笑容在午后的日光下细如暖风。

葛薇耷拉着脑袋，使劲揉搓着帽衫的帽带，不知如何回答。

"微信是多少？"钟少航将目光投在自己的那台笔记本上。

葛薇一怔，如实回答。

"加你了，赶紧回去想好怎么和Ada解释吧。"钟少航摊手。

葛薇不安地从办公室挪出犹豫的步子，果然一头迎上Ada满脸期待的目光。

葛薇只得一步步向前："Ada，刚才Akira找我，说，说不要理睬周翎的无理要求，说这次多写的话题算是附赠的。"

Ada点头："真行，状告到Akira那里。Cici，下次我不想因为策划不被满意而把事情闹大，你明白吗？"

葛薇这才发现，自己又给自己挖了一个跳不出来的大坑。

Ada说完，忽又笑道："Cici啊，你会写PR稿（公关新闻稿）吗？我们来不及找兼职帮忙写了，咱们自己赶紧写出来吧！资料我马上就发给你。"

"好。"葛薇顺从地点头。话音刚落，实习生女孩不失时机地添乱："Cici，你答应给我的微信文字还没给我。"

葛薇强压着怒火，僵硬地微笑着："可是我一个小时之前就给你了呀，没有收到吗？"

实习生急忙去刷新邮箱："有吗？"

葛薇无暇和她计较，再泡一杯浓咖啡，开始急匆匆地收Ada的资料，发现这个稿子实在难写得可以——不但需要从资料中筛选出活动的精品图片，还要从头了解活动的背景。剧烈的战斗开始了，四个小时，不吃不喝不去厕所，不聊Q不乱看一张网页，精力高度集中一点儿……

他真的不吃饭吗？万一胃再坏了怎么办？他是怕自己动不了，上厕所不方便吗？那也不能这样折腾自己啊！

一边筛选着活动照片，目睹着照片上夕阳下的一滴水珠，葛薇情不自已地托着下巴，忽然想起，某人那天曾矗立在秋风夕阳下，来给自己送晚餐……

"Cici，PR好了吗？"Ada适时提醒着。

"努力选最好的照片，紧张筹备中。"

葛薇努力摆出一个精神振奋的笑，心下却笑得涩涩的，点击开下一张照片，脑子里却是他梦中呢喃时沉醉的神情。葛薇不由得舔着嘴唇：他既对我好，还在梦中杨梅、草莓的做什么。可是，谁没有过初恋？葛薇啊葛薇，他不怕旧伤复发却要救你，你还图什么？

葛薇这样琢磨着，一想到加班，便打起精神，饮掉整整一杯咖啡。下午六点下班的时候，葛薇以超人的速度成功完成PR稿、十个广告问答的撰写。邮件发出去的时候，号称"铁胃"的她人生头一次胃部剧烈抖动开来。

"Ada，终于完成了，请查收下，还有别的事情吗？"葛薇极力乖巧地笑问。

"别着急,我看看。"Ada摆出一副专业的派头。

需要说明的是,葛薇所在的部门WOM(网络营销策划),是雅多最小的部门。WOM的主管Ada以前是做其他网络项目的,在公司做了三年最不起眼的基层项目,她的项目逐渐在市场中被弱化,今年三月份公司又应时地设置了WOM部门,于是,她顺理成章地成了这个最小的新部门的主管,掌管几个实习生、以前项目的一个属下以及负责媒介沟通的一个男同事。策划的任务则全部都由新来的葛薇担着。事实上,几天下来,葛薇发现,她的策划资质几乎为零,"大家一起来买一款深受日本人喜欢的红酒,争取让日本人买不到酒"的策划,便是出自她手的"杰作"。

葛薇趁机给Bruce发短信问:情况怎么样啦?

Bruce回复:好生劝着吃了半碗粥,还是动不了。

葛薇紧张起来,开始收拾东西,却听Ada召唤着:"Cici啊,你看,这里需要……"

葛薇脊梁后滋滋冒出一股冷汗。

晚上九点十分,葛薇匆匆坐上一辆出租车,一大会址、新世界、妇女儿童用品商店,一个又一个的红绿灯像是停滞了的镜头一样,每一个镜头都定格过。

"司机师傅,可以快点吗?医院有病人!"葛薇催促着,胃里微微痉挛起来。

"侬那么着急,是很重要的人吧?"四十岁左右的司机多嘴地问道。

这一问,葛薇却无言以对。

葛薇怔怔地望着窗外变幻的霓光,竟不知如何回答。一个莫名其妙追自己的优秀男人,几天前还为一个女人失常,却又让自己幸免于车轮之祸的男人。葛薇啃着指甲苦笑。头一次遇到这种藏在雾水后头的男人,心是被雾气挡着的,人脸亦是在雾霭后头,她看不分明,然而,这人又付出很多,两个人的关系,她剪不断,裁不碎。

葛薇飞奔在病房的走廊上，一如每个见自己男友的女子，可是，未进那人的病房门，便在门外听到了热闹的声响。

冰砖似的声音哼道："多事！都说不用了。"

"船长您也别害羞，都是男的，一会儿葛薇姐下班来看到咱俩这样卿卿我我的，多不好。"年轻而嬉皮笑脸的声音。

"一、二、三。"冷山在恐吓少年。

"别别别，船长，您怎么能为这事儿扣薪啊，我错了……唉，挺干净的人，这么不爱洗澡，洗个澡您不就不用失眠了啊……别，别扣！"

葛薇一进门，却见Bruce一手拿着一条大毛巾，另一只手做投降状。再见那个别扭的冰山男，上身的睡衣领口已被解开，露出凹凸的锁骨和大半胸肌，两个人的姿势要多暧昧有多暧昧。

许是在4A公司待久了，公司里从来都不乏左耳戴耳钉的贝雷帽男士和穿西装打领带的女士，凌欢一眼便看穿了葛薇的小念头，牢牢地躺在床上，侧过那张天寒地冻的俊脸，狠狠剜了葛薇一眼："出去！"

葛薇细细端详着这人：只见他整个身躯黏在床上一般，纹丝不动地躺着，脸色发青，胸前一起一伏，面颊处更是因水粮不进而消瘦下去，甚至，葛薇还瞥见了从雪白的被子里伸出的一条茶色的管子。

"就不出去！反正围观你又不要门票。"葛薇本是想道歉，没想到话到嘴边，竟自动转换成这样一句。

凌欢却因此心情稍微缓和了些，侧过狭长的丹凤眼冷冷说道："卖门票？来瞻仰高龄处女？"

"有……有本事你现在就给破了！"

葛薇见他虽纹丝不动地躺在病床上，却嘴比鸭子还硬，忍不住狠狠地回敬道，说完，却自己涨红了脸。

凌欢低头打量一眼自己结实的胸肌，抬头逼视着放出豪言的人，果断说道："你确定？"

葛薇后退一步，瞪着这三分挑衅七分戏谑的俊脸，俯瞰着这个强势的男人："确定，有本事你先自己翻个身，然后给自己洗个澡，不然就少在这里充好汉！"

凌欢一怔，一记刀子眼斜飞过来："亏你三贞九烈的口口声声喊着尊重、尊严，大半夜的倒是跑到男人的病房里来看洗澡？"

Bruce在一边忍着笑一边抄起一本时尚杂志："怎么两个人越说越下流啊。"

葛薇却被这眼神刺痛了，想起那声深沉的低唤，心不断下跌着，跌进一大口深不见底的井中。

"你还不是口口声声说要追我，心里却想着别人！"

此话一出，正在看时尚杂志的Bruce抬起头来，凌欢亦抬起头来。只见葛薇那双莹润润的眸子幽幽然，像是被摔了一角的莹玉，又像是被拔了刺的蔷薇，让人禁不住心疼，心下不由一"咯噔"。

"在吃醋？"凌欢的口气稍稍缓和下来，像是在安慰，又像是在证明着俩人之间的关系。

Bruce忍不住从沙发上跳起来，东张西望着。

"船长，我冷。"Bruce紧紧抱住双臂，像冬日在寒风中等公交车的上班族，不停地跺脚。

聪明如凌欢，当下领悟，黑瞳却微微一转，瘦长的手指拧住被子的一角，狠狠揉搓着，喉结也一起一伏，垂下长长的睫，盯着雪白的被子，一言不发，看得葛薇一阵迷茫。

"你怎么了？"葛薇忍不住体恤地问道。

凌欢没有回答，眉头拧出一道竖纹，却又马上舒展开。

良久，凌欢抬起头来瞪一眼Bruce："冷就回家。"

"哈？"Bruce语气里掩饰不住惊喜，却又不敢相信地等待下文。

"回家过周末，不明白？"凌欢冷冷地望着被面，额角莫名其妙地渗出一滴豆大的汗珠，滑落颀长的脖颈，渗入纯白的睡衣领里。

"也就是说，船长让葛薇姐留下吗？"Bruce高兴地双手鼓掌。

葛薇不知为什么凌欢就这样放走了同是男人的Bruce，却轻易留下她。望着Bruce连蹦带跳冲出病房的身影，葛薇关上病房门的那刻，心跳加速，腿抖。

第十一章 轻尘的过客

陈年往事中总有那么一些不堪的，让人无法释怀，却无法摆脱，甚至想起来就觉得心惊胆战，那些旧时光让我们裹了一身软猬甲。

他是在索要男友的权利吗？

葛薇心想，却见他已闭上眼睛，不像是要理她的样子，竟像是要避开Bruce的喋喋不休，寻求清净似的。

葛薇望着椅子上的水盆，呆了几秒钟，然后，轻轻抄起脸盆里的湿热毛巾，侧过头去，不敢看凌欢的脸："不早了……帮你擦擦身体，你早点休息吧。"

凌欢如预料中那般拒绝，头一扭，一副就义的姿态："不必。"

"你要是一辈子这样，一辈子不让别人碰你吗？"葛薇劝道。

"我若一辈子这样，你照顾吗？"凌欢睁开眼睛，反问。

葛薇毫不犹豫地说："只要你没有别人。"

凌欢自刚才一直捏住被子一角的大手就这样一松，湿漉漉的床单皱得像一团废纸。

"水凉了。"葛薇说。

凌欢认真地端详着葛薇的脸：略修过的修长眉毛没有描过，双眼皮的大眼睛有着与年龄不相称的清爽，高耸的鼻梁……头一次意识到，原来，她的五官不只是漂亮，竟可以用精致来形容。

凌欢心下一软，双目微微闭合。

葛薇只当他是妥协了，便进浴室添了些热水，兑好水温出来时，只见凌欢双目依旧紧闭。她站在床头伸手，缩回头，再伸手，再缩回去，终于壮起胆子，轻轻掀开被子。解开他的一粒纽扣时，他的身体微带牛奶气息的味道缓缓地进入她的鼻间。葛薇知道，每个人身上都有自己独特的味道，他的味道，所幸她不排斥。

再一粒纽扣，他的胸膛便如雕像般完整地暴露于她面前。

葛薇脸上忽地一烧。

轻轻帮他擦拭着依旧冰块似的大手和冰凉的手腕，慢慢抬高他的床位，擦拭着他宽阔的后背，旧伤的疤痕赫然在目。疤痕就像一条长而丑陋的蚯蚓盘踞在脊柱上，又像是被什么诅咒了一样，看得葛薇心下刺痛着。

擦完上身后，葛薇慢慢拧着毛巾，水哗哗作响。拧干了，换一盆温度适宜的水，继续洗毛巾，继续任水花攒动，耳根子、脖颈子红成一大片。

读大学的时候，一个月圆之夜，葛薇的第二任男朋友曾在自习室的走廊里牵着她的手去摸他的宝贝，葛薇被活生生吓跑，之后，更是任凭天崩地裂地做着青灯下的尼姑，长那么大，真正去面对成熟男子的躯体，这是第一次。

抹一把鼻尖、额头上的汗珠，葛薇鼓起勇气去解他的下衣时，他的手却一把抓住她的手，力道不像是男人抓女人，却像是警察捉贼一般刚勇。葛薇吃惊地望着他，只见他依旧脸侧向枕头的另一边，双目紧闭。

似乎感觉到她在疼，他的手微微收了些力道，却依旧牢牢地扣着。

葛薇想一把甩开他的手，放弃这件工程量浩大的擦身工作，然后美美地睡上一觉，从此不再管这个别扭的男人，他的手却是很有力道，葛薇丝毫抽不出手。

忽又想起昨晚他救自己的场景，葛薇心软了些，深呼吸一口："放松些，我又不会轻薄你。"

说完，葛薇黯然地想，他怕是不知和他的什么梅、蓝莓、草莓、蔓越莓有过多少次了。

凌欢的手缓缓松下，葛薇的手此时已被那冰凉的手捏得发白，却是不痛，显然，他已在控制自己的力度。

结束这场战斗时，葛薇已筋疲力尽，两个人一句话也没有说，直到护士来催熄灯，俩人分头睡下，节奏一致的呼吸声在两张床上鸣奏。被工作折磨了一天的葛薇迅速睡去，半夜时，一阵又一阵急促得让人心惊胆战的呼吸声将她扰醒。

扰醒别人的人却尚在梦中。

梦里,他十五岁。人生第一次遭遇那么重大的比赛,人生第一次被夺走梦想,人生第二次回到婴儿的襁褓中。母亲显然服侍不了他如此高大的身躯,夜里便请了一位健硕的男护工。

这天,母亲精心炖了一锅香气四溢的排骨汤,栗香绕梁,不顾他一再的拒绝,说是为了他骨伤恢复,晚上喂他整整喝下一碗。半夜,护工为他翻身时,面对浸湿了大片的床单,忍不住怒火中烧,挥手便在尚在熟睡中的少年的脸上狠狠落下一记耳光。运动员出身的少年自是血气方刚,一巴掌被打醒,勃然大怒地狠狠一挥拳,护工的鼻子便涌出一股鲜血,护工亦不示弱,一把将少年拖下病床,胸以下没有感觉的少年就这样下身赤裸着坐在了白天里无数人走过的冰凉地面。

少年一言不发,板着脸,用两只打过篮球的胳膊支撑着整个疲惫的身体,倔强地不让自己倒下,护工换完床单,却在陪护床上倒头就睡,还轻轻打起鼾来。

少年只得用双臂挪动着那死肉般的废弃身子,一边挪,一边想象着孔乙己爬到酒店时的场景,身子抽搐着,毫无知觉的腿也因那地面的冰凉而微微痉挛着。爬到床头时,他用仅剩下的最后一股力量,抓起桌上的橙子,砸向那个护工的鼻子,护工被砸醒,少年不卑不亢地说道:"拿人钱财,替人消灾。"

护工只得一使劲,将高大的少年提到床上。少年没好气地说:"我脏了。"

护工便打来一盆开水,少年即便感觉不到,也在滚烫的开水中一激灵。第二天白天,母亲看到他下身烫出的泡,躲着他偷偷掉了一上午的眼泪。

凌欢的呼吸越来越急促,葛薇爬起来的时候,只听他努力压抑着自己难以言传的伤感和恐惧,细细低唤:"葛薇。"

"薇……"

葛薇急忙去开灯,却见凌欢唰地用手臂挡住脸,煞白的唇依旧在发抖。

"不要开灯!"凌欢好听的冰玉似的声音不再,而是变得沙哑、艰涩，听得葛薇心疼地走近这个从来都未如此软弱的男人，拖过椅子，温柔地坐在床头。银色的月光下，葛薇端详着那仿佛蒙了缭绕纱雾的男人。她银色的月光下，凌欢打量着床头的女子依稀可见的精致五官和凹凸有致的绵软身躯，努力忍住自己一把将她抱在怀里的冲动。

手，却是禁不住抓住了那温热却并不纤细的手。

葛薇以为他是害怕一辈子残了而恐慌，便由他抓着，将另一只手搭在他比自己大了许多的手上。

葛薇听得到那突突突突如同士兵突击般的心跳。

另一只冰凉的大手忽然抓住她的另一只手，搭在他的胸前，就这样，葛薇被动地拥住了那汗淋淋的身躯。

心，贴着心的位置，狂跳的那一颗心，逐渐平和下来。

心，依旧贴着心的位置。

平和的两颗心，跳动的速度逐渐一致。

忽然，葛薇意识到什么，直挺挺地脱离那逐渐温暖过来的身躯。

凌欢亦没有阻拦。

葛薇沉沉地睡了，一夜无梦，醒来时，便看见一双漆黑的眸子盯着自己，依旧冷清，却比昨晚多了些异样，那是……喜欢吗？

"困就继续睡。"凌欢说着，扭头闭上眼睛，浓黑的睫毛铺陈在他的眼睑上，阳光透过窗帘，轻柔地洒在他挺拔的鼻梁上。怕吵醒他，葛薇盯着他看了良久。

"看够了吗？"直到凌欢开口，葛薇羞得面染桃花。

葛薇拉开窗帘时，发现病房外的梧桐已璀璨得黄成一片，黄灿灿的，像是秋天写的诗。

葛薇记得自己在北京的时候，钓鱼台附近也有那么一片灿烂如火的银杏，叫银杏黄墙。葛薇曾和一帮摄影爱好者踩着细细的树叶从那里走过，脚下，便是起起伏伏的，像是一个人永远不会平坦的一辈子。

> 黄金色的树林里分出两条路，
> 可惜我们不能同时去涉足，

但我们却选择了，
人迹罕至的那一条，
这从此决定了
我们的一生。

葛薇记得，自己曾仰望着黄墙之上没有云彩的蓝天，情不自禁地读出这首美国诗人弗罗斯特的《林中路》，今天，怔怔地望着黄得无比灿烂的梧桐，依然充满诗意而伤感。

忽然，听到敲门声，一个专家模样的人手里拿着一个医用公文袋冲她微笑。

此人微笑的面部表情精确地露出四颗白森森的牙齿，整个脸上似乎都长着精密仪器，葛薇一看便知道，这必是哪个科的医学资深人士大驾光临。

凌欢扫一眼门口，攥紧了拳头。

窗外，金黄的梧桐树叶被秋风牵得一会儿向东扬，一会儿向西舞，还有些被秋风生拽下枝头，飘摇着，飘摇着，成了来往人迹、轮椅车辙、拐杖痕迹之下的温柔地毯，或是再一阵秋风吹来，摇摆着落入行人无法触及的栅栏丛中，腐朽后，变成了明年的春泥。

葛薇还没来得及开口，就见从他身后晃过一个身形高大的男人，那男人看上去在一米九左右，一身运动装束，比那个医生模样的人高了大半头，似乎是上次在医院和凌欢吵架的男人。

"嘿！你又倒下了！早知道那天不和你打比赛了！"这人说完，径直走到凌欢床前，脚上带气垫的运动鞋和乔丹的大标志葛薇似乎在哪里见过。凌欢显然对这双鞋有些兴趣，男人使劲拍拍凌欢的肩膀，方才抬头。

"这是你的新女朋友吗？我叫高云道，是他的老同学，你好。"高云道想要拥抱葛薇，葛薇本能地一躲。

"滚。"凌欢指着门口。

"这就是你不对了。我给你介绍专家，你居然让我滚。"高云道指着自己带来的医生,"这是神经科专家李国斯主任,我姐夫,刚从德国回来,这是我老同学凌欢,和我一样,都是广告业的精英人士。"

"你好。"凌欢礼貌地冲白大褂的李医生点头,伸出手,却冷冷地剜了高云道一眼。

葛薇看得云里雾里。凌欢和这高云道到底是什么关系?他们俩难道不是商业竞争对手吗?

此刻她已无暇琢磨,只见那年近四十岁的中等个头的医生走上前,掀开凌欢的上衣,仔细探视了一番凌欢脊梁后的伤口,从公文袋里小心地掏出一张片子。

凌欢努力地捕捉着医生眼中的每一丝信息,端详着那欲发言的唇形,手心里攥出一汪冰凉的汗。

葛薇也死死地盯着那张她看不懂的片子,黑的、白的、灰的,一节一节,其中有一节微微凸出着,里面似乎还有什么东西。葛薇看不懂,双手握拳,祈祷着。

"我听高云道说了,你以前打球的时候受过伤,导致第八、九胸椎骨折,差点儿胸以下完全瘫痪,经过自己的十二分努力,终于能恢复到常人这样,很不简单。"李医生坐在床边,冷静地表扬着。

"嗯。"

凌欢努力让自己保持平常的姿态,手里的一汪汗却依旧顺着手掌的纹路流淌开来。

葛薇打量一眼凌欢,他睡衣的扣子刚被解开,肆无忌惮地露出一副结实的胸肌和平坦的小腹,小腹虽不至于六块腹肌,两块总是有的。想到这个精壮结实的男人以前竟有过这种经历,葛薇心里不由得一酸,心也提到了嗓子眼:现在赞他,这是欲抑先扬吗?心不停地抽紧着,只觉得胸口处堵得惶惶然。

"那次的伤让你的脊椎不可避免地形成了脊髓炎。所以,经这次一摔,脊髓水肿侵袭神经导致神经功能麻痹,让你胸第八以下再次失去知觉。"李医生继续说道,一面将脊椎骨的片子递给凌欢。

凌欢迟疑了一下,伸手接过片子,狠狠地盯着自己的伤处,眼神闪过一丝暗影:"然后呢?"

李医生严肃地说:"然后必须赶紧治疗,不然,你像上次那样幸运地再次站起来的可能性就不是很大了。"

凌欢抬眼,沉吟道:"也就是说,很有可能导致永久性瘫痪?"

李医生十分专业而留有余地地点头:"不是没有这个可能性。"

葛薇本以为是被判了死刑,现在听得尚且有生机,也忍不住问:"医生,怎么治?"

医生顿了顿,十分专业地说:"早期的治疗以激素冲击疗法和蛋白脱水疗法为主,但神经功能的恢复除了神经营养药,还需以中药营养神经,增强改善脊髓微循环的血运,使脊髓得到充分的血供,预防继发性脊髓萎缩的可能。并以脊髓神经再生之药兴奋脊髓,激活麻痹休克的神经,获得各种神经功能的改善恢复。"

葛薇听得十分迷糊,凌欢绷紧的神经却稍微放松下来:"也就是说,还有机会恢复?"

医生的口气依旧模棱两可:"完全有这个可能。"

凌欢和葛薇相视一看。

送走医生之后,葛薇见那两个男人似乎许久没见,四只眼里尽是惺惺相惜,便借回家换衣服为由离开,剩下两个长手长脚的前运动员放开谈男人之间的话题。

"你女朋友?"高云道问。

"嗯。"凌欢淡淡地答着。

"还成,都快有我老婆漂亮了。你说,你是不是不准她打扮,怎么头发都不收拾下?"高云道想起葛薇的小辫子,微微惋惜着。

"关你什么事。"凌欢不冷不热地说。

"我告诉你,凌欢,上大学时候我要不是怕你旧伤复发,也不会跟着你来上海,你少给我脸色看!我们现在是正当的商业竞争关系,但依旧是老同学,你得对我好点儿!"高云道说。

凌欢斜他一眼:"滚。"

"滚啥,我帮你翻个身。"高云道说,一如十五年前受伤时,高云道来看他时候的不客气。恍惚中，两个人似乎又回到少年时代：市里的医院，阴沉着一张白脸的少年和一身汗臭味、红着一张脸的少年。

高云道仗着一米九的身高，用粗壮的胳膊捞起凌欢的胳膊和腿，轻易地帮他翻过身子，接触到凌欢的膝关节时，凌欢的肌肉还是一绷。

"以前的事能忘就忘呗，当年我弄伤你也不是故意的。"高云道给凌欢背后垫了一个枕头，以支撑那没有感觉的身子，见他表情略有失常，便打趣着，"你也不算矮了，不过站我面前，跟我媳妇似的。"

凌欢随手挥出一拳。

这话已是十几年前的老话了。两个人自小学一起学打篮球，到初中一起比赛，然后是高中罢武斗文比成绩，再到现在的商战，已经斗了二十年。

"就算你再生气，就算你没有受伤，我也没放弃篮球，我们也成不了乔丹和科比。"高云道说，"也许，现在这样是我们最好的一条路。"

——乔丹，两个人少年时一度热爱到发狂的偶像。他们家的墙上贴着巨幅照片，脚上穿着限量版，球衣也买了23号。

"唉——"高云道倒一杯水递给凌欢，"你说，我们这辈子到底图的什么。我也不知道为什么，这辈子就是想跟你斗，没有什么理由，可能习惯了吧。"

"知道。"凌欢说。

阳光渐渐洒在病房的每一个角落，照在两个老友的脸上，照在眼角微微延伸的纹路、青春痘的深浅印子、打架时候的疤痕。

两个人正说着，听到一阵有节奏的清脆敲门声，一声"请进"，迎进两个人共同的另一个亦师亦友的兄长，那个随时随地都保持翩翩风度的男人。

"钟师兄？"两个人齐齐招呼着。钟少航款款进门，一袭纪梵希的灰色休闲西装得体地套在身上，艺术家似的大手里抱着一个精美的大花篮，一阵纯正的康乃馨和百合的新鲜香气霎时便充满病房的每个角落。

"钟师兄，你怎么知道他病了？"高云道一把让开凳子，自己坐在陪护床上。钟少航冲凌欢一扬眉，笑着说："做文化传播的人消息还不灵通吗？"

高云道不屑地说道："瞎说，你就对小美女们消息灵通。上次我和我老婆去大时代六楼吃饭，对面的那个小美女不错啊！还有那次在港汇……"

钟少航打断他："怎么说呢，你们现在还年轻，哪知道中年人的心情。你知道现在走在街上，那些小姑娘怎么说吗？那个大叔好帅！那个大叔好迷人。你们想想，十年前，甚至五年前，别人喊你们什么？"

高云道摸一把自己的板寸头，答道："鲜肉？"

钟少航笑着点头："自古名将如美人，不许人间见白头。美男亦是如此。所以，师兄比你们大，就更怕老。"

高云道竖起大拇指："给交小女朋友找那么冠冕堂皇的理由，哥你行！"

钟少航认真地看了一眼凌欢："真的不是找理由。和年轻女孩子在一起的感觉，就像自己又回到年轻的时候了呢……"

窗外走过一位白发的老妇人，身上儒雅的裙；坐在轮椅上的老爷子头戴文明礼帽，病号服外披一件质地良好的黑呢大衣，看得三个男人各自想各自的心事。

葛薇是晚饭之前回到病房的。偌大的房间没有开灯，凌欢一个人平躺在病床上，望着远处的万家灯火和近处暗夜中的梧桐，沉寂着。

啪！

白而冰冷的灯亮了。

淡白的光耀醒了那张苍白的脸，沉寂的人侧过脸来，目光沉沉。

"他们都走了吗？你吃晚饭了吗？"

葛薇心虚地回避开那目光，抱着一罐煮了一下午的排骨汤端到床头柜前。来到上海之后，葛薇在为添置微波炉还是电饭锅犹豫不决的时候，妈妈建议："你不是喜欢喝汤嘛，买电饭锅吧。"于是，电饭锅成为她唯一的煮饭工具。

"吃了。"凌欢淡淡地答道。

天气转暖，葛薇换下麻袋般裹住女性线条的休闲皮衣，外罩一件白色小西装，内换了一件淡黄色的修身长T恤。葛薇并不算瘦，东方女性的梨形身材，腿相对粗一些，上身却是纤细的，纤细的锁骨、纤细的腰，锁骨往下再一排胸骨凸出着，然后再往下，是东方人相对满分的胸，不扁平，不臃肿，恰到好处，像是画笔勾勒出来的。

　　"骗人，我刚才碰见护士，护士说他们下午三点多的时候就走了。"葛薇显然没有意识到对面的眸子里散发的温度，随手脱下外套扔在陪护床上，包也是随手一扔，拖过凳子围在凌欢的床前，拍一下凌欢的被子，"怕上厕所不方便你就不吃饭？到时候胃病再犯了，耽误了治疗，真瘫痪了你自己哭去吧。"

　　凌欢略一思索，一挑眉："行动困难，没法吃。"

　　葛薇便盛出排骨汤，夹起一片萝卜，送到那人淡色的唇边。

　　凌欢张口咽下，垂下眼睫。

　　再一口香气扑鼻的汤送过来，桂皮香、八角香、青葱香、肉香，张口，热而浓的汤汁入喉。

　　葛薇只道是他怕胃病复发，盛一碗香气扑鼻的米饭，舀一勺喂到凌欢的嘴边，顺着那寒光中不失温度的黑眸子的方向，低头，终于意识到，那个冷着脸莫名顺从的人一直在注意什么。

　　原来，自己每一挥胳膊，T恤便会相应滑下一节，起到十分好的低胸效果。

　　葛薇迅速放下碗，提起衣襟，脸便变成了夏日的傍晚。

　　迅速整理下衣衫，恨不得将衣领提到脖子上，葛薇站起身子，转身，凌欢只道她是恼了，便一挥长臂，本想安抚葛薇的胳膊，怎料，葛薇一回转身，一只大手便完全地包裹在她绵软的左胸上。

　　葛薇的脑袋"轰"的一声。

　　冰凉的手指隔着胸衣已将那丝丝清寒之气轻轻传于她的肌肤之上。

　　运动员的手掌大而有力，手指白皙且修长。

　　葛薇只觉得一股热血呼啦啦全部涌到自己的脸上。

　　"啪！"

她本能地将那只手打开，用力地。

那只海绵体上的大手便唰地多了五个红印，随着那外力的打击，顺着那柔荑的弧度，从上到下流连了一遍，自由落体般垂落到床头的时候，凌欢打量着自己刚触摸过温滑的手指，那温滑似乎还黏在了他手上，指尖上、指缝间以及手掌的指纹间，滑得他不由得喉结一紧。

被吃了豆腐的人依旧是恼羞成怒的，大眼睛圆瞪，红着脸指着他的鼻子叱道："你，你喝奶粉长大的吗？"

凌欢的唇角勾起一丝不易察觉的微笑："如果是，难道你要补偿？"

葛薇被这话惹得当即触电一般，挥手便要给这人一记耳光，凌欢却一把抓住葛薇的胳膊："男人对你的肉体都不感兴趣，那不是爱你。"

"去花天酒地的男人都是因为爱吗？"

葛薇嘴上愤愤地反驳着，内心却像是被鹅毛挠过似的。这些年，因为这个，没少吓走对她肉体感兴趣的非色狼，她却依旧改不了这个肉洁癖的毛病。曾读过一本书，介绍中国的大文豪沈从文和他妻子张志和的恋爱史，说是沈从文读书的时候，曾有一段时间天天给张志和写情书，其中有一封相当过分的情书，上书：我爱你的灵魂，更爱你的肉体。气得张志和将情书送到了校长那里。校长不是别人，正是倡导新文化运动的胡适。胡适一看，大喜："小伙子，好样的，继续追！"

就是这个热爱黑俏女人的男子，为他热爱的肉体留下了至今还广为传颂的名句："我一生中走过许多路，行过许多桥，喝过许多种酒，最爱的却是那正当年华的一个人。"

想到这里，葛薇脸上的红晕渐渐退散。他爱吗？他的喜欢像是从江水中顺手拈起的一朵桃花。他有他心头烧不掉、蚀不去的朱砂，一个让他病吐血，让他飞越栏杆不怕车撞、不要命的人。

凌欢的手臂慢慢松开。葛薇只觉得心下一阵不凉不热的，忍不住酸涩地说道："对肉体感兴趣也不见得是什么！"

"吱呀"一声，门被熟练地打开，两个人回头，便见一个粗壮的女人笑眯眯地进门："凌先生吗？我是李主任介绍来的护工。"

葛薇打量着那四十开外的女人：朴实的四方脸，枣红色粗线毛衣，宽厚的手掌，手里还提着一个布包。知这护工是本分人，却觉得心下少了些什么似的，像是被挖空了一块，黑洞洞地空陷开来，面上却对护工笑道："阿姨，麻烦您了。"

凌欢同样礼貌地冲护工说道："辛苦了。"

说完之后，他认真地望着葛薇，似乎要承诺什么，话到唇边，却变成了："这两天不准来。"

葛薇忙问："为什么？"

凌欢冷冷回道："明天要开始各种治疗，你来了会碍事。"

是怕自己看到他的狼狈相吗？不是都看到了嘛。葛薇端起碗来，凌欢却将头微微一侧："饱了，你回去吧。"

葛薇被这炙热之后的冷淡深深刺伤了一下。

忽然想起，自己既不是他的女朋友，而又非好朋友，却又为连累凌欢而不安。葛薇说道："那我明天晚上来看你。"

"不用，这两天都不用。"凌欢说完之后，摸起自己的黑莓手机，打电话给Bruce，被葛薇一把拦住："不用麻烦他，他够辛苦了，现在还早，我自己回去。"

墙上的钟表显示不过晚上七点多一点儿。

凌欢看一眼桌上的瓶罐，固执地将电话打了出去，二十分钟之后，Bruce嘻嘻哈哈地赶来。

葛薇坐在车上时，紧紧抱着凉了的保温杯，想起晚上两个人先是像置身热辣辣的夏威夷，下一刻却走进冰天雪地的爱斯基摩，心像被一剂毒药毒害了似的，整个人也定不下神，在副驾驶座位上怎么也坐不舒服。

七点多他便赶她走，就那么不留恋她吗？

望一眼天上的残月，一直潜伏在内心的自卑感潮水般涌来：是自己说他的身体状态伤了他的自尊吗，还是她的矜持让他寡味了？他要她这样的女人，多少都是有的，或许，那道弧线只是调戏，调戏是追求，追求也是调戏。

Bruce将车驶入外滩隧道，路过的时候没有看到那夜景，在隧道左右无间的包围中，葛薇只觉得心像蒸笼里蒸熟了的馒头，慢慢地发酵。她透不过气来，便让Bruce提前停在一个小路上，抱着保温杯下了车。缓缓地走过一条河时，一阵凉风吹来，葛薇禁不住打了个寒战。

葛薇走的是小路，昏黄的灯火稀稀落落的，家家户户晒在门外的内衣内裤湿漉漉地滴着水，巴掌大的米店、饮料店，还有迷你小超市不知多久没擦洗的门面，在暗弱的灯光下显得格外凄凉，路面上的泔水味道、刚泼出的带着白泡沫的洗衣粉水……不远处，却是一片繁华，夜之虹一直燃烧到月亮上，一道道光束铺满整个深蓝色的天空。

葛薇掏出手机，拨出小洁的电话，小洁手机的铃声欢快着伤感入耳：当你在翻山越岭的另一边，我在孤独的路上没有尽头……

"喂，薇薇，我男朋友今晚又不回来了。"小洁接起电话，第一时间向她报告了自己的孤独进程。

"没事可以看电影啊、聊天啊。男人都是这样的。"葛薇安慰着。

小洁的未婚夫在苏州工作，一周回家三四天，每次回家，小洁忙前忙后，有时候甚至把洗脚水都给端上来。

"薇薇，我们明天唱歌去吧。"小洁说。

葛薇一怔，知道凌欢不让自己去有他的理由，便答应着："好，小洁，我顺便告诉你一件事。"

答应之后，她便将自己和凌欢的事一股脑儿倒给了小洁。

小洁听完之后表示强烈的赞同："不错啊，先交往着吧。女孩子有个这样有钱又英俊的男朋友，有什么不好的。"

"可是，他有点儿冷。"葛薇喃喃地说道。

"冷啊，那你就让他热起来呗，你身材那么好，穿得小性感一点儿，好好化个透明妆，肯定让他眼前一亮。"小洁在电话那边说道，"不过，如果他真的瘫痪了的话，你有没有想过以后你们怎么办啊。"

"没想过，应该……无所谓吧。"葛薇想起自己胸前那只理直气壮的凉手，摇头。

小洁笑得咯咯的："好吧，你要是真喜欢人家，就好好相处，不管怎么样，好好谈一次，别去想后果。别一交往就想着结婚，都成结婚狂了你。"

"反正不管他以后好不好，我们在一起，我就不会胡思乱想。"葛薇说。

"也好，你这几天趁着照顾他多学点儿广告方面的东西。你不是要转行嘛，有这个机会，为什么不好好利用？"小洁十分实际地说。

葛薇依稀记得自己读书的时候，也曾仗着自己的长相问一些男生借资料，或者是社团活动的时候找活动教室与别的社团沟通，直到某人出现之后，她便"洗心革面"了许多年。

"肯定要让他教我。不过，如果我们能走下去最好了。"葛薇固执地说道。

"那你明天去不去唱歌？去淮海路的好乐迪还是南京路新天地的上海歌城？"小洁问。

葛薇刚来上海的时候，小洁第一次带她去南京路的上海歌城，随着透明观光梯观瞻着十里洋场的南京路，她觉得"上海歌城"这名字起得十分大气，比起北京的"麦乐迪""同一首歌"更有地方特色，但其实进入之后，她发现K歌房都是没有差别的。

"嗯，什么时间？"葛薇问。

"突然想起来，你不是要照顾那个广告精英吗？"小洁问。

"他说不让我去。"葛薇回答，"我想他应该有他的理由吧。"

"笨啊，他不让你去你就不去啊，男人对女人的体贴很心动的，你不如熬一点儿汤什么的带去。听我的没错。他不是胃不好嘛，男人的胃还不好哄吗？"小洁建议道。

"可是，我已经炖了排骨汤了。"葛薇认为自己实在是没有做贤妻的细胞。

"鸡汤啊，鸡汤才是最补的。"小洁说。

葛薇一大清早起来炖了鸡汤，出发的时候犹豫了一下，最终还是穿上了那件肥大的迪斯尼白色帽衫，帽衫上的红桃皇后有着妖艳的眼影，帽衫却是异常清纯的款式，遮了锁骨，掩了女性的特征，下摆盖了臀部。扎高了辫子，自己从镜子中一看，果然如二十三四岁的女孩子。葛薇看一眼窗外的晴天，心情也一并晴朗着。

然而，当她抱着鸡汤、小心翼翼地拎到医院时候，病房的门却是关着的，拧一下，才意识到门已被反锁。葛薇便抱着一本案例书坐在门口。待到医生模样的人出来之后，门又被反锁上，葛薇接着敲门，敲了一阵子，却无人应答。

"凌欢，是我，葛薇。"葛薇鼓起勇气说道。

依旧无人开门。门内一点儿声音都没有，死寂。

葛薇心下一慌，手上多了些分量地继续敲门，良久，从门里传来昨天那位女护工的声音："姑娘，你回去吧，这几天别来了。"

葛薇只听得心下一疼，究竟是怎么了？

第十二章 秋日传奇

没有爱的女人是不完整的，不爱别人的女人也是不完整的，内心所有的障碍都将成为你人生的绊脚石，踢开它，去迎接生命的烈火。

难道说，他真的一辈子瘫痪了，所以就不敢见她了吗？还是说，治疗出了什么别的事故了？

葛薇继续敲门："到底发生什么事了？"

护工却说："葛薇小姐，你就不要砸了，他已经睡下了。"

"睡下了我就不能进来吗？"

葛薇知道这是凌欢吩咐的，不觉心下阵阵寒凉着。

病房内始终静悄悄的，葛薇抱着手感渐渐发凉的保温杯，就这样呆呆地坐在病房外的长凳上。长凳是塑料的，秋风一吹，凉得她手凉脚也凉，似乎是生理期将至，小腹有些丝丝隐痛着，越痛越厉害，腿却像被粘在凳子上似的。她不想走，也不愿走。

不敢打他的电话，不知他是睡着还是醒着，怕叨扰了他，葛薇就一直等着。

终于，一个护士的脚步临近了，葛薇一喜，紧跟着站了起来。护士开门之后，葛薇刚要进入，却被一个近两米的身躯挡了个严实。铁塔一样的身躯就这样堵着，三下两下将她堵出门外，"啪"的一声，门又关死，葛薇纵是凌欢的哪怕一根手指也没有见到。

"他就那么不信任我吗？"葛薇咬着唇，小腹处凉丝丝地疼着。

"当然不是，不过，男人有男人的底线，听我的，回去吧。过几天再来看他。"高云道掏出手机，"有什么事情记得给我打电话！"

葛薇说出自己的手机号码，高云道迅速记下，转身便要走，葛薇一把抓住他的胳膊，高云道转身，俯视着她："还有什么事吗？"

葛薇急忙问道："那他现在怎么样了？"

高云道微微一乐，露出两颗虎牙："还活着。"

葛薇一愣，高云道便要推门，葛薇刚要跟上去，又被这铁塔军拦住:"给他点儿自尊。"

葛薇的手就这样停在风中。

不知站了多久,葛薇觉得小腹的疼痛又加重了些,只得捂着小腹,转身,心却不知道遗落在哪里去了。

回到自己的住处,葛薇觉得所有的思想全部都停止了。许是生理期的原因,许是这周的工作比打仗的担子还重,她一头倒在床上,蒙住脑袋,再次醒来的时候,已是天黑。

掏出手机,时间显示晚上八点半。

葛薇将鸡汤在电饭锅上热了,打电话给凌欢,关机。

打电话给高云道,高云道的声音轻轻的:"嘘——他睡了。"

"知道了。"葛薇挂掉电话的时候,觉得那颗稍微温暖的心一点点儿冷却下来。

莫非,有别的女人在屋子里,他躲着她吗?还是她的洁癖将两个人的界限明显隔开?

鸡汤渐渐冒起白色的泡沫,葛薇盛出来,捧着大口大口地喝了,疼痛缓和到最小化。刚要洗漱,手机铃声却缓缓响起来,激动地抓起手机,不是别人,却是钟少航。

"睡了吗,Cici?"钟少航滑糯的声音从电话的另一头轻轻传来。

葛薇犹豫了一下:"没,没有。"

"我在你家附近,你出来吧。我给你带了消夜。"钟少航笑说。

葛薇下意识地警惕着,想起凌欢一声又一声的"师兄",无法将这个俊朗的美男子与色狼联系在一起。凌欢既然喊他师兄,他怕是知道凌欢不少事吧?

"好的。"葛薇答应着,跑出小区,只见钟少航站在自己的车前,衣服又换了一身中长款风衣。她不知道那个对车十分低调的人身上的那套LANVIN的价值,却觉得这个男人不做演员实在是可惜了。

"Akira。"葛薇叫着。

"不是说,不在公司的时候喊我钟大哥吗?"四周并不明朗的灯光,似乎已被钟少航的笑容点亮。

葛薇终于没有叫出来,却听钟少航说道:"答应告诉我的事,现在考虑得怎么样了?"

葛薇毫不犹豫地望着钟少航的眼睛:"我不走了。"

钟少航转脸端望着葛薇,葛薇垂下头。两个人顺着小河边走着,淡淡的月影笼罩在钟少航的脸上。

"刚去看我的小师弟,见你不在,我便来这边找你了,是他赶你回来的吧?"钟少航一句话便击到葛薇心里。

"嗯。"葛薇应答着。不是赶走,是不见。

"你别怪他。我这个师弟的经历比别人更痛一些,自尊也就比常人更强一些。"钟少航为凌欢解释着。

葛薇吃惊地抬起头,却又故意漠然地望着水影:"和我没有关系。"

"哦?你不喜欢他吗?"钟少航笑道。

葛薇答也不是,不答也不是。忽然发现,自己都考虑和他一辈子的事了,却没有想过这个问题。

"喜欢就勇敢些。我仔细问过许多医生,因为造成的是水肿,现在是压迫神经,及时治疗的话,不会导致瘫痪,他那么年轻,又是运动员出身,对那些药物的承受能力强些,恢复也快些,如果好了,不会影响你们今后的正常交往。"钟少航笑道,"万一不好的话,我还是鼓励你冒这个险。"

葛薇的脸唰地一红,却忍不住好奇着:"为什么鼓励我?"

钟少航一愣,爽快答道:"因为一个是我教出来的师弟,一个是我喜欢的女孩子呢。"

毫无隐瞒又熟稔的表达,葛薇瞪大了眼睛。

"很单纯的喜欢啊。"钟少航说,"离开校园之后,不必说爱,即便是纯正的喜欢也少了百分之九十以上的机会。现在你们这样相互不计较地去喜欢,这种浑然天成便是许多人期许也得不到的。我是没有机会了,所以希望你们能把握好。"

"可是,"葛薇不知不觉敞开心扉,"我就那么不值得信任吗?他自己接受治疗，我连看一眼都不成……"

"尊重他。"钟少航说道。

此时，两个人正讨论着的人却如身处水深火热一般。

大剂量的甲强龙冲击治疗依旧在他的手腕上持续净滴着，心电监护严密监测着患者的心电图和生命体征。白天里，各种注射一次次像猛兽一般吞噬着他所有的精力，待他精疲力竭时，又一种药物摄入体内，精力被迫疲惫而亢奋着。

他没有一丝力气地躺在床上，眼睁睁地望着自己的死党帮自己翻身、喂水，看着护士一次次打针，竟不知道这究竟是治他的病还是要他的命。可是，要好起来。公司的事不能没有他，凌欢轻捻着似乎还残余着绵软的手指，而且，不是要再开始一段新感情了嘛。

胃口是在恶心之后好起来的。

Bruce的妈妈炖的汤真好喝。高云道喂他喝下去的时候，他的喉咙依旧焦渴着，只余下吞咽的力气。脸也迅速肿胀开来，他没有看镜子，也知道自己胀鼓鼓的脸现在已经变形。抬不起胳膊，他也知道，他的小腹亦微微鼓起来。十五年前治疗的时候，便是如此。

当初，他也是选择了不见她。

第二天，因为各种药物的剂量小了些许，凌欢整个人也清醒了许多，然而，脸上的紧绷感却更强烈了些。他知道，此刻他那张的脸怕是肿成了白嘟嘟的包子。

胃里的恶心感觉愈加强烈起来。

中午吃过饭之后，服了药，胃里就像扎进了一只刺猬，刺猬蹦跳打滚，他便头晕眼花起来。趁着没有治疗的空当，凌欢打开笔记本审阅了一个平面广告的最终PPT，确定了一个广告全案，签完这个月的薪水结算。刚要继续的时候，医生和护士再次走进病房，当心电监护设备放在他胸前，药物再次注射入他体内之后，人却没有这么幸运了：心跳得像赛跑，血压因着药物的反应迅速蹿上来。整个脑袋晕得像飞机刚起飞的时候，上一阵，下一阵。

"你怎么样？"李国斯医生紧紧盯着紧连在凌欢胸前的心电监护仪。他深知，这种治疗既可治病，又可害命，倘若病人体质虚弱，怕是会导致心脏衰竭、糖尿病和高血压，搞不好还会一命呜呼。然而，昨天这个坚强的男人硬是抵住了强烈的副作用。

"没问题。"凌欢漆黑的眸子凌厉一转。

各种超出的数据正在削减，各种指标也慢慢恢复正常。

待到药物的反应稍微缓和些，李国斯不得不站在床头握住那铮铮铁骨的大手："你的体质出乎意料得好。"

凌欢用那双曾经打过篮球的大手用力回握，果断自信地回答："运动员出身。"

正在这时，凌欢听到一声微信提示。李国斯将手机递上去，凌欢只看到了一个网址，打开之后是一个漫画链接，是井上雄彦继《灌篮高手》之后的新作《命运强手》。男主长得十分像三井寿，却是个少了一条腿的少年，而他的身边一直有一位长得像广末凉子的少女相伴。

凌欢忍俊不禁，唇角轻轻勾起，心跳渐渐恢复正常，胃里的阵阵刺痛感也稍稍缓减了些。

手依旧微微抖着，凌欢在手指恢复正常之后回复道：承蒙错爱。

本是削尖的俊脸依旧是肿的，白胖、光滑，撑开了成年之后的沧桑洗礼，配合那俊美的五官，倒像是个胖嘟嘟的漂亮少年，然而，凌欢的思维却比昨日清醒得多，因着这份清醒，凌欢否决了三个平面广告的PPT和一个电视广告的方案。

为什么用的是天蓝色的背景？水滴剔透就算特色吗？所有保湿美容品不外乎水滴，这种俗套的设计很早就被国内用烂了。

鲜花锦簇着女模特？这是She'S头花的经典广告，不觉得毫无创意可言吗？刊登在国际时尚杂志上会贻笑大方。

奢侈品时装所表现出的型和款的确重要，可是，你们不是卖三流产品的，你们有将它极致奢华的理念融入这个创意中吗？

安德鲁·爱伦堡怎么说的：绝大多数广告的职责不是劝说

人们来试用你的产品，而是劝说他们在日常生活中比使用其他品牌的产品更多使用你的产品。如没达到这个要求，请重做。

处理完事务之后，凌欢觉得精神疲乏，便再看一眼手机，葛薇并没有回复。

凌欢知她是在忙，心里虽稍稍遗憾着，也不介意，心下却总牵挂着那短信。他不知道，此时葛薇面临的工作几乎可以用狼烟四起、四面楚歌来形容。

周翎一大早便将电话拨入葛薇的座机："Cici，你今天打算给我几个文案？新的一周又开始了。还有，你们的周报什么时候给我？"

"周报是周二给你们的。"葛薇回答着。

"那你们今天至少得完成预计的两篇BBS吧。"周翎指挥着。

葛薇一边答应着，刚放下电话，Ada那边便说道："Cici，S的周报和Y红酒网站的周报今天必须完成，Y红酒下月的传播策略今天也得制定好了。"

所谓的WOM周报，便是网络营销发布出去的帖子、博客博文以及开心网的帖子等的点击浏览量、回复量、转帖量和比较受欢迎帖子的全面反映，包括数据和完成进度的百分比，也包括受欢迎帖子的截图。

葛薇顺从而爽快地答应着："好的。"说完之后，及时就周翎的电话命令向Ada汇报道，"Ada，周翎让我完成两篇文案。"

Ada认真地思考了一下，知道葛薇今天的任务便是再分一个身也忙不完，便对一直针对葛薇的实习生道："Pearl，Y的周报由你来做。"Pearl不动声色地瞥了葛薇一眼。

葛薇明白Ada这是体恤她，便趁头脑清醒，快赶着任务，时不时，Pearl还努力制造着她头脑的混乱："Cici，这个帖子……""Cici，这个微信文章……"

葛薇无暇生气。实习生长得还算不错，仅次于她，今年已读大四。葛薇来到这里时，Pearl本以为看上去只有二十三四岁的葛薇也是实习生，却听她是试用期两个月的正式员工，便来了火气，见缝插针地找时机添麻烦更是家常便饭。葛薇知道自己抢了她转正的机会,并不和她计较。Pearl却是不遗余力地骚扰着她的创作情绪,葛薇强压着火气说道:"亲爱的,表格上很清楚的呀。"

Pearl依旧不失时机地添着麻烦。

另一边,同事NaNa则投来羡慕的目光,一双大眼睛楚楚可怜着:"Cici,你好忙啊。"

葛薇投以极力温暖的微笑。

NaNa不过一米五出头的个子,打扮得乡土气息浓厚,说话的时候时刻带着些许乡音,每句话都软绵绵的,似乎英文底子相当不好,连同事的英文名字叫起来都不灵光。NaNa是Ada一手带出来的徒弟,现在负责之前Ada的项目。她似乎不怎么忙,经常和自己带的实习生研究淘宝上价格五十块以内的包和实惠的化妆品,晚上也从来不加班,悠闲得几乎要赶上葛薇之前的事业单位。外企会养闲人吗?葛薇为这姑娘的前途担忧着,对她的笑也格外温暖些。

在实习生的不断骚扰之下,葛薇终于在上午完成了一个文案,中午一个人到楼下的快餐店点了碗热汤面,呼哧呼哧嚼着面条时,忽然想起那个不见自己的人来。

葛薇忍不住发一条短信缓和他的情绪,刚发出去,便接到周翎的电话。下午将第二个文案赶出来再修改完毕,已是下班时间。

周报,却是没有完成的。

例假第一天,忙碌了十来个小时,葛薇的脑力早已达到极限,面对一个个需要先总后分再算比例的表格数据,每个数字就像是在她眼前爬行的蚂蚁。

另一个重要案子Y红酒网站的月传播策略也没有制定出来,葛薇心下焦躁开来。或许,现在睡一觉,明天早上无论是三点起床还是五点起床,效率也快些。

"Ada,可以明天吗?我明天早上早点行吗?"葛薇只得商量道。

Ada正带着另一个实习生赶别的案子,一口拒绝道:"不行。不是答应周二交的吗?"

葛薇揉一下涨得发麻的脑袋，叫外卖。一如每天一样，一边嚼着半凉不热的菜叶子米饭，一边战斗，吃完继续全身心战斗。晚七点半，公司只剩下稀稀落落几个人时，一声憨笑将她从战斗中带出："你们有要去吃饭的吗？"

葛薇回头一看：麦色的皮肤，浓眉大眼，是段峰。

葛薇这才想起，每日里忙得晕头转向，竟忘记这位老邻居原来是自己的同事。

"已经叫外卖了。谢谢。"葛薇忙感谢着这场邀请，下一刻，Ada与段峰的对话完全没有入耳。

似乎是过了没多久，桌上忽然多了两只鲜亮的橘子。

"Ada，Spring，吃橘子。"

葛薇抬头，见段峰正在分橘子。葛薇答谢着，心下却十分着急，越着急越容易出错。葛薇之前的单位使用的是最简单的表格，函数操作起来像是婴儿学走路一般。

直到晚上十点，段峰打过招呼走人，公司里便只剩下三个女人。葛薇知道今晚是没有机会去探望病人了，不停地摇晃着脑袋，可惜左脑是干面粉，右脑是水，晃着晃着，便晃成一团黏黏的糨糊。经痛的感觉、头晕的感觉夹杂在一起，脚心亦是凉透了鞋底，腿冻得微微发抖着。葛薇机械地用表格函数一遍遍输入数据时，内心大声哭泣着。

这一夜，葛薇、Ada以及实习生加班到凌晨两点一刻。

三个人离开公司的时候，整个楼都黑成一片。跺脚，走廊上的灯亮了，后现代派作品的画便龇牙咧嘴地冲着三人而来，画中人物的双眼里满布冰块似的凉，衬得楼层像被诅咒了一般。

Aad大方地请吃消夜，吃完之后，鉴于和另一个实习生住得较远，提议三人在附近的宾馆住下，就这样，三个女人望着只有一两颗星星的天，漫步于沉睡了的街道上，偶尔行过一辆车，淡弱的灯火把三个人的身影拉得像纤细的巨人。

葛薇终于缓过来的时候已经是周三晚上下班的时间，她飞跑着下楼，包的拉锁都忘记拉上了。葛薇挥着忙到酸痛的胳膊，拦住一辆出租车，一脚跨到车座上，接到的却是高云道的电话。

"你今天可以去看那个病猫了，他的满月脸终于消肿了。前两天肿得别提多难看，哈哈哈哈！"高云道说。

"我正赶往医院，"葛薇问，"他这几天怎么样了？"

高云道叹息一声，听得葛薇心在嗓子眼里一跳又一跳。

"怎么样了？快告诉我啊！"葛薇着急起来。

"死不了，看他的骨伤，似乎也残不了。"高云道说。

"那你叹什么气呀？"葛薇琢磨着沉重，自己也沉重起来。

"可是，"高云顿了顿，继续说道，"他胸以下依旧没有感觉。"

葛薇的眼眶忽地便模糊起一大片，车窗外淮海路上的红绿蓝也混成一大片，如魔幻中的景一般，脑子里嗡嗡的，路边的火树银花全都凝结成混沌了。出租车司机公放的电台里的笑话一句也没有进入她的耳中。

"也就是说，"一滴泪从葛薇的眼睛里滚出，流进嘴里，咸得发苦，"他，真的瘫痪了吗？"

葛薇想到那天晚上他紧紧抓住自己的手腕时瞳孔里说不清的东西，想起那一晚帮他擦身体的时候他一脸像是被炮烙了一般的神情，一串串眼泪哗哗地从眼眶中滚下来。

"人是我害的，我会好好照顾他。"葛薇说着，鼻涕也收不住闸，哗哗淌下。

高云道在电话那头听得云里雾里："啊？你等等，我有说他要瘫痪了吗？你着什么急啊？"

葛薇一听，眼泪唰地干涸在眼眶中，鼻涕也不觉停止了："你吓死我了！那他到底怎么了？"

高云道说出的全是只可意会不可言传的话："他只是心理障碍还没消除，你听我说，凌欢需要一些特殊的方式帮他恢复……"

葛薇的脸唰地一红。

"喂喂喂！你在听吗？"高云道听不到葛薇的声音，便试探着。

"嗯。"葛薇努力让自己沉住气，低头望着自己的胸前。

耳畔响着高云道一句又一句直接而火辣的建议，葛薇觉得浑身滚烫。

"葛薇弟妹，葛薇妹妹，你有在听吗？"高云道说，"他都三十岁的人了，只谈过一次恋爱，他对你是认真的。所以，我希望你能帮他，也算帮你自己。这些年来他不容易，你希望他以后都躺在医院，第二个梦想也失去吗？他是为你受的伤，我觉得你如果连这点都做不到，就太对不起他了！"高云道连哄带吓，葛薇的双腿抖得厉害。

红灯一个接一个，像是凌欢或者高云道的说客一般，留下了漫长的口才展示机会。

整个人早已像烧熟的食物一般，周身都烤得发烫，葛薇觉得自己再也承受不住这种道德上的谴责。脊背后的汗水顺着T恤大滴大滴地滑入腰间，腿也不停地冒着汗。

绿灯亮时，葛薇终于做好了这个决定。

"司机师傅，不去XX路了，去雾凇路。"葛薇怯怯地说道。

回到家，葛薇将自己的屋门反锁，打开装内衣的橱柜，一套黑色的内衣显眼地出现在她的眼前。

这是一个月前自己离开北京的时候，唯一一个与她年龄相仿的同事送给她的。因为没有竞争关系，又是唯一的年轻人，两个人竟成了好友。送这个礼物的时候，她说："穿给你的下一个爱人看。"

许多年前，那个说她美丽的线条像花瓣的男人曾痛惜地说道："葛薇，你的柏拉图是最自私的爱。为了坚守你的骄傲？为了驻扎你的尊严？那么，为什么不为了爱而付出？我曾经一度想和你相守二十年、三十年、四十年，甚至五十年，但如果你只是这样，我和你无法维持完今年。"

葛薇犹豫了一下，抽去两条胸衣的吊带，瘦削的肩膀光裸着。

"可是，《围城》上写得明明白白，男人所谓给我安慰，只不过是要满足他们的私欲，你只是在找借口！"葛薇记得，自己如是说。

那一年，葛薇二十岁，读大二。

之后，葛薇就一直固守着自己的最后一道防线。

张爱玲的《金锁记》中说，妻子还是旧式的好。《魂断蓝桥》里的玛拉让康纳将军想了一辈子，他们是没有结合的。读了无数遍《红楼梦》，便读出了宝玉和许多女子甚至男子的苟合，可是，他和黛玉却只是心证意证。可是，阿来的《尘埃落定》却是用最原始、最野性的草原狼嚎点燃了整个青藏高原的欲火。可是，《廊桥遗梦》里的男女爱了四天，他们的空气里爱欲旺盛到整个房间都在涌动，离开了，却一生也忘不了，死后的骨灰都一同撒下。

葛薇的脑子混乱着。

将睫毛一丝丝刷过，"Z"字型的刷头，双睫很快披上了一层长的羽翼。

"我爱你的灵魂，更爱你的肉体。"沈从文的话在她的耳边回响着。

樱花色腮红轻轻打在双颊。

从来都没有穿过的黑色小礼服，是小洁送的——吊带、低胸、束腰，套在身上时，曲线毕现。

均匀地将唇彩涂染，穿上外套，葛薇挑了一条最宽大的围巾遮住了脖子和胸前。穿上高跟鞋，走进医院的走廊，站在病房的门口时，一如第一次不请自来般犹豫。想不到，半个月前两个人还是陌生人，半个月之后竟熟悉到这种地步。

时间不过晚八点，凌欢尚且没有睡下，正斜卧着，翻着一本厚厚的纯外文时尚杂志。他白皙的脸微微肿着，却依旧英俊。

见有人进门，凌欢微微抬起头。

见护工不在，葛薇深吸一口气，走回去将门反锁上。凌欢察觉到异样，将杂志放下，抬头望一眼葛薇：像面试那天一样精致的妆容，休闲外套，黑围巾将脖子裹得严严实实，穿着及膝的黑裙、黑袜。

"今天端午节吗？"凌欢打量着葛薇包得像粽子一样严实的围巾，淡淡打趣道，四眸相撞时，敏锐的洞察力已经让他感受到今晚将要发生什么。

神态自若地再次翻开杂志，苏菲·玛索美性感的大眼睛和纯白的立领衬衣将铜版纸上的黑底子页面协调得美不胜收，红瓶、珠光。不过，那张法国最美的脸美则美矣，眼角上的黯淡让所有的男人都触目惊心，而眼前的那张脸却是年轻鲜活的。

"护工去哪里了？"葛薇没有理会凌欢的热讽，兀自拖了把椅子在床边坐下。

"十点之后来。"凌欢淡淡地回答。

葛薇摘去围巾，凌欢再翻一页杂志，彩页上的钻石耀眼，抬头，眼前的人更晃眼。可是，这一抬头，视线就再也收不回去了。

"好看吗？"葛薇望着凌欢瞳孔愈发浓重的漆黑眸子问。

凌欢问："衣服还是胸？"

这一问，葛薇竟不知如何回答，赌气加羞涩，扬起围巾便要再裹成粽子。

凌欢一把捏着葛薇的手拦下。

葛薇一咬牙，便将那凉丝丝的大手捂在几天前被他包容住的位置。

一阵绵滑的感觉，凌欢的喉咙火热开来，一双凌厉的眸子亦开始燃烧。

"有感觉了吗？"葛薇忍不住问道。

凌欢的手便从那绵软上猛地抽出。

"报恩，还是偿债？"凌欢冷冷地说道。

葛薇深呼吸一口，垂下眼皮说道："我也有心理障碍，不但有性洁癖，更有身体触摸洁癖。都是因为小时候。"

凌欢不动声色地望着眼前人。

"我刚升初中的时候，家里怕我交男朋友，又怕我不好好学习，拼命让我吃东西。甚至每天吃饱了要离开座位的时候，我爸也会摆着一张比你还冷酷的脸责备道：'指着这个当不了。'这是我们家乡话，意思是，你就是瘦又怎么样？考试分数还能上去不成？在我吃饭的时候，他会将大片大片的肉夹到我的碗里，一面恨铁不成钢地命令着：'好好学习！'这就是我的少女时光。那时候，我天天带着酒瓶子底一样厚的眼镜，身体也胖到了一百五十多斤。那时候我还没有一米六六的个子，只有一米六，像一个圆球。所有的男生都笑话我，甚至一说到丑，第一个想到的就是我。你知道吗？"葛薇抬起头继续说道，"每天上午的体操，每周一的升旗仪式，我身后都是空着两个人，因为没有男生愿意靠近我。所以，我的少女时光是在所有人的白眼中度过的。男生们趁我中午不在教室的时候，把我所有的书和书包扔在地上，踩得七零八落，根本就没法看。初中有很多课程要上，我只能每天都背着两个大包逃难一样地去上学。说什么才华，无论你的文采多棒，在他们看来都是无所谓的。后来我长大之后才知道，美女有才华那叫锦上添花，会为长相再加几分，丑女的话，大家只会撇嘴说，尺有所短寸有所长。因为胖，我不敢交朋友，只能自己在家读书、写东西，文笔就是这样练出来的。"

葛薇说着，声音里难掩沉重。

"笨蛋，女人不是因为胖而丑，是因为自卑而丑。"凌欢说着，打量着今晚美得让他鼻腔、喉腔发热的女孩子。他早就从她的眼神里看出几分丰富，却没想到竟是这种磨砺。

"高考之后，我用了两个月减下三十多斤的体重，戴上隐形眼镜，将新留起来的头发做了离子直发，再照镜子的时候，我自己差点儿都哭了，不知道自己这辈子还会有这种形象。带着新的形象去念大学，那时候，如果有男生不经意地斜眼看我，我依然会以为他们觉得我丑。可是，事实不是这样的，很多男孩子开始问我的手机号码，约我，或者通过别人打听我，还有人在自习室里向我打招呼。被那些男孩子包围的时候，我完全傻掉了。那时候，我生怕别人有一点儿讨厌我，我对大家温和地笑，不会拒绝别人的邀请。当我真正交男朋友的时候，我甚至怕他觉得我是坏女人，拒绝他的拥抱。"葛薇苦笑着。

凌欢水琉璃似的眸子闪烁着，一言不发地望着葛薇。

"我们连接吻都是在认识好久之后。直到我工作了许多年之后才明白，原来他不是下流，他只是个正常人。"葛薇说到这里，顿了顿，将外衣脱下。

"其实，你的心理障碍和我是一样的，无论你介意不介意，都早已经过去了。如果没有那个变态的男护工，相信你当年也没有那么大的毅力再次站起来，为什么还要怕早就被自己打败的人？"忽然想起高云的话，葛薇笑道，"不过也没关系，既然你是为了救我而瘫痪的，那就让我照顾你一辈子吧。"

不知从哪里来的力量,凌欢猛地坐起,一把将葛薇拥进怀里,霸道的唇同时也探入这个女子柔软的口腔。

葛薇轻轻地回应着……

后来,高云道问凌欢为什么那晚没有好好把握机会,凌欢刀子眼一飞:"膝盖上的韧带拉伤还没好,难不成让女人主动?"

凌欢没有告诉高云道,是葛薇拒绝了他,自然也没有告诉他,当晚周翎的出现,坏了两个人的好事。

第十三章 我们的身边人

男人的腹黑，润物细无声。

熟悉的面容，比自己高挑纤细许多的身材，浓郁的香水味，一看便价格不菲的衣饰。

"船长。"时尚的大牌女轻唤着。

声音高亢而娇媚，压制着锐气和跋扈，却遮不住那隐隐的锋芒。葛薇一听，便觉得十分熟悉，仔细回忆着，忆起后只觉得浑身一震。

声音是她再熟悉不过的，每日里将她催命催到赶尽杀绝。

周翎？！

这个女人的手段，她是极度了解的。论长相，那女人完全不在她之下；论穿着气质，她更觉自己比人家输了不少品位；论身高，南方的女孩子许多像小洁那般小巧玲珑，然而，她却是高挑得像商场橱柜里的模特。许多公司都有这样的女主管：颐指气使，长相一流，与老板行为暧昧……

葛薇想着想着，脚步便在医院的门口急刹车。有这人在，她和凌欢怕是长久不了吧。

翻一下包，一向马虎的她竟然一样东西都没落在病房，葛薇苦笑着，回头走几步，却折回身，缓缓走向天桥的方向。

天桥上此时依旧有各种亮着灯的小摊位，有卖小饰品、袜子、镜子、头花、拖鞋的。不经意瞥见一双蓝色的龙猫棉拖鞋，葛薇想起晚上换鞋之后让脚底凉透的卧室，不由自主地蹲在摊位前。捏着毛绒拖鞋厚厚的棉层，将拖鞋套在自己脚上，暖暖的绒毛迅速温暖了她的双脚。葛薇忽然想起，凌欢的办公室里似乎也有一个这样的蓝色玩偶。

忽又想起那个在办公室门口拦住她的精致女人，心下一阵阵发堵。

此时，周翎的心里也阵阵凉透着。

一进门，凌欢便用那凌厉的眸子闪了她一眼，冷冷审问着："你怎么知道这里？"

周翎知凌欢这是恼了，缓缓走到凌欢眼前，如实回答道："你说你出差去香港了，可是走得太突然。我怀疑你是病了，好不容易才查到这里的。"

"这是我的私事。我要休息了。"凌欢撑着腰间依旧火热着的身子，忍着脊背的微痛吃力地躺下。周翎不尴不尬地坐在床边，体贴地帮他掖了被角，凌欢却固执地将手再次放置在被面之外。

一阵浓烈的酒气荡漾在空气中，夹杂着香水香。凌欢忽然想起，今晚周翎是去见客户了。

"不是以下属的名义，我看看自己喜欢的人不可以吗？"周翎一脸的幽怨。

凌欢抬头直视着周翎，努力从她的眼神中捕捉着每一丝讯息。

根据多年的经验，这个时候出现女下属，且是喝了酒的，不外乎两种情况：一、诉苦，寻求怜惜；二、色诱。

周翎也在职场上摸爬滚打了许多年，借酒后诉苦这么没有水准的一招，她怕是不屑用，那么——

"你别误会，我就是好几天没看到你了，很想你。晚上喝了点儿酒，就更想你了。"周翎努力让自己笑得婉约懂事，一面抓住凌欢的胳膊，一面将自己的长发靠在凌欢的肩膀上。这一靠，却是一愣：跟着凌欢那么多年，不经意的接触其实不算少，他的胳膊却头一次这样温暖。

凌欢轻轻抚摸了一下周翎的头发。这个女人跟了自己很多年，从她最美好的时光到现在。

六年前，周翎刚毕业过来面试时，她的脸是圆的，两腮一笑就有一对酒窝。手臂和手腕也是圆润的，一头青丝垂在肩下，性感又清纯。凌欢问她为什么名牌大学毕业却连续三个月都找不到工作，她笑得甜美："与我的工作能力无关，你一旦聘用我之后，会理解的。"

于是，她从他的助手做起。起初什么都不会，却学得很快，办事麻利，头脑灵活，创意丰富。更让人欣赏的是，她还会说一口流利的英语和粤语，会说粤语的原因是她喜欢看港片。

半年之后，她被提升为策划部策划，然而，酒窝却从脸上消失了。加班、超负荷工作、用最短的时间内出创意，她样样行；每次头脑风暴，她总有许多精选的案例，精彩到让人忍不住鼓掌拍案。公司性取向正常的那些男同事亦是对她倾慕不已，然而，策划总监对她的评价却越来越差。了解真相之后，凌欢果断地换掉了策划总监。

"一个妒忌手下的上司，只能拖这个公司的后腿。"后来，凌欢如是安慰周翎。凌欢到现在还记得周翎那时候抬起头来的眼睛，清澈中带有几分坚强与自信。

都说4A广告公司的人员需要不断跳槽，周翎却一直留在博籁，一步步由策划升至策划总监兼董事长助理。因为凌欢再也没有遇到过如此得力的助理。问她为什么一直留在博籁，她先是回答："我现在可以如实告诉你我三个月没找到工作的原因，因为女上司坚决不允许我这样的美女下属存在，而4A大多数权力都是被女人把持着。"后来，她看他的眼神越来越温柔，他只道不知，她的温柔却越演越烈，因为，她看别人的时候越来越冷。她圆润的身材也由性感变为极致性感，公司的男人们不再对她嬉皮笑脸，取而代之的是恭恭敬敬。

凌欢不知道自己是成就了她还是毁了她。

凌欢缓缓将胳膊抽出来，身上的热度便慢慢消退下来。

看似简洁的一句话，却是一语三关：一来表示自己陪客户到很晚的不易；二来表自己的心；三来，倘若凌欢受诱惑，那么……

"你喝多了。我让Bruce送你回去。"凌欢掏出手机，周翎眼中的温柔渐渐散去，却又那么不甘，像是春风后的野草，冷风中燃烧着自己旺盛的欲望。

十分钟之后，Bruce嬉笑着赶来。

"船长啊，葛薇姐今天没留下吗？"Bruce嘿嘿地冲着周翎微笑，周翎亦是笑靥如花："小帅哥，麻烦你了哦。"

待到两个人走后，凌欢忽觉阵阵尿意，一种失而复得的惊喜涌上心头。他一把扯下导尿管，投掷入垃圾筒，撑起身，慢慢抬起长腿下地，一个不稳，整个人跌倒在地上，韧带拉伤的右腿阵阵刺痛，夹杂着摔倒时胳膊凉丝丝的痛刺激着他的感官，凌欢的眉梢却悄悄漾起一丝笑。

"当一个人连上厕所的权利都被剥夺之后，他才会知道能够生活自理是件多幸福的事情。"十四年前,他曾对高云道如是说。

抬头,明晃晃的拐杖闪着比钻石还让人欣喜的光泽。

像十五年前一般架起拐杖,跟跟跄跄而快速奔到医院门口,拦一辆出租车到雾凇路上时,凌欢的整颗心都要飞起来了:金光外滩在飞,花旗银行在飞,外白渡桥在飞,五星级的酒店在飞,一直燃烧到云彩之上的霓虹在飞,腿亦是随着车的前进上下起伏着。一种强烈的让爱人分享自己喜悦的心,穿越十四年,丝毫没有改变。

"已经到雾凇路了,你要到哪里?"经过一个路口,司机师傅打断了凌欢飘逸在上空的思路。

凌欢方才发觉,自己竟不知道她的具体位置。

掏出电话,拨出去,意外的是,那个包成粽子的身影赫然在眼前。

此时,葛薇刚从公交车上跳下,一手捂着一只棉拖鞋放在胸前,冷不丁接起凌欢的电话,通话的内容像是在弄堂里见到了迈克尔·杰克逊。

"你在哪?我在雾凇路上。"凌欢冷冷地问道。

葛薇将四周张望了个遍:"我……也在,你怎么来的?"

"出租车。你怎么刚回来?"依旧是凌欢式的语气。

"等了好久公交,所以就晚了。"葛薇不平地答道,"你以为谁都像你一样开名车吗?"

"我在123公交车站台等你。"凌欢说道。

葛薇看一眼身后,自己正是在123站台之下。

"我在啊。"葛薇继续张望着,周围并没有坐轮椅或者是架拐杖的。

不经意的一回眸,却见身后驰过一辆绿色的出租车,车门一闪开,便有一只拐杖在黑夜中闪闪绽放着白光。

葛薇急忙跑向前,舒臂想去扶,却被这个好面子的人一把推了胳膊,待他架起两只拐杖居高临下地站在她面前时,葛薇仰望着各色霓虹下凌欢如上帝精心雕刻过的五官,此情此景,竟似为俩人而生。耳畔自鸣着细细的音乐,心中升起细细的喜悦。

两个人就这样对望着，四目撞击如潮，直到那挺拔的身躯微微倾身。

"我渴了。"凌欢瞥一眼附近的咖啡屋，俯视着葛薇，淡淡地说。

葛薇打量着凌欢已开始打飘的双腿，认真地捋起袖子："要我背你吗？"

凌欢心下一热，却飞过一记刀子眼："不用。"

于是，两个人便龟速般地往咖啡屋行进着。

"有感觉了，太好了。"葛薇的脚步轻快，打量着凌欢颤颤悠悠的长腿，一双包着龙猫的手对在一起。

"喜欢多多洛？"凌欢瞥一眼葛薇手上的棉拖鞋。

"是啊。不过我更喜欢白色的那只小的，又漂亮又可爱，可惜市面上很多玩偶都是这只大的。"葛薇说。

"脚冷？"凌欢低头再望着那鞋玩偶。

"嗯。"葛薇答道。

"找个人暖脚吧。"凌欢吃力地往前挪动着依旧不灵光的身躯，高大的身材，配上那英气逼人的五官，惹得路过的异性们纷纷投过怜惜的目光。

"才不，你的脚那么凉。"葛薇说。

说完之后，凌欢没有接下句，然而这空气中的气氛却异样起来。

"手也凉吗？"凌欢心情大悦。

葛薇想起两个人一小时前的亲昵，脸唰地一红，转换话题说道："你也喜欢宫崎骏的动漫吗？"

凌欢"哦"了一声，看一眼脚下的台阶，葛薇便先上台阶去搀扶，凌欢勉力让自己跃上来，腿上一滑，右腋下的拐杖便随之一松，情急之下，凌欢随手一搭，如上次一般包容在十分暧昧的位置。

"啪！"

葛薇激动地挥手冲着那长手就是一记。

许是这一记太重了些，对方早已颤巍巍的身子便是一摇，猛倒下去。葛薇承受不住这重力，倒地时，竟跨坐在对面人的身上，下一刻，葛薇的双颊被捧住,霸道的舌再次探入她的唇,带着浓浓的药香,横扫她口腔的每一个角落。

葛薇想卸下双颊上凉丝丝的大手,然而,即使她再大力,她和那运动员的手却完全不是一个级别。

舌与舌的缠绵还在继续,葛薇像是在一个无边的云梦中,睁开眼睛,眼睫与另一双浓厚的眼睫重重交错,还是梦。

十一月初的深蓝天空下,虹光燃烧着整个深蓝的天空,把天空烧成粉紫色。不远处的高楼上银影似水流淌,对面的建筑蓝影幢幢,折射着一个又一个梦影。深秋的风吹起南国的梧桐黄叶,轻轻落在英俊男子的头发上。

"嗷嗷——"

身后传来行路人恶作剧似的号叫起哄声。

离地面不远的冰凉温度告诉葛薇,凌欢正坐在什么样的地方。

葛薇一把将凌欢推开,站起身。凌欢睁开眼睛,一双冷眸影子是沉的,口中吐出的热息在夜幕下便氤氲成一团白雾。

"害羞了?"凌欢说。

"地上不凉吗?你该回医院了。"葛薇努力抑制着自己内心对云端的渴望,狠心说道。

"不着急。"凌欢试探着撑起身子,脊椎处又传来钻心的痛。

"不行。"葛薇拒绝着。梦的感觉依旧在脑中枢久久不散,周身也绵软着,可是,现在不是做梦的时候。

葛薇知他脊椎处的水肿尽管消退很快,却没有完全消除,所以,即便是恢复知觉,还是行动不便,便不动声色地探下身子,将凌欢的长手臂搭在自己的肩膀上,企图扶他起来。然而那高大的身体不是小狗、小猫,更不是一个小孩子,葛薇难得穿一次高跟鞋,还未等将他扶起,鞋跟一个不稳,两个人便重重地坐在了硬邦邦的地上。

"一会儿我自己来。"凌欢依旧拒绝着。

正巧路过一对身穿白底蓝条校服的少年男女,男孩子见两个人这番状况,本要吹口哨,却见倒地的拐杖,便将指尖上正在旋转的篮球抛给那女孩子，女孩子默契地一把接过抱住。

男孩操着一口上海话冲凌欢说道："要帮忙伐？"

凌欢一怔。

未等凌欢批准，一米八七的身躯就被这个瘦高少年给拔了起来。

正巧，路边停了一辆出租车，葛薇便对那男孩说："可以帮我扶他去打车吗？"

凌欢知道自己是走不动了，便不再拒绝，可男人的自尊却让他瞥一眼咖啡屋，说道："扶我去那边，谢谢。"

男孩一愣，冲凌欢微微一伸舌头，便扶着他进了咖啡屋，女孩抱着篮球紧跟着。

将凌欢扶到沙发座位上时，凌欢邀请道："一起吃东西吧。"

女孩微笑着拒绝："不用了大叔，我们回家晚了要挨骂哦！"

凌欢只得凝重地看一眼那熟悉的球和不熟悉的人，认真地说："好好珍惜篮球。"

待到一高一矮的身影出了门，凌欢的目光依旧在相送，隐约中，似乎看到一个十六岁的少年骑单车载一个抱着他篮球的少女。少年的车速如风，少女一面大声说笑着白天的乐事趣事，一面哈哈大笑着，虽然载她的少年从来都是无动于衷地说："哦。"校园外的一排排杨树总是随着她的笑声沙沙作响。读书的时候，杨树还是新栽的，腰间刷着杀菌的白漆，如今回到家，一排排已然参天。夏天的时候，形成一道不见天日的清凉浓郁。单车骑一路也不会被晒到口渴，然而，那个给他买宝矿力的人也不在了。

葛薇打量着那深不见底的黑眸子，只道是他对篮球还眷恋着，却又怕凌欢劳累过度伤了骨骼，便一直盯着。

"伯爵红茶、蓝莓芝士蛋糕。"凌欢没看菜单，随口说道，说完，望着葛薇。

"我不喝。你喝完一杯就回去吧。"葛薇说着，抓紧了皮包，刚塞进包里的一只龙猫拖鞋从她的皮包里掉出来，葛薇捡起来。

"两位还需要点什么？"服务员微笑地问道。

"两杯伯爵红茶，一份蓝莓芝士蛋糕。"凌欢望一眼龙猫布偶，说，"久石让会来上海开新年音乐会。"

葛薇一听，大眼睛熠熠发光："久石让？好喜欢他给宫崎骏动画的配乐！很喜欢《幽灵公主》，可是，"葛薇摊手，"你得回医院了。"

"《幽灵公主》很好。"凌欢固执地说道。

《幽灵公主》是1997年上映的动画，也是他和温梅刚在一起的时候一起去看过的电影。虽然之后的许多好莱坞大片音乐灵感都采撷于此，连不朽的《魔戒》音乐都与其有异曲同工之妙，当年那宏大的音乐带来的震撼可是如同海啸一般。

葛薇满脸微笑："你也像男主一样身手敏捷吗？你现在可是伤员。男主受诅咒之后也去努力争取治愈啊！你以为你是人鱼公主波妞，踩着那么大的海浪、放在瓶子里身体都不会有事吗？"

葛薇的担心让凌欢心情愉快，他直视着葛薇："波妞执着地变成人，是来追求裕太的。"

说到这个，葛薇想起《悬崖上的金鱼姬》里的女主——矮胖的小女孩波妞，便转移话题说道："波妞的妈妈很美。可惜，波妞不像人鱼公主，倒像人蛙公主。"

一声重重的鼻息。

葛薇吃惊地发现，凌欢竟深深地勾起唇角，露出了浅浅的微笑。

那一刻，幽暗昏黄的室内灯光投在清冽冷峻的男子脸上，笑得八面都是暖风。

那一刻，极地的雪似乎也在阳光下融化。

忽然，葛薇的手机铃声响了，是个陌生的号码。

凌欢的双眸闪过一丝不悦。

葛薇接起来，只听一个大嗓门喊道："大眼妹，你在家吗？楼下的按铃好像坏了，怎么没人给我开门啊？"

老邻居兼同事——段峰。

"段峰？"葛薇十分好奇，"你不是搬家了吗？"

正在轻啜着红茶的凌欢抬起头来。

"对呀，不过我的浴液放在浴室了！你能给我开下门吗？我上去拿。"段峰说。

葛薇哭笑不得："那瓶薰衣草的吗？"

"对啊对啊，你现在给我开门，我上去拿！"段峰说。

"可是我在——"葛薇看一眼凌欢直视的目光，眼前灵光一现，"我在家附近的那个星巴克，我表哥是个——残疾人，他腿不好，今天路走多了走不动了，你能先帮我送他上出租车吗？"

"好啊，你等我三分钟。"段峰说完便迅速地挂掉了电话。

葛薇放下电话，伸出两根手指，摆出一个"V"字。

此时，驱车送周翎回家的Bruce也笑得一脸灿烂。有个电台频道正在放着嘻哈音乐，他摇头晃脑唱得不亦乐乎。

周翎刚被凌欢强制送走，心里正窝着满腔的怨火，一下子被这炸开锅似的音乐激怒了。

"Bruce，把电台关掉静一下好吗？"周翎卸去人前的伪装，不满地说道。

Bruce撇撇嘴，一言不发地将收音机关掉，整个车厢里便沉闷下来。

Bruce暗暗在心里骂着，忽然，眼珠子一转，笑道："周翎姐，你别板着脸啊，我给你讲个笑话。话说……"

周翎托着腮，一脸的无动于衷，Bruce却乐此不疲："说，螳螂冲着一只蟾蜍说：'干吗色眯眯地看着我，眼珠子都快瞪出来了！'结果，你猜怎么着，蟾蜍一声冷笑：'得了吧，你没看我起了一身鸡皮疙瘩？'"

周翎听出几分话外话，努力让自己笑得明艳动人，精雕细琢过的手却已气得发抖。

"Bruce，对了，我的耳环落在船长的病房了，麻烦你送我回去拿好不好？"周翎微笑。

Bruce吓出一身冷汗："那个，船长怕是已经休息了啊！你饶了我吧！"

此时，凌欢正在咖啡屋慢条斯理地吃着蓝莓蛋糕，性感的薄唇微动,看得来送刷卡机的女服务员脸红着。下一刻,服务员听到了一声大嗓门:"你好啊,你们这里有客人是腿脚不方便吗?"

葛薇循声望去,只见那个大个子四处张望着,高高地挥挥手,段峰便大步走过来:"大眼妹!"

凌欢款款签下自己的名字,轻抿一小口红茶,再拈起一块蛋糕。

"大眼妹,这是你表哥吗?"段峰看一眼沙发上斜倚着的拐杖,打量一眼凌欢的腿脚,只见这人的衣着非同寻常,长得也非同寻常,身材却比自己瘦些,便一口答应着,"两条腿都不好吗?可我力气大,别说背着绝对没问题,抱着都行。"

说完,段峰伸出少年干过农活的粗糙大手微笑地说:"你好啊,我是段峰。"

凌欢强忍着喷出来的冲动,抬起头,面无表情地礼貌回握:"我不是残疾人,也不是她表哥。她是我女人,刚才我们只是在闹着玩儿,很抱歉。"

说完,凌欢抽手,斯文地擦一下嘴,继续面无表情着说:"不好意思。害你白跑了。"

段峰一愣。

"他是我女人"这句话像针扎在他耳朵里似的。

段峰仔细地打量着这个腿脚不好的男人:英俊的五官,和自己差不多的身高,然而,气质却是完全不同的,皮肤是城里人特有的细腻,不像自己是黝黑的,头发漆黑,修长的大手不像自己一样又粗又长,漂亮高贵得像个弹钢琴的。段峰心里一沉。

凌欢更是不悦。眼前的人竟和他的死敌高云道是一种性格,大大咧咧,口无遮拦,他不由得眉心紧皱。为什么总要与这种人为敌呢?

葛薇害羞地说道:"你别听他胡说!他死要面子,他刚才明明站都站不稳。"

两个人正说着,却见凌欢努力用胳膊撑着身子,摇摇晃晃地站起来,腰板挺直地向门前走去。

比目测中还要高。

"喂，他……真的是你男朋友？"段峰睁大着眼睛，吃吃笑着，"很帅啊，要是腿脚好的话，都可以打篮球了。"段峰憨笑着，凌欢的脚步一停。

段峰嘿嘿笑着，默默地从自己的包里摸出一大瓶东西递给葛薇："这是我们家那边自酿的花粉，据说吃了可以美容，我娘托人送来说让我送给女同事，我就送你了。"

葛薇望着这个比自己小几岁的高大男孩子，心下一愕。

"这个……"葛薇竟不知该不该收下，笑道，"送给别的女同事吧，我皮肤挺好的。"

两个人正说着，一声清脆的关门声响起。葛薇怕那个连拐杖都没架的伤员支持不住，便说道："他真的受伤了，万一走不动，你可以扶他下吗？"

段峰答应得爽快："好啊！"

两个人急忙跑出去，却见凌欢走得虽缓慢，然而腰板挺直，似是完全没事儿的人一般，长臂一挥，一辆出租车停下。凌欢把着门望了葛薇一眼。

葛薇怕他有事，便要急忙上前，却见段峰手里握着那瓶蜂蜜罐一样大的玻璃瓶子，一脸小孩要不到糖的表情："大眼妹，送给你。"

葛薇只得内疚着收下："谢谢你。如果你要拿浴液，等我十几分钟好吗？"

说完，上车。段峰挥挥手，目送着红色的出租车从眼前驰远，自己嘿嘿笑着，抬头，望天。不像他的家乡，这里看不到满天的繁星，只有一颗孤零零的北极星，像是光杆司令似的守护着整个完全失了本色的天空。

再望一眼出租车的方向，红色的车已消失不见。

"这是什么？"车内，凌欢斜一眼葛薇手中的东西。

"花粉。"葛薇犹豫了一下，理直气壮地抱着瓶子说。

"干什么的？喝的？"凌欢问。

"嗯，美容的。"葛薇说。

"那东西只能保养皮肤，不能整容。"凌欢没好气地说。

"你……"葛薇被这酸溜溜的话噎住，伶牙俐齿地回敬着，"我天生丽质难自弃，不用整容！"

"那你干吗还要？"凌欢回敬着。

葛薇知自己说不过这个恶魔，便沉默着看夜景，直到一只冰凉的大手将她的头轻轻掰至自己的肩膀上，葛薇这才发觉，他的手心已湿了大片，脖颈处亦是透着亮。

"怎么出那么多汗？"葛薇从他的肩膀上挣脱，想起他刚才的大步如风，心下一揪，"是不是脊背很疼？"

凌欢一脸淡漠："没有。"

出租车驶入住院楼门口的时候，葛薇开门，凌欢却没有动。

葛薇知他是真走不动了，便说："你等着。"

说完，葛薇便向凌欢的病房跑去，小跑着上电梯，小跑着穿过走廊，一推门，门虚掩着，却见有个婀娜的身影正坐在凌欢空着的病床边，一双纤纤玉臂完全铺陈在雪白的被单上，像是如果床上的人在便会紧紧拥抱他一般。

葛薇打量着那人没有一丝赘肉的美背和那模特般的长腿，心里狠狠地一抽。

呆呆地站在门口，葛薇不知自己该进还是不该进。

本以为，这个女人只是来谈公事，本以为，凌欢来找她，便是这个女人已经走了。

葛薇想起刚才两个人的火热举止，只觉得自己像是一个被人随意摆弄的布娃娃一般，云端，冰凉与滚烫，一时间，是羞辱还是冲动，她分不清了。

葛薇睁大了眼睛，呆呆地望着这女人。周翎似乎是被这视线洞穿了，或者根本没睡着，起身，回头，见葛薇站在门口，不动声色地笑着："这么晚了，你来干什么？色诱他你就能应聘成功吗？"

葛薇这才知道，只是她认识周翎，周翎对她的认识却还停留在一个应聘失败者上，竟不知她是Cici，于是，不失风度地一笑："我想你是误会了，我现在已有工作。"

周翎同样不失风度地走到葛薇的面前，尽情展示着自己高挑的身段，一副胜利者自居的语气："原来如此哦，恭喜你。不过，船长要休息了哦。你有什么事我帮忙转达就好。"

葛薇强压着怒火，笑得一脸无辜："正因为这样，所以我得赶紧送轮椅过去。他刚从我那边回来，累得走不动了。"

周翎自是比葛薇道行深得多，随机应变地整理起陪护床的被单："真是的。他跟我打赌，说肯定能骗一个爱慕虚荣的无知女孩子回来，还真是，他在哪儿？我这就给他送轮椅去。出去肯定跑出一身汗，那么快就回来，我还没放洗澡水呢。"

周翎说着，便去推那台轮椅，葛薇白润的脸色已气得发青。她整个人停止了思路，粗声喘息着，强行拧出一个比哭还难看的笑容："是吗？那上周四晚上，你去哪里了？他为了救我受那么重的伤，却是Bruce在医院陪他。"

话一出口，鼻子却已酸涩。葛薇想相信，这绝对是一个爱慕老板的女高层的谎言，可是，自己第一次离开的时候已是八点，现在亦是晚九点之后。他们若是无事，她又在这里逗留什么？何况，她是下属，这样真的可以吗？

周翎笑得很大度："哦，去香港开会了。A4公司就是这样，到处跑，真的没办法。"

说完，周翎已推着空荡荡的轮椅走到门口，葛薇依旧抱着几分希望，断然喝止着："站住！"她笑问："咦，小妹妹，还有什么事？"她站住，忽然恍然大悟，"哦，对了，那么晚了，你一个小姑娘家回家很危险，这是你的打车钱。"

说着，周翎从自己精致的黑色香奈儿包里掏出一个红色的钱夹，抽出一张粉红色的钞票，塞到葛薇手里。

葛薇随手一扬，依旧不屈地说道："话说，我可不是什么小妹妹，你忘记了吗？我才比你小三岁，可是看上去比你年轻很多，没错吧？"

周翎双目一瞪。

葛薇脸上的面具已在融化的边界。为了不露出马脚，她大步冲出病房，出门更是不由得跑起来，跑几步，却差点儿和对面的两个人撞上，抬头，看见Bruce正扶着凌欢来。

凌欢见葛薇一张小白脸早已发青，不知是何事。刚要问，只觉得那双大眼睛里的火焰要烧出来了。

"我走了！"葛薇扭头便跑出去，凌欢抬头剜一眼周翎，眼里狠狠地飞出一记冰刀子。

葛薇不知自己是怎么上的出租车，怎么下的车，如何走在小区的路上的。

整个身体是飘的，飘得她找不到重心，胸内的五脏六腑亦是空的，空得她动用不了什么器官去想什么。不知道是不是还在做梦，今晚的梦似乎大起大落得太过剧烈了些。

凌欢的电话被她一次次挂掉，Bruce的也一概挂掉，她不知自己在想什么，却十二分地不愿意听。然而，手里还依旧握着手机。

抬头，社区的健身馆里，依旧有人在不停地挥舞着乒乓球拍。葛薇觉得自己的整个身子也像这些人一般轻快地左右着，走到楼前的喷泉处时，葛薇觉得自己浑身轻得压不住步子了。

秋风飕飕地刮在腿上，扬起她的围巾，刮在她冰凉的皮肤上。

蹲下，蹲在木质的地面上，扶着额头，直到有只大手轻轻地拍着她的肩膀。

第十四章 男人的行为法则

葛薇犯了两个错误：第一，拿自己的脾气挑战男人的个性；第二，拿自己所谓的智商来判断他们的行为。

淮海路的时代广场——世界顶级奢侈品聚集的地方，老外比中国人多的地方。四楼，一家藏在深处的私房菜馆，钟少航常来的地方。因为公司离得比较近。他和他的夫人规划好了地盘：他在卢湾区这一代逍遥，她在徐家汇那边快活，两个人互不相扰，而两个人也的确做到了。

"为什么八四年的红酒是好的呢？"

钟少航款款地将醒酒瓶中的拉菲斟入对面女孩的高脚杯中时，大眼睛的女孩子盯着包装上的年份，一脸好奇。女孩子不过二十二三岁，皮肤是透亮的，连脸颊上微红的青春痘都透着清纯的气息。这是他喜欢的气息，因着这种气息随时随地地相伴，他的眼角至今仍是光滑的。

"很简单，因为那一年的阳光特别充足，所以葡萄的含糖量就特别高，因此葡萄的香气也格外浓郁。"钟少航微笑着解释道，说完，给自己斟上，艺术家似的大手轻轻举杯，杯中剔透的暗红色液体轻漾，"愿这瓶拉菲伴我们度过这个美好的夜晚。"

两个人举杯。

女孩子故意一口咽下。

"不是这样喝。"钟少航轻轻阻止着，"这样子。"钟少航细心示范着。

女孩子学着钟少航的样子，先是将杯子以倾斜的角度送到鼻子前端，闻酒香，继而以画小圆圈的方式轻摇酒杯，再将杯子送到鼻子前端，深吸气，这次闻的是葡萄酒摇晃加温后散发出来的各种香气。然后，轻轻抿一小口，却没品出这酸溜溜的酒液有什么好处。

"嘘——用舌头搅动几下，让酒与舌面充分接触，并让味道在口腔中慢慢扩散开。"钟少航优雅地笑着，闭上双目，"接着嘴唇微张，轻吸一口气，酒香味道就会充满鼻腔，对，这时候要稍稍屏气，再将酒气自鼻腔吐出。"

女孩子笨拙地模仿着，最后，干脆再饮一口："太博大精深了，我不会呀！"

钟少航声音滑糯："没事，我慢慢教你。"

女孩子夹起一片银鳕鱼，含糊不清地说："好啊，这里的菜好好吃哦！肉很鲜！对了，那什么是拉菲呢？"

事实上，她在离开大学校门时，早已在各种时尚杂志上见过各种红酒的喝法、品种以及场合礼仪。

钟少航轻笑："拉菲是法国著名酒庄的名字，波尔多也是酒庄。"

"这样哈。"女孩子一脸崇拜，"Akira，你知道的东西真多。可是，挺贵的吧？"

钟少航依旧笑得和煦，被人崇拜的感觉一如既往的妙不可言。

用完晚餐，送女孩子回家的时候，钟少航绅士地为女孩子开车门，女孩子便觉一直漾在周围的香味分明了些。蹦跳着上车，待到钟少航上车之后，远离了饭香，空气中这种淡淡的好闻的味道便愈发清晰起来。

"你在做什么？"钟少航问。

"你的香水味道真好，什么牌子的呀？"女孩子依旧像个好奇宝宝。

香奈儿蔚蓝男士，一款有着海洋、蓝天和阳光味道的香水。可是，被问及，钟少航突然乏味起来——比起他的装备，他更喜欢别人问的是他无所不知的学识。

"男士香水而已。"钟少航依旧笑得满面春风，心却冷却下来。

驱车路过一处胡同，钟少航有时去照顾母子俩生意的小店里灯光温暖如初。远望，朴素而美丽的老板娘正低头忙碌着，钟少航忽然想起，最近似乎有一周没去了，上次去，还是和葛薇她们一起。

想起葛薇，钟少航顺理成章地想起了那个小师弟。这两个人脾气一个比一个好胜，怕是少不了闹矛盾吧。钟少航轻笑。

而此时，葛薇和凌欢的矛盾也的确闹到了一个沸点。

"你这是什么态度！"凌欢冷冷的眸子里再飞出一记冷刀子，关机。

另一边，葛薇蹲在木质的花坛中央，脑子里混作一团，直到有只大手轻轻拍着她的肩膀。

葛薇抬头，只见那个身材强壮的大男孩慢慢蹲下："大眼妹，你在干吗呢？"

葛薇不知道该怎么回答，又笑不出来，只是沉默着。

"和那个帅哥吵架了？"段峰笑问。

葛薇勉强一笑："算……是吧。"说完，便觉鼻子又酸又疼。

"刚才不是还好好的吗？不会是因为我吵起来了吧？对不起啊！"段峰自作多情地判断着。

葛薇有气无力地摇头："不是。你是在等我开门拿浴液是吗？万一我不回来，你不是要等很久？"

段峰嘿嘿一笑："你是个自重的女孩子，我相信你。"

葛薇想起晚上两个人的举止，觉得脸上一阵又一阵地发烧，起身找门卡，段峰也跟着站起来。

"这就回去啊？要不，咱们走走，散散步？你看，今晚的天气多好啊！"段峰抬头，微紫的天空中有几朵云飘着，虽看不到星星，却是个晴朗的天。

段峰见葛薇依旧没精打采，便说："对了，你想知道我现在住的地方吗？虽然远一点儿，但是离着海滩也近。虽然海是小了点儿，但是，你想想啊，周末的时候可以看看沙滩，看看蓝天，多好啊！还有，每天我可以看一小时的书，学了不少东西，晚上公交车不开灯，我就听听综艺什么的，听多了，对这个城市了解得就越多，我觉得自己越来越融入这个时尚的地方了。"段峰说着，满脸的欣喜与满足。

"可以看到海？"葛薇一听，心情稍微缓和了些，"挺好的，是闵行吗？"

"嗯，还要走一段。"段峰继续描述着那边的好，葛薇便有些心动："那边的房租真的七百元一间吗？"

段峰思忖了一下，劝道："太远了，你一个女孩子不用吃那么多苦。再说，他也需要你照顾。"

葛薇抬头望着段峰，刚才稍稍缓和下来的心情再次激荡起来，又不便表现，只得难看地笑着："谢谢你给我讲开心的事，也谢谢你尊重我，没有追问我们的事情。"

段峰苦笑了一下："谢什么。有些事，我怕是问的资格也没有。"

葛薇急忙安慰着："不是，我只是不知道该怎么说。对了，你为什么用薰衣草的浴液？我还以为，只有女孩子会用。"

段峰长长地吐了一口气，望着天上的云，停顿了片刻："因为，味道好闻啊。"

两个人经过葛薇所在的单元，段峰却依旧没有离开的意思，葛薇只好继续陪着，段峰说："大学的时候，我喜欢过一个很漂亮的女孩子，她的身上就有这种味道。"

葛薇笑说："原来是你女朋友喜欢。"

"不是女朋友，"段峰解释着，"暗恋而已。那时候我哪有闲钱交女朋友啊。课余就是打工，挣学费，挣生活费，那个女孩子看上去家里条件那么好，我哪敢追人家？"

葛薇想到这个大男孩的不易，便生了几分怜惜。

看一眼手机，已是晚上九点半，葛薇便说："时间不早了，我们上去拿浴液，别耽误了末班车。"

两个人进楼门，等电梯的时候，葛薇忍不住又看一眼手机，见没有一丝动静，心里有些不安。

"喂，你难受别憋在心里啊。本来我不想说，其实，我觉得他还算在乎你。"

葛薇惨笑着："怎么说？"

段峰挠挠后脑勺，笑笑："其实，你知道吗，他刚才自己走路的时候很勉强，为什么不用我扶他？就是不想在你面前扮演弱者，更不想让我小瞧了他。"

葛薇一怔。

"所以，你们是不是有什么误会啊？"段峰清晰地判断着。

葛薇想起两个人第一次的病房相见，上次他病得厉害，似乎是为情所困，照顾他的只有Bruce，这次受伤，他宁可请了护工。

"哦，去香港开会了。A4公司就是这样，到处跑，真的没办法。"刚才，周翎如是说。

可是——周五的时候，她明明在电话里强迫自己提前做下周的任务。

葛薇再看一眼自己的手机：有十个未接来电。

难道真的错怪他了？

可是，一个下属对自己上司的女朋友，真的是这种态度吗？

葛薇心中像是有一冰一火两只怪兽剧烈斗争着，心下再度混乱起来。

"喂，电梯来了。"段峰晃晃葛薇的胳膊，葛薇恍似梦中惊醒一般吃惊地望着段峰。

"怎么了？"段峰一脸的不解。

葛薇欲言又止，终于，忍不住问道："如果，你女朋友误会了你，又不听你解释，你会生气吗？"

段峰认真思考了一下："会。"说完之后，黯然地说，"你很在乎他。"

葛薇垂下头，很快掏出手机，段峰一把拦住："别道歉。"

"为什么？"葛薇一脸的迷惑。

"现在道歉，他会觉得你是无理取闹之后的赔罪，我怕他看轻了你。不如，你们先静一静，也让他反省下。后天咱们公司组织一日游，大后天回来你带点儿礼物，打扮得漂漂亮亮地去哄哄他吧。"段峰建议道。

葛薇舒心地笑出来："谢谢！"

段峰也附和着笑了："没事。对了，花粉记得天天喝。"

葛薇摸一下自己的背包，空空如也，方才发觉竟把人家的心意落在了出租车上。

"段峰，对不起……"葛薇内疚地说，"我不是故意丢掉你的花粉的，刚才的事太突然了，我……我把我的小熊储蓄罐赔给你！"

第二天果真是个晴朗天。周翎似乎非常忙，没有时间来催命，葛薇便抓紧时间操作着其他项目。又是一个紧张的加班天,直到晚上八点半,葛薇才将这周所有的事情做完,一天之内,凌欢没有来短信,也没有来电话。

病房里,李国斯医生检查着刚拍出的MRI片子,严厉地批评着:"怎么那么大的人了,对自己的身体那么不在意?水肿本来已退了一部分,现在又淤积了。"

凌欢一动不动地躺在病床上,任冰凉的液体滴入自己的手腕,任皮下注射带来种种不良反应,沉默,心想:果然站着说话不腰疼。

不料,李主任的声音却柔和下来:"我见过不少你这样的病人,他们以前也是身体素质良好的年轻人。可是,既然受伤了,你们就必须要正视你们的伤患,接受这种落差。"

"哦。"凌欢淡淡地答应着,"那么,已经有感觉了,感觉是否会再次丧失?"

"你再这样闹,也难说。"李国斯严肃地回答,见凌欢似是有疑虑,便安慰道,"当然,你能突破心理障碍,也是件很好的事。至少,可以有尊严地养伤,不是吗?"

"哦。"凌欢轻轻答应着。

尊严!为了他的尊严,那个傻丫头已经献出她自认为所有的尊严,自己还有什么好气的。

凌欢一面忖度着,一面掏出手机,想起温梅的柔顺,又固执地将电话放下。

周五的清晨七点十五分,雅多租来的长途巴士下,大半雅多的员工已聚齐,葛薇与众人并不熟悉,便最后一个上车,挑一个角落的窗口处坐下。几秒钟之后,黄发碧眼的老外上车,这是葛薇第一次见到她的美国老板。

之前,偶尔远远地望过一眼,只看到淡黄的头发,这次走近了,终于看得清楚:一副柠檬黄镜片眼镜,约一米七八的个子,唇角的法令纹在昭示着他已年过三十五岁,老外就这样往后走着,一帮熟稔的女员工用英文轻轻问候,老外亦轻轻回答着,西方人特有的虔诚透过镜片礼貌地打量着每一个人。葛薇向来没有过英文口语练习，只得在他慢慢走近时轻轻用汉语招呼着："老板早。"

"yes。"老外轻轻回答着，将旅行包往行李架上一搭，便坐在葛薇的前一排。

按理说，这本是再正常不过的。

葛薇发现，她的上司Ada尚未赶来。

葛薇打了一个电话给Ada，挂断之后，葛薇忽然意识到，既然和老外是前后座，自己似乎应该和老外寒暄几句，以示尊重。然而，四年多没有接触英语，她的口语完全由弱降为负，脑子里汉语转化为英文的时候，竟然忘记了。葛薇暗暗后悔着——本想来这外企之后好好拾起英文的！当然，最后悔的还是没有带零食，不然的话，就是分享几颗话梅也好。

葛薇只得装睡。刚闭上眼睛，就听到那滑糯温暖的声音从巴士门口飘来，只见钟少航冲众位女士微笑着款款走上车。

老外身边的座位是空着的，他便自然而然地坐在了旁边——也只有他坐在旁边才显得那么自然。

公司的人事也在这辆巴士上，于是，从车的最后座上传过来矿泉水和话梅饼干，传到葛薇手里，葛薇留下自己的一份，犹豫了一下，想着美国大叔是靠自己的这侧，论资排辈又是公司的老大，便先拍拍老外的肩膀，再拍拍熟人钟少航，将话梅之类的递了过去。老外用略带美腔的中文说了声"谢谢"。

正在那一刻，Ada踏上巴士，一双不大的眼睛瞥了一眼这三个人，脸色冷了一下。葛薇打量着Ada比墙还白的运动外套和里面看上去质地十分一般的玫瑰紫色T恤，忽然意识到，原来Ada是一步步艰辛走过来的孔雀女——来自偏远山村，凭着自己的努力有所成就。

葛薇乖巧地冲Ada微笑，Ada只当没看见，自己找了另一侧的座位坐下，一言不发地开始吃早餐。葛薇忽然意识到，自己像上次一样，误打误撞又做了不该做的事——那么大的巴士，Cici你怎么就非要坐在公司大头、二头的身后？

可是，明明是她先坐下的好不好！

葛薇觉得自己今天真的该去买彩票。

"我来了，我来了！"

伴随着一声大嗓门，段峰顶着大眼袋背包冲了上来。

两辆长途巴士很快便开动。

人事部的女孩子发了号码，让大家填表格玩游戏，栏目分别是：你最晚加班到几点，你最喜欢异性的部位，你最喜欢的动物，你最喜欢的交通工具。

葛薇开始填："凌晨一点半""无尾熊""步行"，填喜欢异性的部位时，她却不知该如何填。她喜欢男人高大的身材、胸肌，最主要的还是微笑以及成熟的气质。可是，那个人高大也有胸肌，至今为止却只见他笑过一次。葛薇最终犹豫了一下，还是歪歪扭扭地随着车身晃动填上了"气质"二字。

当众人的纸条都被收上去之后，打乱了次序，女孩子便开始念："最晚加班时间：凌晨三点；最满意自己的部位：腿；最欣赏异性的部位：眼睛。大家猜猜她是谁。"

葛薇当下将视线投在Ada闷闷不乐的脸上：加班是她最擅长的，她虽然不是美女，腿确实又细又长。

众人的眼睛是雪亮的，只听段峰大喊："是Ada！"

女孩笑着说："答对了！"说完，便声情并茂地开始念，"凌晨三点，她乘火车时遇到一条狗，她深情地望着狗的眼睛，说'我爱你'。"

众人大笑。如此循环。段峰最欣赏的是异性的眼睛，最喜欢的动物是猫。俗话说男不养猫女不养狗——葛薇恶作剧地想着。

葛薇暗暗地想，这要是凌欢的话，怕是要望着雪橇犬的胸说"我爱你"了吧。想着想着，望着窗外走了许久还是繁华的上海街景，心底凉凉地掏出手机，屏幕静得像睡着了一样。

凌欢，一个二十七岁的迟暮女人想什么，你不懂。

到达旅游目的地竹海时，已近中午，葛薇这次长了记性，走着比较偏后的位置，心想这次该不会挨着老外和钟少航了吧。待众人坐下，葛薇心虚地坐在最靠门口处，左边是一个其貌不扬的女生，Ada刻意隔了葛薇几个位置坐在这一桌。葛薇刚松一口气，却见老外和钟少航有说有笑地走进来，两个人见有空座便坐下了，同长途巴士上一样，这次还是葛薇的旁边。

"咦？新面孔？"对面的一个男生发现了新大陆似的看了一眼葛薇。

"你们的人吧，Ada，给大家介绍一下啊！"男生一看便是本地人，养尊处优的眼神，时尚好玩的笑容。

"她叫CiCi。"Ada淡淡地介绍着。

葛薇忍不住悄悄发短信给小洁："小洁我这次坏事了，两次都坐在老板的旁边，我上司的脸已经变色了。"

小洁立刻回短信："搞好和美国大叔的关系吧。"

怎么搞？

葛薇擦汗，一言不发地夹菜：大不了辞了再找份工作就是。

午饭之后，同部门的NaNa强烈要求一起走竹海，葛薇也跟上了，一路上，漫步在影子寂寥的竹林里，一望无际的绿。中间路过一池水，看到足足有一寸多长的金色的鱼，NaNa激动地拍照，直到路过一群孔雀，竹海里才算有了几分自己的特点——鹦鹉表演。

众人坐在看台上，看到了许多品种的鹦鹉：红脑袋的美洲鹦鹉，浅黄色漂亮冠子的德国鹦鹉，中国的鹦鹉，红脑袋的鹦鹉头异常得大，不像鹦鹉，倒像怪物，正琢磨着，只听前方一阵笑："哈哈哈，这鹦鹉怎么长得那么难看！"

葛薇循声望去，正是段峰。

几个身穿红缎子短褂的女主持上台，表演开始，无非是算算术，鹦鹉用嘴投篮的比赛，德国来的鹦鹉要赖，比赛结束之后依旧投篮，引得观众席上传来阵阵笑声，葛薇也陪着大家笑着，然后，女主持人说："下面，最激动人心的时刻到了！"

众人便都沉默下来。

"让我们来自美洲的大卫先生给咱们表演举重好不好？"女主持人说。

葛薇终于知道为什么红脑袋的鹦鹉的头那么突兀。

"下面，请大卫先生举两公斤重的。"

红毛鹦鹉轻松地用坚强的鸟喙举起。

"别举了！压坏了它！"葛薇听到段峰抬起膝盖，整个人半站起来抗议。

"下面，我们请大卫先生为咱们举三公斤重的好不好？"女主持人继续发问。

葛薇看到训鹦鹉的人一边喂着鹦鹉吃食，另一只手里正举着一只鞭子。

葛薇忍不住打了个寒战。

"够了！"段峰继续抗议。

当女主持人让鹦鹉举五公斤的重量时，段峰抬腿便大步流星地离开。葛薇和NaNa看不下去，便也走人，稀稀落落的掌声响起。

"太过分了。"NaNa抗议着，却见大步流星向前走的段峰回过头来："可不是吗？简直想钱想疯了！"

三人便一起爬山，前方是索道，一干人在索道处排队，排着排着，前面的女孩子转过头问NaNa："NaNa我们一起好不？我们是三个人，让他们俩一起，你们让Cici和Tomas（段峰）一起。"

段峰一愣，旋即大笑："哈哈，好啊！"

于是，两个人并排坐下一辆缆车，左一个、右一个坐着，中间几乎能坐下半个人。段峰似乎觉得这距离太疏远了些，故作漫不经心地向葛薇这边挪了挪。

缆车渐渐升起，段峰望着周围群山的绿，十分自然地问："好了吗？"

葛薇抬头："什么？"

"你和他啊。"段峰先是小心翼翼地将猿臂搭在葛薇身后的椅背上，见葛薇不介意，胳膊便舒展开来，从衣袋里摸出狗尾草，忍住笑去挠葛薇的脖子。

葛薇并未发觉，托着腮端详着一座座绿山，忽然脖子一痒："哎！"

"上车的时候就看你有心事。"段峰迅速地将狗尾草扔出窗外，笑着说。

"你男朋友看上去条件不错，一看就是官二代，这样的男人心理年龄还没断奶，被老子和女人惯坏了。"段峰认真地说，"过日子的话，还不如找普通人家的孩子。"

葛薇把着凉飕飕的缆车窗口，回答："嗯。"

"当然，你可能也被男孩子惯坏了。两个人在一起，总得有一个妥协的。"说完，段峰故作漫不经心，"实在不行，找个没被惯坏的怎么样？"

两个人正说着，缆车便到了顶，一个黝黑皮肤的女人招呼着："这是你们的合照，要不要冲洗出来？"

原来，缆车的那段路竟装了摄像头在自动照相。

葛薇和段峰冲过去一看：两个人都是看向前方，像几十年前的结婚照，看得葛薇脸唰地一红。

"好啊！"段峰兴奋地说，"多少钱？"

"不用了！"葛薇本就不上相，见自己被照得尖嘴猴腮，急忙拒绝着。

段峰挠挠后脑勺："你不要我要！"

晚餐时，葛薇为了避免再次触及Ada的底线，便一直跟着NaNa。晚餐之后，两个人早早睡下，NaNa睡不着，两个人便躺着开始聊天，聊她的未婚夫。原来，NaNa已在家乡的县城买了房子，可是，因为收入的原因，即便按揭，两个人的生活压力也是挺大的，NaNa说。葛薇鼓励她加油。

说着说着，NaNa便问："Cici，你有男朋友吗？"

葛薇一愣："刚开始，算有吗？"

"当然算了。"NaNa说，"他是什么样子的？"

葛薇愣了一下："他很严肃，不会笑。"

NaNa说："这样的男人会把女人握在手心的。"

葛薇掏出一天没有动静的手机，苦笑："才不会，我不接他电话，他便不理我了。"

NaNa说："你不接电话，他怎么理你？男人有男人的自尊。你可以生气，可以撒娇，但不能不让他说话。"

葛薇沉默了几秒钟："谢谢你，NaNa。"

"不客气，女人是水做的，迷人的也是水的性情，硬碰硬的那不是恋爱，是鸡蛋碰石头，等回去之后，冲他温柔地道歉吧。女人要的是幸福，不是面子。"NaNa善意地告诫着。

第二天的行程是游湖。七十多号公司同事加外地游客，登上轮船时，江风清凉。照片风波之后，段峰便一直躲着葛薇，直到午饭之后，乘长途巴士回程，一直都是躲着的。直到巴士开回上海，停至人民广场下车时，葛薇迷糊地辨别着周围的景物，段峰才出现："记住我说的话啊！"

葛薇艰涩地答应着，任人群在她的视线内流淌，两个人相处的一幕幕在她面前回放着：求职被拒绝时，送晚餐时，从车下拽回她时，两个人拥吻时……他是在乎自己的。

NaNa的告诫始终在她耳边回响：女人要的是幸福，不是面子。

葛薇鼓起勇气，大步朝去医院方向的始发公交车站台走去。

上公交车的一刹，她却又跳下来。

站在车门口，周围的人穿过她身边，将她左推右推着，司机亦是用她半懂不懂的话说："侬走不走啊？"

葛薇咬牙，刷卡——即便他看轻了她，她也努力挽回了，如果他不接受，她不后悔。位置已被坐满，葛薇把着把手，站直，挺胸。

到病房时，凌欢正在进行电话会议，一副当仁不让的语气："找我们做广告的产品必须是我们引以为傲的，你们的创意暗含无穷的轻视，全部重做……"

葛薇站在病床边上，凌欢似乎是冷，外披一件灰色风衣，瞥一眼葛薇，轻轻将风衣紧了紧，继续他的内容："下周一早上我必须看到。"说完之后，放下电话，淡淡地望着葛薇。

葛薇深呼吸一口："对不起。"

凌欢端起床头的一个茶杯，抿一小口热茶："怎么了？"

葛薇鼓起勇气说道："我不该连续不断地挂你电话，是我不对。可是，你下属的行为我接受不了。我以后如果没有意外不会再拒绝接电话，但是你因此觉得我们不合适，请明示。"

凌欢一听，略一思忖，直视着葛薇："一点儿诚意也没有。"说完，指着自己的面颊。

葛薇强烈的自尊心再次充斥在身体的每一个角落："你这是什么态度！"

凌欢一听，被这烈性惊得轻轻一怔。终于意识到，眼前的这个女人是一匹烈马。

葛薇的胸口一起一伏，小脸再次气红了，大眼睛怒视着他，看得凌欢征服欲猛然涌上："过来，我有话对你说。"

葛薇赌气地后退一步，然而手却被抓住，身子被他一把带到那结实的胸膛上。

葛薇这才意识到，她面对的是一个高手。

高手湿热的唇轻轻贴在她的耳垂上，她只觉得浑身一抖。

第十五章 爱之乞力马扎罗

凌欢喜欢自己是巍峨的高山,她则是高山下环绕着的一汪温泉。可是,葛薇不是温泉,凌欢也不是她的第一片沧海。保持长久之爱的秘密是什么?包容,包容,还是包容。

"你干什么!"

葛薇羞涩地战栗着,想要一把推开凌欢,然而,那只铁钳似的大手钳着她的肩膀,强迫她转过身来,将葛薇的手臂搁在他的背后,葛薇就这样被迫偎在他的怀中。

"没好好恋爱过,我教你。"凌欢淡淡地说道,然后,控制着自己手上的力度,让那有淡淡香气的发辫贴在自己胸前,于是,葛薇便被动成了小鸟依人的姿势。可是,小鸟可以依人,鸵鸟总是依不了的。

葛薇只觉得浑身发麻,要起身挣脱开这委身人下的姿势,可那大手却贴着她的后背,将两个人紧紧贴在一起。

"女人受了委屈就该在男人肩头撒娇,而不是挂电话。"凌欢冷冷地说,用弧度美好的下巴轻轻抵住葛薇的额头,冰凉的身体贴着温热柔软的躯体,药香从他的呼吸中微微散发。

这是凌欢最喜欢的姿势。他像一座巍峨的高山,高不可攀,她则是高山下环绕着的一汪温泉。然而,那温泉的自尊心却被他不断地打击着。

"你就那么喜欢别人服从你吗?"葛薇将面颊贴在他略带牛奶香气的胸膛上,便觉即便自己狮子座的强大气场也被他压得死死的,然而,她却是不甘心的,狠狠掐一把凌欢的肋骨,瘦肉,掐不动。

"男人是女人的山。"凌欢淡淡地将那手制住。

"你是我的乞力马扎罗山,背负着终年不化的积雪,却抱拥着炽热的雨林,掌心是原始又野性的火热草原。"

多年前,温梅偎在他的怀中,模仿着《人间四月天》的新月体诗如是说。

"人猿泰山!"葛薇拥着那精瘦却不单薄的身躯,多年从未有过的感觉暖热地涌上全身：害羞、幸福、屈辱、欲望，像是一张网严严实实地把她罩住。她不敢松开那骨骼刚硬的背，生怕这幸福像是水中花，撒手就散了，却又不敢拥紧，她洁身自好二十八年，矜持的空白让她生怕自己被嫌怨了。直到他轻轻吻上她的唇，手也不老实起来，她便终于濒临爆发。

强烈的自尊让她终于忍不住使出全身力气挣出来，站在凌欢对面，满眼的不甘："女人就不能是山吗？你是不是看多了三国，就把女人当衣服了？小时候看过一个神话，玉帝为惩罚女儿私自下凡，结果把她和她的爱人变成了两座并排的山。我喜欢你，所以你会为我受伤，我也会为你牺牲，可是，为什么你不能平等地对待我？"

凌欢一愕。她不是应该说，那你就该醉死在温泉中吗？

窗外的太阳渐渐沉落下去，留给天空一片红的影，凌欢的怀抱空了，看一眼窗外，没有想起泰山，却依稀想起电影里大猩猩曾和女孩一起看夕阳。那句喃喃的"beautiful"当时听得他心酸，然而，正回忆着，却有一声十分滑稽的声音氤氲在两个人的心与心之间。

"咕——"

葛薇暂时收了那份不甘："你饿了？我去买吃的。"

凌欢有意惩罚她刺猬似的敏感，沉默着。

葛薇知道是自己过分敏感了，于是帮他整理被角，却见凌欢点滴着的左手腕上已微微泛起红丝。

"我去叫医生！"葛薇要飞跑，被凌欢的右手一把牵住。

凌欢熟练地将左手腕放平，血丝迅速消退，那熟稔看得葛薇一阵心痛。

"打开橱柜。"凌欢说。

葛薇犹豫了一下，打开橱柜，看到了一只大大的礼品盒子。

"打开。"凌欢说。

葛薇好奇地拆开，不是别的，是一套鲜红色镶金黄蕾丝边的内衣。蕾丝图案精致，牌子是她最喜欢的而从未尝试过的，这不重要，重要的是，尺寸看上去刚好与自己吻合。

葛薇的眉梢飞过一丝安慰——他终究是有心道歉的，只是，这礼物太过暧昧了些。

"你……"

葛薇瞪他一眼，转身下楼去寻觅吃食，刚出医院门，却见一个十分熟悉的身影从自己身边掠过：背后看，刚好一米七七的个子，防伪商标似的寸头。然而，这貌似愣头青似的发型留在他脑袋上却显得完美而和谐，他依旧是优雅而风度翩翩的。这样器宇轩昂的走路姿势，葛薇这辈子没见过第二个人有。钟少航是含蓄的，没有这样飞扬；凌欢是不动声色而傲气的，没有这样近似于欧洲皇族似的跋扈。

葛薇不觉便呆站在了原地。

不会认错的，四年前他就是这样子，五年前，他也是这样子。他……不是应该在广州吗？怎么来上海了？那人的女伴挽着他的胳膊，两个人有说有笑。葛薇远远地望着那张侧脸，那么多年，似乎没有变化——美大叔总是不肯老的。

他不认识自己了吗？这些年，自己的变化不大。或者，故作不认识？

葛薇目送着两个人停在一处红绿灯的斑马线，便觉这些年已沧海桑田了。

"嗨，大作家！"

"小葛呀！这本书借我好吗？"

旧时，那人一口广东味的普通话，声音里含着笑，炯炯的双目也含着笑，黑而大的瞳孔灼烫着。

"你这个人，挺好的。"

旧时，他迟疑而不安地表白时，双目凄楚……

旧时光霎时如海啸奔涌，淹没了她最美好的时光。爱，似乎早已不爱了。不想知道他好不好，不想知道他结婚了没、事业进展得如何，更不想知道他死了还是活着……美好，却是忘不了的。因着这美好，她沉湎了多年，直到这些日子，才有所改变。

葛薇正想着，忽然听到急促的手机铃声，接起来，只听凌欢没有语气的声音竟有着前所未有的恐慌："快点儿回来。"

"你怎么了？我还没有买……"

"回来。"凌欢打断道。

葛薇释然一笑，转身，毫不犹豫地大步前行，电话里的人，才是需要她的人。一路上，步子轻快，超越匆匆的行人，赶上蹒跚的病患和急匆匆的医护人员，赶回病房的时候，只见凌欢穿戴整齐，黑色的风衣越发显得那冰寒的脸色发青。他跷着二郎腿坐在沙发上，一言不发，吐出一团浓浓的烟雾。这是葛薇第一次看到他抽烟。

"胃不好，别抽烟了。"葛薇心下一紧，"你怎么了？"

凌欢的视线依旧停在地面上，手却狠狠捻碎了烟头。

"怎么了？你快说啊！"葛薇被他这表情吓得汗毛都竖了起来。

凌欢一把握住葛薇温暖的手，紧紧地，仿佛在寻求力量一般。

葛薇便由他握着，几秒钟之后，凌欢从药瓶中拍出几粒胃药，送入口中，仰脖咽下之后，冷冷地说道："陪我回青萍，现在。"

葛薇一惊。

原来他是青萍人。都说青萍这个海滨城市屡出美女帅哥，果不其然。可是，这么晚了，他究竟回去做什么？

说着，凌欢已抓着葛薇的手站起身来，急速地走两步，牵动了脊背的钻心痛，汗珠唰地从他的太阳穴处渗下。

葛薇停住脚步，指着床尾处的轮椅："要走很多路，用它吧。"

凌欢没拒绝，乖乖地坐在轮椅上，葛薇便急速推他下楼。乘上出租车之后，凌欢又抽出一根香烟衔在嘴里，摸出一把骑士样子的打火机时，葛薇一把按住。

凌欢瞥了一眼那双晶亮的眸子，心下不觉一暖，只是，依旧是一言不发。

直到买上机票，在候机室待机时，见葛薇抱着两杯热气腾腾的奶茶走到他面前，他才开口："为什么不问发生什么事了？"

葛薇报着微烫的奶茶，盯着那轮椅上坐得失了魂儿的人："你什么时候想说我就什么时候听。"

说完之后，葛薇还笨拙地开玩笑："不会你的前女友带着孩子回来了吧？"

凌欢狠狠剜了葛薇一眼。

直到登上飞机，绑上安全带之后，凌欢一直是沉默着的，越是沉默，那张脸上的汗珠越是密布。

葛薇侧过脸，一遍又一遍地迎上他鼻尖的细密透亮的汗珠，终于忍不住小心地问道："是脊背疼还是胃又难受了？"

脊背微痛，胃有些痉挛，但是，这些都不是最重要的。

"你家是哪儿的？"凌欢轻轻用长手指拭去汗珠，郑重地望着葛薇，一双丹凤眼庄严得像是面对一个他极力想得到的大客户一般。

"安城。"葛薇回答，说完，立刻意识到什么，避开凌欢的目光。

"父母的职业。"凌欢的目光依旧郑重。

"父亲是普通的公务员，母亲是退休的妇产医生。"葛薇一面回答着，一面侧脸望向飞机的窗口：水蓝色的幕布，云絮飘在飞机下端，或者是紧紧拥簇着飞机，似乎童年时在奶奶家的田野上仰望时的天空。可是，眼下，似乎要进行一件童年不可能发生的事情。

"谈过几个男友？"凌欢继续问。

葛薇开始啃指甲，啃去一层皮，再换一只指头。

啃着硬的死皮，葛薇的眼前闪过一个个过客的样子：戴黑边眼镜的男孩、刺头的欧洲绅士、高大英俊而总是对她的腰感兴趣的凤凰男、胸控的面瘫……除了第一次，每一次葛薇都以为自己终将披上嫁衣，可是，每一次的辗转遭逢，一次又一次的敏感与过分自尊，到最后彼此成为连电话号码都删掉的过客，自己也在蹉跎中老去。那么，这次真的能走到最后吗？葛薇已经意识到，这是要见家长了。想到这里，葛薇觉得似乎有一种什么东西正爬上她的脸颊，让她整个人精神轻松，全身似乎有一样什么东西吊在空中，正在缓缓降落。

"如果被问起，你说一个，但无深交。"凌欢淡淡地说，"就说只谈过大学同学，得病死掉了许多年。"

"干吗要这样说？"葛薇不解。身体里正在降落的东西遍又缓缓升起来，继续浮游，游离在比飞驰在天空的平流层更深的角落。

葛薇狠狠吸一口飞机上提供的可乐，甜味瞬间呛了喉咙。卡嗓子的时候，她方才明白过来：他的家庭怕是不接受女孩子有太多过去，但如果女孩子从来没谈过，又恐这个女孩子人品不好，没有魅力。

凌欢沉默了一阵："问你是做什么的，你就说策划，兼职写书。"

葛薇心凉了大半，只觉得吊在空中的什么东西又飘远了些。

凌欢可以不问葛薇的背景便爱了。显然，他家对女方的要求是苛刻的：女孩的家庭背景、感情背景、职业背景、自身修养。葛薇开始后悔自己匆忙跟着来了，看一眼窗外，平流层依旧是一晴万里，然而，下面却是无边的黑夜。

你们家是选秀女还是选妃！

话到嘴边，葛薇又咽了回去，然而这话却像一口痰一般哽在喉咙。她清一下嗓子，再清一下，嗓子哑了。

凌欢用自己冰凉的大手紧紧裹住葛薇的汗手。

下飞机的时候，凌欢没有固执着要自己下机，而是由着专门通道将自己送下去。两个人马不停蹄地搭上出租，凌欢急忙拨出一个号码："怎么样？……那就好。"放下电话之后，空气中的紧张气氛总算舒缓过来。

"我爸病了。"凌欢说。

葛薇便问："怎么样了？"

"没事了。"凌欢看一眼自己刚恢复了的膝盖，"见到我妈之后，就说我是膝盖韧带拉伤。"

"嗯。"葛薇答应着。

青萍并不是一线大城市，此时也不是堵车时间，很快，车便停在了医院门口。凌欢吩咐司机："开进去。"

车子开入院子，在最深处停下，葛薇看到了在黑夜中依旧可见的构造讲究、外观质地精良的一栋白色的小楼。小楼是洋式的，铁门是圆的，上面镂刻着旋转的玫瑰花，窗也是镂刻的玫瑰花窗，轮椅推着凌欢进入，入眼是黑色大理石的地面，橘黄的光照得黑色大理石地面很是晃眼。

这应该就是给特殊人群的吧，葛薇心想。

轮椅飞奔在走廊上的时候，葛薇的余光甚至扫到了墙上的法国名画《维纳斯的诞生》，画上的圣母玛利亚羞怯地站在水中央的贝壳之上，所谓伊人，在水一方。

走到白色的门前，又是西式的圆顶宽门。凌欢的妈妈刚从里面出来：眼皮虽然有些松弛，但依旧是漂亮的双眼皮大眼，皮肤白皙却也遮掩不了鱼尾纹和法令纹，然而，那脸终究还是美的。令人意外的是，她的打扮朴素得超乎寻常：粉色毛衣，浅棕色的外套，完全不是葛薇想象中的穿着皮裘外套的浓妆女子。

看到坐在轮椅上的凌欢，凌欢的妈妈着急了，脸上的纹路也深刻了些："欢欢，你怎么啦？"

凌欢淡淡地站起身："打了一会儿篮球，韧带拉伤。他怎么样了？"

凌欢妈松了一口气："你吓死我了。你爸没事。这不快退居二线了嘛，要接手的人不问他就自己做了决定，他一生气，就晕过去了。你也劝劝他，人走茶凉，日薄西山的道理他也该懂了。"凌欢的妈妈说完，终于意识到另外一个人的存在，上下打量了葛薇一番，"咦？这位姑娘是……"

凌欢说："葛薇。"

葛薇忙微微欠身鞠躬问候："伯母好。"

凌欢的妈妈浅浅一笑："小葛你好。"说完，便冲凌欢说，"你们进去看看吧，我去买水果。"

葛薇忙说："我去买！"

凌欢没阻止，从钱夹里随便取出几张："顺便买点儿营养品。"

葛薇本能地摇头："钱我有。"

凌欢狠剜了葛薇一眼，葛薇这才接过钱。凌欢却站在门口，犹豫着。

"就当是你们父子俩和解的事吧。"凌欢的妈妈拍拍儿子的肩膀，"都那么多年不说话了，哪像一家人？"

凌欢不语。因为温梅和种种原因，两个人已经许多年没说过一句话了。

"腿能撑住吗？"凌欢的妈妈瞅一眼轮椅，始终不放心。

凌欢咬唇："能。"

凌欢的妈妈推开门，只见老爷子正架一副老花镜在看电视上播放的本地的晚间新闻，新闻里一如既往地有他主持会议时候的影像。

见儿子来了，老爷子不动声色地继续看电视，且不说人，就连眉毛都没有半丝变化。

凌欢缓缓进屋，走到床前，一言不发。人，却是扫了一眼床头，见一个柚子已被掰得龇牙咧嘴，犹豫了一下，掰下一大瓣。再看看老爷子，依旧是纹丝不动地盯着那三十四寸的电视，马上升腾起一肚子火气，刚要掉头走人，却又见父亲头顶的头发少了些，心下一软，便将柚子递入父亲的手中。

"太苦。"老爷子虽是接过来，又端着架子给放回了原处，却主动开口了。

"爱上火就别怕去火的东西苦。"凌欢冷冷地说道。他拖过一个造型别致的皮制墩子在床前坐下，固执地又将柚子塞回老头子的手里。

气氛依旧是僵化而沉默的。

"我没有你这样的爸！儿子的婚姻当成你的政治工具，和畜生有什么区别！"

"我也没你这个不长进的儿子！阳关大道你不走非去走奈何桥！你给我滚！"

多年前的骂战回声似乎还在空气中飘荡，荡得两个人的耳根子热热的，鼓膜也被震得嗡嗡的。

正在这时候，轻轻的敲门声响起，讨好而猥琐。

凌欢的妈妈开门。

一个穿白大褂的中年男人，后面跟了两个年轻的女护士。

"凌局长，没打扰您休息吧。我是本院的内科主任小张。"中年男人笑得小心翼翼。

父子两个人同时沉默着，看着这人表演："呀，令公子回来了？真是一表人才、年轻有为呀。"

凌欢沉默。

凌老爷子谦和而居高临下地微笑着："过奖了。张主任有什么指示？"

中年男人急忙说道："不敢不敢。您这边不是需要护士协助治疗嘛，院里就把最好的两个护士送来让您挑了。"

凌欢打量着这两个女孩子：长得都不错，其中的一个妆画得太精致了些，另一个轻轻涂了点儿唇彩。

凌欢自作主张地指着那个淡妆的女护士说："她。"

凌老爷子不满儿子替自己做主张，却知他年少时深受护工之苦，便笑道："那就这个。"说完，慵懒地打了个呵欠。

中年男人便只得留下护士，自己退下，护士刚关了门，便又听到一阵清脆的敲门声。

"伯父好，伯母好。"葛薇提了水果和鲜花进门。

凌老爷子抬头微笑："你好。"

"葛薇。"凌欢淡淡地补充道。

"小葛好呀，我儿子眼光还是那么好。"凌老爷子笑容可掬，然而，凌欢却猛一抬头。

"你累了，我们明天再来。"凌欢说。说完，起身瞥一眼葛薇，转身对妈妈说，"不早了，我们不打扰他休息了。"

凌欢的妈妈一愣，说好，葛薇便觉得凌欢是怕那老爷子为难自己，心里咯噔一下。

三个人在路上时，凌欢的妈妈似乎已不把自己当外人，一面不停地唠唠叨叨着现在的保健品、旅游中老年团，一面问儿子和葛薇路上冷不冷、累不累、饿不饿，葛薇开始喜欢上这个女人。

回到凌欢家低调而宽敞的四室一厅时，凌欢的妈妈亦是勤快的："我给你们煮点儿饭，你们路上一定没好好吃。"葛薇便主动帮忙洗西红柿，打鸡蛋。这边，凌欢的妈妈亲手煎了三文鱼，做了西红柿鸡蛋面，还不忘亲手剥了几只虾搁在碗里。

两个人端到客厅里时，凌欢正在看球赛，葛薇稍稍吃了点儿，凌欢的妈妈便说："欢欢，你的屋子里有洗手间，小葛住着方便些，你去客房睡吧。"

凌欢刚要拒绝，看一眼自己的妈，答应着："嗯。"

葛薇只道是凌欢妈不当自己是外人，然而，一进门却发现自己大错特错了。床头上，是凌欢和一个女孩子放大的合照，照片上，凌欢青涩而倔强，女孩子青春洋溢，笑得甜蜜。

葛薇盯着那照片，大脑一阵缺氧，低头看一眼书桌，乔丹的模型，蓝色的章鱼布偶，左右对着的卡通龙猫相框，左边是少年的凌欢，右边还是那个女孩。

葛薇怔怔地坐在书桌前的转椅上，停止了思想。

她轻轻地将相框握在手中，玻璃的框面凉丝丝的，虽有毛屑，却并无灰色，干净得像是有人在经常擦拭一般。

葛薇终于见到了温梅，细细打量着那眉眼：浓而弯的黑眉，似乎连边边角角都没剔去，大眼睛，白T恤，笑容干净。他是按着温梅的感觉找的她。

葛薇觉得玻璃的温度透过血管，一直凉到心尖上。

她不懂凌欢妈妈的意图，也不知为什么凌欢先是拒绝却又同意了。她只知道，她已闯入了一片自己完全不想闯入的领地。

一声轻巧礼貌的敲门声响起，葛薇急忙放下相框去开门，凌欢的妈妈笑得热情而热心："这是新睡衣和新毛巾，洗个热水澡睡觉舒服些。"

葛薇答谢着，内心有一种强烈的想让热水温暖自己冰凉血管的冲动。

推开浴室门，浴室的装修并无特色，墙面是许多年前流行的白底子浅粉色花朵马赛克，地面是亚光的地面砖，五十多岁的人的审美都是惊人的相似。然而，葛薇却一眼看到了不同之处：马桶旁、浴缸旁边一律都有金属把手，显然是当初为凌欢行动不便时特殊制定的。当初他行动真的那么不便吗？葛薇想着凌欢艰难搬动自己时的样子，呼吸仿佛停止。

　　站在莲蓬下，葛薇将水调到微烫的温度，皮肤很快就被烫成了熟透的虾。然而，心却没有暖过来。

　　一阵蒙蒙的烟从莲蓬处延展着，扩散着，整个浴室很快就笼罩在早雾似的空气中，像是一个绮丽的梦，又像是凡人不小心踏进了仙人的领域——她不属于这里。

　　于是草草洗完，葛薇怕头发给人家湿了枕头，便想从凌欢的书橱里找本书看，书橱里的书先是一大排整齐的外国名著，上面两大排是精装的中国名著，再上面一排是整排的篮球杂志和金庸古龙，似乎都是早些年的书。葛薇不知该看什么，随便从中抽出了一本《红楼梦》，一把已经氧化变色了的暗黄钥匙从书中飞出，掉在木头地板上，清脆而响亮。

　　葛薇急忙将钥匙捡起，刚要放回书中，然而，抬眼时却发现一个锁着的橱柜，那锁孔龇牙咧嘴着，竟像是在冲自己笑。

　　强烈的好奇心像是一个瞬间胀大的气球，胀得葛薇的大脑嗡嗡作响。

　　手指微微发抖着，通了两次才将橱柜打开。开启之后，里面的东西却让葛薇大大地意外了。

　　一个篮球，一个流川枫的人偶，一件白底子红条校服。仅此而已。

　　葛薇轻轻地抱起篮球，篮球上用黑色的水笔书写着几个大字：早日回归你的梦想。

　　白底子红条校服上早已没有女孩子身上的香味，反而有他身上的味道。

　　葛薇于是想起了别人的少女时光。高中时候的校草也是篮球队员，女朋友是邻班的。两个人在夕阳下骑着单车压过校园门外时的风景，一直是葛薇心中最美好的青春画面。男孩子就坐在葛薇的身后，上课睡觉，下课打球，却是全班唯一不笑少女时代的葛薇胖的人。葛薇所在的城市比较小，自然不会像青萍这样允许高中生自由恋爱。男孩子在班会上被点名批评，据说女孩子也在班会上被当众罚站了，葛薇曾亲眼看到男孩子拥着小他许多的女孩子在冬日的晚风中哭泣的场景。然而,两个人还是不顾一切地爱了,他戴着她编制的围巾和手链,她是住校生,阑尾炎的那几天,他一直守护着她。

凌欢和温梅也曾是这样吧。葛薇端详着篮球上的黑字,突然意识到,两个人似乎比自己的同学更深情些。她是在他瘫痪的时候一直陪伴的。

葛薇开始心疼那个女孩子。听高云道说,凌欢瘫痪了半年多才有一点儿感觉,之前,都以为没有希望了,可她坚持了下来。陪伴一个几乎是失去了未来的人,又需要多大的勇气?想到这里,葛薇失声笑了:凌欢,你很幸运。

可是,凌欢和温梅终于还是没有走到一起。

眼前闪过凌欢从未有过笑容的漆黑眸子:抛却那份看透世态炎凉的敏感、淡漠,清冷得像一个受伤的孩子。

深呼吸一口,葛薇轻轻地关上橱柜,将钥匙放回原处。葛薇毫不犹豫地发微信给凌欢:"脊背痛吗?膝盖怎么样了?告诉我你们附近哪里有药房,我明天一早给你买药去。"

手机半晌没有动静。

厨房里却响起了微波炉的隆隆之声。

一分钟之后,葛薇听到了简短的敲门声:咚咚。

葛薇整理了一下睡衣,开门,只见凌欢手端一杯热牛奶站在门口。

"我要拿东西。"凌欢说。

葛薇只得开门,凌欢进门,径直走到书桌之前,漆黑的眸子盯着那张和温梅的照片,一阵凝神。

葛薇站在两米之外,瞅着他,心下一阵叹惋。凌欢将相框合在一起,一横心,打开抽屉塞了进去,再看一眼床头上的大合照,葛薇急忙拦住:"不要动了,我知道你不舍得。"

凌欢侧目斜了葛薇一眼:"这么大方?"

葛薇觉得眼眶一阵发热:"说实话,很羡慕她。她在你最困难的时候一直都在,你记得她是应该的。如果你们还有一点儿希望复合,我都会支持……"

凌欢打量着这个满脸羡慕状的女孩子，呼吸一热，一把将她箍住，吻住她的唇。

葛薇依旧沉浸在那份青春纯爱之中，推开凌欢的唇，说道："你快休息去吧。"

凌欢松开葛薇，拍拍床："睡不惯自家客房。"

葛薇脸唰地一红："那我去客房。"

凌欢将她老鹰抓鸵鸟似的抓着胳膊抓了回来。

"你的腿还没好。"葛薇说。

"你在想什么？"凌欢促狭地瞪了葛薇一眼。

这一夜，两个人相拥而眠。

凌欢本是想让葛薇枕着他的臂弯，葛薇知他大伤未愈，便不肯。葛薇从来都未和男子有过如此亲昵的接触，对面而睡，凉的烫的呼吸一融合，便觉得自己是不道德了，自己歪向床的另一边，凌欢先是由着她，似乎累了，睡着了，便整个人贴了上来，收住葛薇的肩膀，将她埋入自己的胸膛，葛薇又是一阵窒息。

他和温梅都是这样相处的吗？

这种姿势让葛薇更加不习惯，还怕扰了他睡觉，睁着眼盯着那胸膛一阵发呆，突然意识到前人对他有多纵容。

微微的鼾声在头顶上响起，凌欢终于入眠，可是，葛薇长时间保持一个姿势，脊背酸得发麻，终于困顿地入眠时，窗帘外已泛起大片亮色。

似乎睡了没多久，客厅里响起一阵尖锐的童声，将两个人吵醒。凌欢睁开眼，俯视着葛薇："早。"

葛薇还未等答应，凌欢的妈妈一阵敲门喊吃早饭，两个人只得匆忙洗漱了。原来，是凌欢的妈妈小十八岁的弟弟带来孩子，说是让帮忙照顾。

葛薇和一大家子人吃了饭，饭后被凌欢的妈妈留下了："你在这里帮忙带下小孩子，凌欢去医院看他爸。父子俩那么久没见，肯定有许多话说。"

凌欢点头，葛薇只得留下。

大人吃完了，小女孩对着一桌子大人的东西，小嘴巴里塞得鼓鼓的。

"我要吃煎蛋！"小女孩趾高气扬地扯开嗓门喊道。

"我去煎。"

凌欢妈妈忙不迭地起身去厨房，小女孩的妈妈也跟了去，剩下葛薇过去也不是，不过去也不是，只得在餐厅这里擦桌子。

只听凌欢妈妈的弟妹说："大姐，他（凌欢妈妈的弟弟）马上要去西部学习了，我们周末也不休息，能让佳佳在这里住段日子好不？"

凌欢妈妈急忙答应："好。"

正说着，佳佳看了葛薇一眼："大姐姐，你是哥哥的女朋友吗？"

"嗯。"葛薇答应着，终于觉得两个人是真正在一起了。

"大姐姐，照片上的你好年轻啊！姐姐你是温梅吧？"佳佳一边玩弄着筷子，一面胡乱说着。葛薇只觉得胸口猛烈一疼。孩子的视力弱，只能看个大概，然而，这大概却是不会错的：浓眉，大眼睛，瓜子脸。葛薇捏着抹布的手触电似的一颤。

"照片上的人不是我。"葛薇鼓起勇气笑道。

然而，那佳佳却不信，正巧看见妈妈端出煎蛋，便大声质问道："妈妈，你看大姐姐是不是照片上的人？她们明明是一个人！"

佳佳妈回答不得，只得哄道："别吵，好好吃饭！"正说着，只听凌欢妈笑问："佳佳，中午吃什么？"

佳佳小脸一扬："馄饨！"

于是，一家人开始筹备午餐。凌欢妈急忙从冰箱里拿出猪肉，葛薇乖巧地帮忙剁白菜，忽然意识到，这里曾有另一个女孩子来过并帮忙做家务。一种强烈想知道她和凌欢分手原因的好奇心此时排山倒海地压迫住了她所有的神经。

凌欢妈说："他脾气不好，你多担待着点儿。记得不能让他吃太辣，不能让他拿重的东西，千万管着别让他碰篮球了。"葛薇在一边答应着，凌欢妈边调馅儿边继续说，"冬天记得让他多穿些，千万别冻坏了旧伤。"说完，将盆子递给葛薇，四只大眼睛相对时，凌欢妈拍拍葛薇端菜盆的手，葛薇双目一热。

这时，凌欢寒着一张脸回来："妈，我们还有事，这就回上海了。"说完，瞪了正系着和自己妈一样围裙的葛薇一眼。

凌欢妈急忙起身："吃了饭再走吧！"

"来不及了。"凌欢说道。

葛薇扶着凌欢下楼时，凌欢似是走了许多路，已经站不太稳，用大手紧紧扶着墙，葛薇心疼不过，便说："我力气很大，我背你吧。"说着，走到前面，就要架凌欢的胳膊。

凌欢妈心疼地说道："孩子，你让他慢慢走。他以前瘫痪的时候都不用女孩子。"

葛薇折回身，扶着凌欢的胳膊，突然意识到，温梅竟像空气一样无时无处不在了。

楼下已有出租车停着。开往机场的路上，凌欢板着一张万年不变的脸一言不发。刚才的一幕幕在他眼前回放着。

"她能帮你什么？你在上海那么多年，找不到个上海名媛吗？"

"不关你的事。"

"高家的儿子不是和你挺熟吗？他老婆没有女伴给你介绍吗？"

"需不需要按你的标准用尺子画一个？"

"你这个臭小子怎么说话的？"

想到这里，凌欢再一阵恼火。

葛薇见他不言语，知他是和父亲谈得不愉快，没敢问。

葛薇忽然想起，凌欢不敢让自己和他父亲再见面，知那老爷子是不情愿。想到自己已被否定了，一个前辈的话就如天雷似的劈过自己的耳朵："不被父母祝福的婚姻是不幸福的。"

想到这里，她又想起温梅对凌家造成的根深蒂固的记忆和凌欢几十年不变的固执，竟有一种分手的冲动。然而，盯着那张俊美的脸，想起他的伤是为救自己所致，想起他昨夜尚在梦中留于自己皮肤上的温存，竟有些舍不得，只能不停地啃着手指头上的皮，咬碎了死皮，红色的肉露出来。

"怎么了？"凌欢察觉到葛薇的不安，一把将她的手指头从口中拽出来。

葛薇终于忍不住问道："你和她是因为家里……才分手的吗？"

凌欢先是盯着前方的一排排纷纷落叶的杨树：他单车载十几岁的温梅走过，她帮他掸掉落在头上、肩上的树叶；看一眼前方的桥：夏日他和温梅饭后散步，她怕胖，买一支冰激凌两个人一人咬一口；打量着经过的商场：他不止一次帮她买过内衣，甚至固执地在销售员的惊讶下进入试衣间……想着想着，竟终究开不了口，伸出冰凉着一把冷汗的手去握葛薇的手。葛薇本能地抽手，啃出血丝的手指却被牢牢地扣在凌欢的手中，她暂时没了思想。

葛薇昨天一夜没睡好，飞机起飞时因升降导致她感到极度困乏，一歪脑袋睡了过去，醒来的时候，只见自己的口水滴滴答答渗入盖在自己身上的黑色风衣的领子上，凌欢正抱着一本飞机上的杂志，脑袋往另一侧一磕一瞌，眉头紧得能夹死一只飞虫。

他在做梦吗？

葛薇轻轻地抚摸着他比自己更白净的脸庞。

他则是梦见两个人在机场分开时的场景。

"可不可以不走？"凌欢梦见二十二岁的自己气喘吁吁，满脸的痛苦与紧张。

同样二十二岁的温梅，眼泪一滴滴从脸上滑落，她的手剧烈地抖着，用黏糊糊的手一遍遍抚摸着他的面容："欢欢，我们的孩子没了。所以，你不一定要和我结婚啊。"

"你还不明白吗？"凌欢听到自己的声音在颤抖。

"对不起，我承受不了这种压力。而且，我和我妈在国外可以过得很好的。你可以一辈子为了我不孝吗？你不可以，我也不可以。"温梅的鼻子红了大片，眼睛、腮也是红红的。

"找个适合你的吧。听你爸的话。我是没有福气做你的妻子了。"

两个人最后一次抱在一起。

"你明知道我不需要。"凌欢的眼睛也开始发烫。

可是,飞机依旧要起飞,最后一遍提醒的时候,温梅的母亲怎么也分不开两个人。两个人最后一次亲吻,最后一次在众目睽睽之下抚摩,直到温梅狠狠地甩了凌欢一巴掌。

"你干什么?"凌欢满眼留恋与迷茫。

"这样就能忘记我了吧。"温梅哽住了。

"永远不会。"凌欢坚定地说,"把你的地址告诉我!等我两个月,毕业后我去找你!"

温梅点头:"好。"

可是,两个月之后,他大学毕业拿到学位证,她却没有任何消息了。她的QQ、SNS已将他彻底删除,发了多少邮件她也不回。他曾一个人坐飞机去墨尔本,整个城市的哥特式建筑,灰黄的、黑的,将他包围起来。他在墨尔本待了整整半个月,却没有找到她。

凌欢甚至连大学的每个角落都找遍了,他在墨尔本大学干枯的冬日草坪上高呼着温梅的名字,没带御寒衣物的他在冷风中脊背痛到让他直不起腰来……

睡梦中,凌欢卧倒在墨尔本大学的草坪上,喃喃低语:"梅。"

这是葛薇第二次听到这样痛彻心扉的低喃。

葛薇记得凌欢妈的话,不能冻着他,于是抽下他盖在自己身上的风衣,刚搭在他肩上,凌欢的丹凤眼却微微睁开。

眸子依旧是迷茫的,梦中的痛依旧彻底而不加掩饰地写在眼底,凌欢眨眼,再眨眼,眸子里的凄迷不见了,又是一如既往的冰冷。

"我不用。"凌欢将风衣搭回葛薇的身上。

葛薇一把除下还给他,固执地坚持着:"你妈说不能让你着凉。"

凌欢望着葛薇固执的眼神,分外疼惜这个女孩子,忍不住说道:"一会儿带你吃你喜欢的。"

葛薇苦笑。两个人正经吃饭不过一次,自己还当场被气跑了。葛薇笑问:"你怎么知道我喜欢吃什么?"

凌欢眼神里闪过一丝不易察觉的失落，葛薇不是警察，审视不出来，然而，空气中的氛围却更加异样起来。

　　葛薇的眼神也黯淡下来，却终究不舍得提出那个让自己十分不舍的要求，她咬唇，故意愤愤地说道："我肯定不放过你，我要吃穷你！"

　　凌欢丹凤眼一斜："随便你。"

　　葛薇努力地微笑着："吃胖了难看死了，正好今天还有些时间，不如回去给我看你们以前的案例，我要跟你学广告。"

第十六章 火树银花与冬日雨

男人的事，你永远都不要问。你如果想知道，就用心体会，因为，凌欢有他骄傲的底线，正如葛薇也有她看得比什么都重要的尊严。

凌欢端详着葛薇吃力的微笑：相貌虽截然不同，却是类似纯粹的眉毛，类似的大眼睛、高鼻梁，他努力要将这两个人的相貌糅合到一起。再打量着那笑得隐忍的唇，觉得自己真正辜负了她，伸出大手去抚摸那僵硬的俏脸："现在就教你。"

葛薇寻到了眸子里的那份不属于自己的热切，固执地躲开那漂亮的大手，强烈的自尊让她一口拒绝道："我不学了。"

凌欢扫了葛薇一眼："怎么了？"

葛薇更觉那眸子里少了他初醒时的热忱，狠狠咬下唇上一块干裂的皮，嘴里腥咸："这种愧疚的施舍，我不要。我不求你心里把我和她看成一样，可是，你真的喜欢我吗？你现在的表现让我觉得我只是她的替代品。"葛薇说着，觉得自尊心再次将理智淹没，"我甚至在想，你当时救的是我吗？我知道你是钻石王老五，你条件优越，可是，如果我只是代替品，我宁可什么都不要！"

凌欢一愣，思维略顿了一下："替代？除了size，你们完全不同。"

葛薇恨恨地涨红了脸："你当我是什么？充气娃娃？"

刚说完，前排的乘客忍不住扭头看了葛薇一眼。葛薇羞得想要除了安全带离开，凌欢一把按住葛薇的手："干什么？"

葛薇没好气地抽手，手却被牢牢按住："去洗手间！"

凌欢淡淡道："扶我，我也去。"

葛薇扭头："你找空姐去。"

凌欢轻轻将唇凑到葛薇耳边："女人吃醋才可爱。"

葛薇脸唰地一红："你要去吗？"

凌欢薄唇一抿，鼻尖嗖地冒出一层薄汗珠，葛薇知他是伤处的疼痛又发作了，急忙扶他坐正，慌乱地去找空姐要了杯水。凌欢倚在座位上，手指轻捏着药瓶，却没有起来喝水的意思，葛薇说："起来吃药吧。"

凌欢狭长的丹凤眼一斜："起不来。"

葛薇只得将药片按出来，送入他口中，喂他服下，凌欢咽下温水和药片，闭目养神，似是在忍着脊背处传来的阵阵抽痛。

葛薇抽出面巾纸，轻轻擦去凌欢鼻尖上的汗珠，忽又想起自己这些年来的各个过客：害她苦苦等待却消失不见的，怕她嫌弃而不敢承认自己家境的，那些一个个实际而荒诞的只看工作收入的相亲对象，那些贪图她父亲是公务员的蝇营小人……二十七岁了，一个个忽略了爱情而凑合婚姻的人与自己擦肩而过。凌欢不是这样的。可是，他有他心头永远无法磨灭的朱砂。

凌欢睁开眼睛，开始授课："一个广告和另一个广告用销售尺度来衡量，差距可以是十九比一……"

葛薇打断道："我不听。"

凌欢冷笑："没有自信让我爱上你？"

葛薇深呼吸一口："你难受的时候该好好休息。不是我没有胆量，你这个人不坏，虽然颐指气使，冷着一张脸，却会对别人好，现代人太实际了，会为自己的前途和钱途、为房子车子而选择自己的婚姻。我知道你不是，你对她的感情让我想起来就很惋惜，我想成全你们。"

凌欢动动唇角，看向蓝得无际的窗外，幽深的眸子深不见底，良久才说："她已结婚生子。"

葛薇不知如何去安慰，只见凌欢抽手从风衣里抽出笔和不足巴掌大的黑色真皮记事本。

"大卫·奥格威。"凌欢认真写道，字迹霸道而骨骼铮铮。

葛薇从来都没见凌欢如此健谈过，像是要将毕生对广告的见地都传授给自己，葛薇睁大眼睛，努力汲取着每一个字。

青萍到上海并不远，两个人正说着，很快便被报站声打扰。这次，凌欢固执着要自己下飞机，却在站起身的一刹那，迅速打消了念头。

上出租车的时候，凌欢的前额迅速蒙上了大片的汗珠。司机不觉一皱眉。

凌欢吃力地坐定，刚开机便接到一个电话，电话另一端的销售总监火急火燎:"船长你终于开机了,美国的F汽车公司想从此由我们公司代理广告,您的意思如何?这可是笔大生意啊!"

"F公司?"凌欢淡淡地问道。

葛薇兴奋地望着凌欢,F这样著名的汽车公司,这可是大单。

正琢磨着,葛薇刚开机,段峰的电话拨了进来,傻大个没头没脑地问:"大眼妹,你男朋友的伤怎么样了?"

葛薇尚且没有反应过来:"还没好,怎么了?"

段峰十分兴奋:"我舅舅是老中医,昨天和他通电话,他告诉了我一个偏方,说是用田七炖骨头骨伤恢复得很快。我炖了整整一锅,你要是在医院的话,我给你们送去吧!"

葛薇一听,哭笑不得:"你从闵行送骨头汤,好远啊。谢谢你的好意,你当晚饭吃掉好吗?你既然告诉我偏方了,我炖给他喝。"

段峰急忙说道:"不行不行,我做了好多,吃不了,这里没有冰箱,容易坏掉。上次我对你男朋友说话不太礼貌,这次就当赔罪吧!"

"可是……"葛薇正说着,不知什么时候,凌欢已挂掉他自己的电话,抱着双臂静静看着自己。

"有事吗?"凌欢问。

"段峰说他炖了偏方药,想要送到你医院去。"葛薇说。

凌欢略一思忖,冷冷道:"告诉他我今天太累,不方便见人。"

葛薇顿觉火气一涌上喉:"人家辛苦炖的汤,不太好吧。"

凌欢冷冷回道:"有吗?"

"喂喂?大眼妹,你说话啊!"段峰在电话那头叫嚣起来。

"你不觉得这样会很伤他的自尊吗?"葛薇反问道。

凌欢淡淡地说道:"那又怎样?"

葛薇狠狠瞪了凌欢一眼,抓起电话:"喂……"

话未说话,凌欢却轻轻按下挂断键。以前,有男生电话找温梅的时候,他素来如此,当场挂断,不留余地。温梅总是幸福地捶一拳在他胸上:"干什么呀!"捶完了,却又将柔软的身体蹭到他的背后,安慰着,"欢欢,别生气,这证明我有魅力嘛!"

葛薇显然不是温梅，一双大眼睛一瞪："能不能尊重下我的朋友？"

凌欢抬眼："如果他没有企图，你们还是朋友吗？"

"那你也不能挂电话！"葛薇逼视着凌欢。

"你的意思是让我听女朋友和别人谈如何交往吗？"凌欢冷冷说道。

葛薇激动地说道："你心里只想着温梅，谁是你女朋友！"

前排的司机抖着肩膀一乐。

一股极端的耻辱感立刻占据了葛薇浑身的每一个细胞，葛薇怒道："司机大哥，停车！"

凌欢一愣。

司机操着浓重的口音说道："小姐，不太合适吧，你男朋友腿还受着伤……"

凌欢眸子里寒光一片："我自己能走。停车！"

司机一愣，竟拒绝不了这人的命令，车子开始减速，葛薇忽然想起凌欢尚是个病人，急忙说道："我不下车了。"

凌欢却寒着一张脸要开车门："你不下我下！"

葛薇忙按住凌欢坚硬的胳膊："你现在站都站不稳，别闹了！"

凌欢唇角微微一动，迅速从皮夹里随便掏出几张粉色钞票，塞到葛薇的衣袋里："在等路费吗？"

"你当我是什么人了！"

葛薇气得甩开钞票，推门便大跨步出了车，凌欢怒气未消："开车！"

车门关上那刻，葛薇铁青着脸往后走几步，猛地转过头，望着渐行的车，忽然想起凌欢那伤是救自己所致，一股强烈的愧疚夹杂着浓浓的羞愤席卷她所有的感官细胞，自尊与自责压得她几乎要停止呼吸。

葛薇一横心，大喊："凌欢你给我停车！"

车速未减。

"笨蛋！"

葛薇眼前闪过凌欢救自己倒下时漆黑眸子里的无限幽深，又想起他刚才下飞机时的极度疲惫，心下懊恼着，不由得迈开腿便追。

凌欢强忍着胃痛面试她时的书单、凌欢解救她走光时的白裙、凌欢出现在她公司楼下时秋风夕阳的背影、凌欢和她双双险遭车吻时倒地的样子、凌欢半夜梦魇紧紧搂住她时隐忍的手臂、凌欢身体恢复知觉之后架着双拐出现在她面前时自信泰然的样子、凌欢半夜做梦时温存的手指……一幕幕，像是无数个马达装在葛薇的腿上，葛薇疯跑着。

葛薇是个运动健将。高中时地狱式减肥掉下三十多斤肥肉，大学时候又减掉十多斤的赘余，让她练就了不输任何人的好体力，每每绕操场二十多圈的长跑、打一下午羽毛球都不会疲惫的身躯，给了这次长跑最强有力的支持。同时，自尊心亦是前所未有地被羞辱着。过去的那段经历，像是痛苦的梦魇，让她应激性一样敏感。大学开始的众人追逐，却又让她习惯了异性的追捧。凌欢的这种折辱，像是一个个耳刮子狠狠地扇在她脸上。可是，或许，没有他的舍身搭救，躺在医院的现在是她，或者，她连命都没了。

汗水瞬时浇透了她的白T恤，密不透风的小皮衣将周身的热量裹得像在微波炉里烤过似的，腿上又痒又烫。

曾经，有人从广州长途跋涉追到哈尔滨去找她；曾经，有人挖空心思想将她生米煮成熟饭，如今她却在追别人。可是，那个司机显然一点儿同情心没有。他死要面子，肯定会自己死撑着下车，没有人扶他，他怎么办？

眼前不知道何时模糊起来，眨眼，视线清晰了，腿依旧没有停下来。

恰遇红灯，出租车不得不被拦下，出租车内的人煞白着一张脸，在远处的影子向自己靠近时，一向没有表情的脸竟生生像吃了一颗有生命的毛蛋一般，小鸡雏在他的喉咙里挠，不停地挠，啾啾叫唤着，他的喉咙痒痒的，心也疼得一揪一揪的。猛推车门，下车，疲惫不堪的身躯倚着车尾处，脊背处阵阵的钝痛牵制着他，他却咬牙向前，直到那个热红了小脸的人近了，一把搂在怀里，紧紧拥住，霎时就觉得胸前湿热滚烫了一大片。

洗发水的香气和葛薇身上的汗气霎时将他淹没。

　　凌欢将那喘得不成样子的身子狠狠箍进自己的胸口，恨不能揉进自己身子里，胸前那人使劲挣脱着，凌欢却丝毫没有放手的意思，葛薇拼不过力气，更觉挫败，使劲捶一下他的小腹，哽咽着，上气不接下气地大骂："凌欢……你混蛋！"

　　凌欢探下头去吻那张喘息不已的唇，嘴唇咸得发涩，似是已被泪灌满。

　　葛薇愤愤地推开那唇，抓一把鼻涕糊在凌欢那张英俊的脸上。

　　周围的车开始不停地按喇叭。

　　"你们走不走了啊？"出租车司机从窗口探出头来。

　　"扶我上车。"凌欢说。

　　上车之后，葛薇脱下湿透的外衣，眼泪簌簌落下，凌欢觉得那泪仿佛一滴滴落在他心上了。葛薇的泪却是止不住了，鼻子眼睛红成一大片，凌欢递来一包纸巾，她哗哗擤着鼻涕，一双大眼睛肿成了水汪汪的大红桃子。凌欢细细打量着她睫毛上的水珠，下午的阳光映照着，水珠便呈现了橘色。没有湿透的发丝也呈现出了橘色。

　　凌欢轻轻将她垂下的发丝绾到耳际之后，葛薇一把打开凌欢的大手，再擦一把鼻涕，满腔的愤懑终于爆发："凌欢你可以不可以给我点儿自尊？为什么什么事情都要按照你的方式？为什么我连异性电话都不能接？凭什么什么事情都是我的错？为什么你说的话就是圣旨？有时候我觉得你就像是皇帝，我像是你的一个宫女被你颐指气使，你想要什么样就怎么样，我还要感激圣恩，我恨死你了！我不是你的宫女，我们是平等的！"

　　凌欢静静地拭去葛薇刚溢出的泪珠子，又一颗泪珠淌下，他眉心微微一紧。

　　"笨蛋，不是你想的这样。"

　　凌欢说着，轻轻梳理着葛薇的乱发，沿着葛薇新流下的泪痕从下巴一直吻至溢泪的源头，冰凉的唇吻住那毛茸茸的眼，再至耳垂——她最敏感的部位。

葛薇先是躲，冰凉的唇触及她的皮肤时，她却触电一般，所有的毛孔倒竖开来。她打了个寒战，身体又迅速暖热开来，一种多年未有过的冲动排山倒海而来，对他的渴望又如开闸的涌流，奔腾着，然而那耻辱感却从未消退。

葛薇羞愧地抑制着那渴望，忍不住问："那究竟是怎么样？"

凌欢沉沉地望着葛薇受伤的泪眼，觉得自己像是砍断了她的一只天使翅膀一般，便道："男人的事，你永远不要问。你如果想知道，就用心体会。"

葛薇不解地看着那鲜有表情的脸，正疑惑着，却见周遭的景物熟悉起来，医院已是近在眼前。车停至住院处门口，葛薇刚扶着早已疲惫不堪的凌欢坐上轮椅，却听自己的手机铃声高亢地响起，赌气接起来，依旧是段峰："喂，大眼妹啊，你刚才电话突然断了，是在地铁吗？我又打了一遍，没有打通，直接把田七排骨汤送到××医院了，你们在哪个病房？"

葛薇刚退下的汗又滋生开来，看一眼凌欢，疑惑地问道："你怎么知道是哪个医院啊？"

"你上次送你男朋友回医院，一会儿就回来了，我猜就是XX医院，因为最近，你看我聪明吧？哈哈哈！"

葛薇倒吸一口冷气。

凌欢一言不发地翻一下眼皮，望着葛薇。

因着刚才的耻辱感，葛薇赌气地说道："你在什么地方？我们在住院处的楼下。"

凌欢眼神一震。

"看到你们了！"

大嗓门在电话内外回响，葛薇循声望去，见段峰抱着一个保温杯，麦色皮肤的脸在橘色的阳光下灿烂异常，头发还似乎是新剪过的，有神的双目无不昭示着二十五岁以下的年轻人才有的朝气。

凌欢鼻间轻轻哼了一声。

不得不说，这一招用得一箭双雕。他既来送汤，那个傻丫头肯定认为他是好人了，自己却又不得还击，还击了，两个人则必吵无疑。

段峰大步走过来，抓抓后脑勺，居高临下地望着凌欢，憨笑道："呀？怎么那么严重了么？大眼妹你真是的，那天我们散步的时候，我不是说让你好好照顾你男朋友吗？"

凌欢低头看一眼自己身下的轮椅，抬眼说道："昨晚'运动'过头了，她体谅我有伤在身，硬要推我。"

葛薇气得狠狠瞪了凌欢一眼。她知道，这"运动"自是有另一层含义，而这含义，显然是用来让段峰误会的。

段峰似乎也的确误会了，笑说："你不用强调归属权啊，我上次误会你是残疾人，太不好意思了，这次送汤是来道歉的。"

凌欢说道："客气。我以为你是葛薇的那个傻邻居，根本没在意。"

"傻邻居？"段峰不解。

"听说不懂礼貌，还总想扮猪吃老虎。不是说你。"凌欢道。

段峰一愣，憨笑道："当然不是我！我最大的优点就是厚道！这个汤对骨伤很有用！"

段峰转身将保温杯交给葛薇，葛薇接住，只见凌欢伸出漂亮的大手，段峰一愣，两只大手有力地相握，俊秀的丹凤眼凛然与质朴的浓眉大眼对视时，激起一阵火花。

凌欢淡淡勾起唇角："谢谢你。带她回家乡订婚归来，有些累，恕不送了。"

订婚？

葛薇亦双目瞪着凌欢，他的面色依旧平静得只有那个人才能激荡起涟漪似的。即便订婚二字，也如同在说家常。葛薇先是一惊，再一喜，喜之后，却又感觉喉咙里像被塞了一团棉花，噎住了，干得发堵。

段峰一听订婚俩字，飞扬的脸上微微一愣，视线急忙去找寻葛薇手指上的婚戒。见葛薇手指空空，刚要松口气，就听凌欢咄咄逼人地说道："虽然你很有诚意地看着她，可是，花已有名主。"

段峰一怔，搔头，一脸委屈地望着葛薇，勉强憨笑道："记得好好照管我送你的那颗仙人球，我走了！"说完，便匆匆离开。

葛薇瞪着凌欢，忍不住问："谁和你订婚了？"

凌欢淡淡抬头："他什么时候送你仙人球的？"

葛薇愤懑地道："订婚是大事，你父亲好像不怎么喜欢我，你心里又是真的有我吗？你贸然地说订婚，你考虑过我的感受吗？"

凌欢似乎认真思索了一番，接着泰然抓着葛薇的手说道："你还不明白吗？"

"我……回去吧。"葛薇愤愤地甩手，推凌欢轮椅回到病房，待护士给他打了针，滴上点滴之后，不觉已夕阳西沉。

因着药物反应，凌欢先是胃痛得大冒冷汗，喂他喝了水、吃了止痛药，才恹恹入了眠。柔柔的红光逐渐从他英俊的脸上退下，蒙蒙的月光便轻轻洒在那雕像般的脸上。

因为盯着点滴，葛薇不得不开灯，灯下的人面孔再次清晰了，葛薇将他凉的胳膊塞入被子中，睡梦中的凌欢微扬下巴，凉丝丝、湿漉漉的薄唇就着葛薇的手再次轻轻印下一记。葛薇手上嗖地一凉，抬眼望夜色，第无数次问自己：这个人，真的是认真和自己在交往吗？

隔窗能看见不远处的住宅楼，灯光白的橘的，明明灭灭，葛薇眼前幻出一家人围在一起吃饭的景象，心下痒痒的。起身将凌欢的点滴的速度调小了些，继续端详着这人，这人已在自己身体的许多处留下他的印记，可是，她始终觉得这人不像是自己未来的丈夫，却像是几千年前的曹植，一任多情，辜负了佳人，却踯躅洛水空吟《洛神赋》。甄宓是香魂葬在洛水了，可是，温梅是活生生的……

"砰砰砰。"

几声有力的敲门声后，近两米的高云道推门而进："凌欢你还活着啊！"

葛薇急忙把手指凑在唇边："嘘——"

"嘘什么嘘！葛薇你告诉他，这次的汽车广告，我赢定了！走了啊！"说完，高云道扬长而去。

凌欢睁开双眼，漆黑的瞳子闪过一丝寒光："他休想。"

葛薇点头："是的，他做不到！"

凌欢说:"不要小看他。"

葛薇道:"他很厉害吗?"

凌欢戏谑道:"外行人,自然不明白。"

葛薇脸唰地一红:"你……"

凌欢指着自己的床头:"坐下,教你些东西……"

葛薇欣喜地道:"好!"

不知不觉,已到晚上九点。

葛薇等公交时,一阵阵凉风刮过,吹得她身上阵阵湿冷,裹紧了身子,凉风却直往脸上扑。周末的公交异常堵了些,仅十分钟的路堵了近半小时。身边有一对情侣,男人拥着女孩子的腰,生怕司机刹车的时候将女孩子甩出去,看得葛薇自我宽慰地一笑,终于忍不住打电话给小洁,拨通了,小洁幽怨的声音阵阵传来:"薇薇,他(小洁的未婚夫)说我们结婚不办酒席,也不给我买钻戒。因为他供着房子,没有聘礼。"

葛薇强忍着骂人的冲动说道:"撒娇,问他要。女人撒娇很管用的,尽管我不会。"

小洁幽幽地叹息一声:"没用的,他不给,他这些年从来都不给家里做贡献。上次我们去意大利玩的钱还是我出的。"

葛薇恨得牙痒痒的,心直口快地说道:"这婚真的要结吗?"

小洁在电话那头苦笑,转移话题:"我们就这样过日子了,你呢,和你的金龟冰山怎么样了?"

葛薇亦是苦笑:"真的是灾难。尽管他对我好,却给不了我一点儿安全感。他对旧爱的态度让我感觉随时会失去他。"

小洁说:"他条件不错,我也希望你嫁给他。感情都是相处出来的,多和他交往些日子,他对你的喜欢程度加深了,慢慢也就变成爱了。"

葛薇心想:时间一久也可能变心,像你男人。

回到自己的小区,刚出电梯,只见门口堵得像废品收购站一般:衣架、各种包装的男士衣服、饭锅、鞋架子……葛薇方才知道,这是新隔壁来了。

"让一下让一下！"

葛薇听到一声口音浓重的话，急忙闪开了，只见一个男人抱着一大堆东西跟跟跄跄进门：只见他剃一个近似光头的头发，粗胖的身材包裹在油亮夹克里，每走一步，鼓鼓的肚子就跟着起舞。一双小眼睛更是不遗余力地斜眼盯着葛薇的胸，葛薇吓得忙捂紧了外套，跑回自己的屋子，躲进被窝看广告案例，隐隐约约地，听到门外来回的嗒嗒拖鞋声跑马似的不停歇。

跑马场的马终于歇了蹄，葛薇才穿戴整齐，走出房间上厕所，刚进入，却见马桶黑乎乎的一片。

葛薇觉得胃里一阵翻滚，气哼哼地冲出厕所，关门继续看书，内急的感觉却愈演愈烈，再去一次厕所，依旧是肮脏不堪。葛薇第二次冲出洗手间时，实在憋不住了，一横心，挽起袖子，跨进洗手间，抓起皮搋子，硬着头皮开始疏通，昏黄暗黑的一堆污物看得葛薇胃里再一阵翻涌。

远远地，手机铃声响起，葛薇只得扔了皮搋子洗了手回屋。

"在做什么？"凌欢问。

葛薇气呼呼地说："收拾洗手间！"

"怎么没找专门的人？"凌欢问。

"现在是晚上，等专人来了，我早就牺牲了。"葛薇说。

电话顿了几秒钟："你经常这样做吗？"

葛薇摇头："不经常，之前的几家人都很干净。段峰也会经常打扫。"

凌欢思忖片刻，说道："你怎么知道他经常打扫？"

葛薇脸唰地一红："哼！"

"哼什么？你住的地方几个人一起住？"凌欢冷冷质问道。

"四户人家。"葛薇说。

凌欢继续问："都是女的？"

葛薇说："有一对的，有单身的。"

凌欢又是一顿，命令道："早点儿睡。明天下班来医院。"

葛薇想起自己的工作量，只得说道："周一忙，下班要晚上十点半了。"

凌欢强势地说道："十一点也要来。"

葛薇便问："万一加班到凌晨两点，也要来吗？"

凌欢以不容拒绝的口气道："辞职也要来。不然我去。"

葛薇倒吸一口冷气："你不休息吗？"

凌欢顿了顿："我等你。"

坚定的话，让葛薇心中如暖流涌过，说了声："好。"

为了避免加班，葛薇第二天早上六点起床洗漱，然后乘了公交车赶到公司，进门的时候，公司尚无第二人。做完一堆工作之后，公司的其他人方才陆陆续续地进门。

NaNa走到座位上时，满眼的凄怨："Cici，你好忙啊。"

葛薇谦虚道："我做事慢，笨鸟要慢慢飞的。"

NaNa涩涩地说："你还笨，你能写，策划得又快。以前的LiLy忙死都做不了你那么多的工作。"

葛薇尴尬一笑，知道自己这话说不好便成了话柄和笑柄，只得稍稍思考了下，回答道："怎么可能。我以前不是做这个的，什么都不会。"

事实上，葛薇用了几天的时间适应，如今她的工作质量Ada已十分满意了。

正说着，Ada从美国老板的办公室退出，板着一张脸而来。Ada与NaNa窃窃私语，似乎是在说NaNa岗位将被取消，打算安排她去别的部门。NaNa却说："我不想去。"

葛薇默不作声地继续统计数据，两个人的对话还在继续，葛薇知道，这事情显然没有那么简单。NaNa的QQ个性签名改成了"害怕被社会抛弃"。葛薇心下一阵酸楚，看一眼窗外，早上的阳光还是明媚柔和，上午十点时已黑压压的阴冷了大片。

Aad刚和NaNa交谈完了，紧接着便开始咨询葛薇："S的周报做得怎么样了？"

"只差截图了。"葛薇极力乖巧地甜笑着。

"我看看。"Ada袅袅走到葛薇的电脑前，认真地检核着，从头到尾。因为葛薇准备得十分充分，挑不出毛病，只好继续吹毛求疵："为什么不把截图单独列一个表格？"

葛薇顺从地笑着："好的，现在就列。"

Ada继续道："S泳装的微博你维护得怎么样了？"

葛薇依旧是柔顺的："今天已经可以提上日程了。"

"PPT呢？本月要结案，需要做一个结案的PPT报告。"Ada继续板着脸说道。

葛薇已机灵地认真记录在本子上："PPT结案，微博维护。"

Ada打量着葛薇本子上的字迹：即便是碳素笔，字迹依旧是大气而苍劲，抬头望一眼葛薇，正好迎上清水似的大眼睛，Ada又是一怔，面无表情地说道："还有，Y红酒的日报也必须今天完成。"

"好的！"葛薇微笑着，开始手脚并用，因急着完成工作，埋头干事，不觉就是一上午，Ada眼神中的异样，她丝毫没有察觉。

午饭时，Ada照旧和Susan约好了到楼下的餐厅，刚下楼，迎面见段峰跟了上来："喂！一起吃呀！美女们！"

Ada笑道："好呀！"

三人坐下之后，段峰与他们俩聊了一阵，故作漫不经心地说道："对了，你们部门美女那么多，我们部门强烈要求联谊！"

Ada夹一筷子番茄，酸得牙疼，笑道："最近我们忙，过一阵子吧。"

葛薇中午叫了外卖，冲了杯浓咖啡，动用所有脑细胞，做完周报，继续做PPT，一张张截下自己的策划成果：两周下来，自己果然已经顺手了，广告帖子从一开始的单纯插入式，逐渐升级为可读性强的植入式，从单纯的评论文章，逐步成长为多种多样的可读性文章：浪漫图文，情调图文，时尚图文，倡导自由的小资生活……一面截图，葛薇心下兴奋着，觉得自己越来越得心应手了。灵感亦是如泉水汩汩涌出：下一步，她还会将网络广告以视频、影视截图和漫画的形式出现……不知不觉，已是下午四点半。

Ada下午一直不在，似乎是在楼上和美国大叔说什么，又好像和钟少航交涉了什么，然后又去HR那边接洽了，回来时，努力掩饰住喜悦，神情郑重地说道："Cici，一会儿多功能会议室没人的时候，咱们去开个会议。"

葛薇丝毫没有察觉Ada的异样，点头答道："好的。"

葛薇发现Ada一次次伸着脖子看多功能会议室关闭的门，葛薇知道身为合格的下属不该多问，强忍着。待到半小时之后，另一部门的人从会议室涌出，葛薇跟着Ada身后进入，Ada正襟危坐，葛薇打量着那双单眼皮小眼睛，窥探不出究竟。

Ada板着面孔，说道："Cici，你来公司也有半个月了，你觉得公司怎么样？"

葛薇本是笑着的唇角一僵，似乎意识到什么，略一思索，模棱两可地说："我觉得在这里学到了很多东西，你人也挺好的。"

Ada板着脸道："是这样的。你比我大一岁，管理的时候不太方便，而且，客户为你的事一状告到Akira那里去了，实在是影响不好。我们觉得你和客户的沟通能力有问题。"

葛薇依旧是笑着，果然猜对了。

"所以，为了你的前途，我提前告诉你，我们决定不通过你的试用期。"Ada面色十分为难和惋惜。

葛薇却有一种如释重负之感。这就意味着，不用天天晚上加班到十点甚至凌晨两点了吗？

葛薇努力保持着良好的风度："很好呀，反正这个工作和我的职业规划有出入，谢谢你给我一个换回自己想要的工作的勇气。"

Ada尴尬地笑笑。本以为，葛薇那张精致的面孔会骤然变色，这样，Ada会觉得大快人心，葛薇的释然，反倒让她觉得自己不是成人之恶，反倒成人之美了。

葛薇故作坦然地笑道："既然做不了同事，我们还可以做朋友。我只有一个要求,希望你能答应。"

Ada一愣:"你说。"

葛薇笑说:"我相信自己是一个好的员工,而且不是因为工作能力被辞退,所以,我希望如果我的下一个公司有人咨询的话,你不说我的坏话就行。"

Ada如释重负:"这个你放心,留我的电话就行。"

葛薇笑说:"谢谢。薪水的话……"

Ada说:"当月十号发工资。我们不会拖欠。如果还有疑问,可以去问财务……"

葛薇大方地道:"不用了,我相信大公司还有这点儿风度。那我可以现在走了吗?"

Ada脸上的青春痘忽然就由粉红变得通红:"我没想到你会这样快。可以交接下吗?都是下午了,可以算全天的工资!"

葛薇摇头:"我不差一天的工资,你可以扣掉。我也很忙。"

Ada忽然就失常起来,声音略带央求:"可以吗?交接不费很多时间!"

葛薇打量着那其貌不扬的五官,忽然同情起来:"好。"

于是,葛薇开始收拾东西:咖啡、广告教材、水杯,仅此而已,桌子上空了,葛薇果断去人事部,在离职合同上签了字。再次回到自己座位上时,却发现自己的电脑已被注销号码,鼠标也换给NaNa了。葛薇的心从胃处一直凉到脚后跟。

Ada已在楼上呼喊:"Cici,我们等你。"

葛薇努力微笑,将自己所有物品都装齐,缓缓上楼,不知是不是错觉,竟觉得平时看自己都是瞳孔放大的男孩子故意对自己视而不见,似乎是在鄙夷自己了。

葛薇开始将自己的工作交代给NaNa,NaNa依旧摆出一副可怜巴巴的凄苦面容,不断地问一个又一个毫无常识的问题。葛薇耐着心交接完,不失风度地将自己记录工作的笔记本也全部留下。

一个人下楼,周围人依旧在忙碌:干活的,开会的。钟少航似乎在开会，屋子里是空的，段峰也不在位子上。就这样，葛薇一个人走出公司，孤单离开，走在长长的走廊上，毕加索的画上忙碌的人像是一个个妖孽，各种后现代的元素也像是妖孽，张牙舞爪地向自己扑过来，葛薇几乎是跑着下楼的。

走到楼门口时，葛薇发觉自己的眼角湿润了。

不是为失去工作，而是为这无情冷酷的世界。

阴冷的天似乎是墨绿色的，冰丝丝地降下一滴滴豆大的雨，一滴滴砸在葛薇的脸上，像是砸在那颗火热的心上，一滴滴，一滴滴，将那心砸得一丝温度也不剩。葛薇缓缓前行，心冷，身体却倔强地没有冷却下来。

葛薇缓缓打量着周围一个个陌生的行人、一张张冷漠的脸，似乎都藏着鬼魅。我真的不会和客户交流吗？我真的老吗？葛薇一遍遍质问着自己。平时，她大步流星去等公交的地方，经过一大会址，经过淮海路的火树银花和太平洋以及香港广场，不过是十五分钟，这次，她走了半个小时。这天晚上的公交格外的慢。雨水打湿了她所有的头发，将她的外套先是滴滴渗透，然后就是层层用冰冷的温度传递着，葛薇依旧倔强地仰着头，告诉自己：我不冷，坚决不打车，等公交。

五分钟、十分钟、二十分钟、半小时、四十分钟，这个晚上，葛薇足足等了五十分钟。头发开始滴水，葛薇依旧站在原地，一动也不动，雨水吧嗒吧嗒打在她的脸上，一滴、两滴……一千滴……

不知什么时候，脸上不再滴雨，抬头，却是段峰的伞。

第十七章　主要看细节

不是每个女人都喜欢霸道的温柔,也不是每个男人的极致占有都是因为自私,比生命都重要的自尊,原来只是她的敏感和凌欢对爱的细节疏忽。

"大眼妹,你干吗呢?把冰雨当温泉泡呢?"

段峰一把牵起葛薇的胳膊:"这车不知道堵到什么时候,打车回去吧!不然当心病了!"

葛薇倔强地甩开段峰的胳膊:"才不会,我就不信天要亡我!"

段峰抬头看一眼自己撑着的买电脑赠送的伞摇头笑道:"我听Ada说你觉得公司太辛苦,辞职了,你最近工作也蛮辛苦的,本来想今天请你吃饭给你送行呢!"

一大滴雨水随着冷风斜飞过来,砸在葛薇的鼻子上,砸得葛薇鼻子一疼。

"原来,她说我吃不了苦啊?"葛薇笑得涩涩的,打了个寒战。

段峰急忙摇头:"我当然知道不是了。你总加班到半夜,换我都吃不消!我中午告诉她,想和你们部门联谊,下午你就辞职了,我觉得有点儿不对劲儿。"

葛薇的心便是一战,胃也跟着一战,脑子却混沌着,无法将这两件事直接联系起来,于是,惨笑着问:"你中午怎么跟她说的?"

段峰眼下掩饰不住疼惜:"你果然是被她辞掉的。我就只说你们部门美女多,想联谊,没有多说,没想到给你造成那么大的麻烦,对不起。"

葛薇的脑子里依旧跟打了糨糊似的:"等一下,你能告诉我这之间有什么必然联系吗?"

段峰拍拍葛薇的后背:"我猜得没错。Akira有点儿关照你,老板也注意你,刚好她的老部下NaNa的部门被合并,她怕你将来取代她,就把你辞掉了。"

葛薇方才一悟,使劲拍拍段峰的肩膀,强颜欢笑道:"没事!你不过是压死骆驼的最后一根稻草。既然不是工作能力不行被辞退，我就无所谓了，哈哈哈！"

段峰不禁被这豁达打动："真的没事？"

葛薇扬扬许久未修饰的眉，依旧强装着笑脸："当然没事，现在正好解脱了！我要做真正的广告喽！"说完，声音微微一滞。

123路公交车终于姗姗来迟，葛薇笑说："谢谢你的伞，我回家了！拜拜！"

葛薇极力让自己看似欢畅地笑着，挥手，上车后抓住吊环时，揉揉笑得僵硬的脸，眉心不自觉狠狠一蹙。湿伞、湿衣服、公交地面上的泥水，将周围泥泞成一个充斥着怪味的世界。葛薇打量着窗外的行人，雨中的行人们怪模怪样地小跑着，或是刻意保持着良好的风度在伞下慢行，伪装的、真实的，在光怪陆离的霓虹下个个像怪物一般。

公交开动，路遇红灯，司机一刹车，身后的人忽然往葛薇身上严严实实一贴，葛薇忙用手肘一拐，一声熟悉的大叫声传来，回头一望，听到熟悉的一声呻吟："哎哟，大眼妹，好痛！"

葛薇回眸，段峰捂着腹部，正龇牙咧嘴地冲自己笑。

葛薇回以一笑。

葛薇端详着那张在各种霓虹灯下明明灭灭的脸，年轻而充满锐气。可是，他年纪太小，她亦未有一丝心动过。葛薇轻笑。她早已过了被众人众星捧月的年纪，更耽误不起别人，忍不住回眸问："喂，你不知道我比你大吗？我不是告诉过你吗，我二十七周岁了，现在是十一月！我马上就要二十八岁了。"

段峰歪歪脑袋冲葛薇笑，像是在看一个不可理喻的小女孩："你多大和我有什么关系吗？"

葛薇扭头，一言不发地望着窗外。偶有刹车、红灯，段峰轻轻稳住她的背，却在公交平稳之后，一两秒内抽手，绝不占便宜。不过三站的公交，下车之后，葛薇说："我不会想不开做傻事，你就放心回去吧。"

段峰却撑着伞追上来："我说过要践行的！而且，"段峰面露难色,"既然你有男朋友了,以后咱们见面的机会的可能性很小了,最后一次赏脸吃饭不行吗?"

葛薇心一软,段峰一把牵起葛薇的胳膊,直奔前方的菜市场挑了鲤鱼、油菜、西红柿、鸡蛋,外加两根葱,大包小包地提在手上,同一把伞,同为一顿晚餐而去菜市场,葛薇竟有一种一家人的错觉。

两个人并肩,有说有笑着走入小区,却不知,一辆宾利的车上,一双敏锐的黑眸正看着这一切。合租的苦头他没吃过,却早有耳闻,于是,不顾阴雨天气为脊背送来的"豪华大礼",不顾主治医师的劝说提前几天出院,为的就是让她有个好的住宿环境。可他万万没料到,看到的竟是这场景。不知是这阴湿气太重,还是这场景太伤人,背部阵阵的钝痛让他火冒三丈。

"你在哪里?"凌欢拨入电话,抹一把冷汗,径直问道。

"小区楼下。"葛薇说。

"往右看。"凌欢命令道。

葛薇扭头,熟悉的车闪亮而漆黑,车身大气而霸气,车上的人的眸子更是霸道得要咬人似的。

"你怎么来了?"葛薇问。

凌欢强压着一肚子火气,在车中直截了当地冲电话讲道:"让Bruce和你一起上去收拾东西。"

"收拾东西?"葛薇不解地问。

正说着,Bruce闪烁着一双大眼睛笑吟吟地推开车门几步跑到葛薇面前:"葛薇姐,咱们这就上去吗?"

葛薇瞪大眼睛,疑惑地问道:"凌欢你等等!干吗收拾东西?"

凌欢心安理得:"去我家。"

葛薇更是摸不清头绪:"为什么去你家?"

"我出院了。"凌欢说。

葛薇思路这才清晰了些:"因为你家离公司更近,所以提前出院,让我当几天田螺姑娘吗?"

凌欢说:"错,是同居。"

葛薇一听，感觉滴在身上的雨珠更凉了些，车中人却一副悠然的大爷姿态。雨珠一颗颗砸在她的头皮上，砸得她头晕目眩。虽是雨中，整个身上忽地蹿上一阵浇了油似的烈火。

"这算胁迫同居吗？"葛薇嗓门提高了两度。

段峰手指不由得一松，一颗西红柿从塑料袋里滚出来，滴溜溜滚入一个水洼中。

葛薇恨恨走到车前："为什么不征求下我的意见呢？"

凌欢挂掉电话，推开车门，居高临下地望着葛薇，寒眸瞄一眼大包小包的段峰，冷冷重复道："上去收拾东西。"

葛薇气得手开始发抖："我这里还有客人呢。"

凌欢却不容商量："不收拾就上车。"说完，漂亮的大手提着葛薇的胳膊就往车里塞。

本来，凌欢并未用多大的力气，葛薇却奋力挣脱着，凌欢便固执着加了几分力道。

小区的灯光并不弱，葛薇看清了凌欢衣袖内手腕上的黑色护腕，护腕上的白色梅花像冰钻子一样扎得她双目生疼，葛薇竟使出全力反抗，凌欢亦加了几分力气，俩人大有老鹰捉小鸡之势，葛薇动弹不得，一时气急，猛踩一脚凌欢的皮鞋，凌欢手上的力道一减，葛薇冲着那俊雅冷酷的脸上一反手。

"啪！"

凌欢俊秀冷清的脸上瞬间多了五道粉红的指印，皮肤上火辣辣的震颤，霎时便阻止下他所有的动作。

葛薇觉得所有的血液都涌上头顶，所有的积怨亦像决堤的水一样倾泻喷薄："够了！你能不能给我一点儿尊严！订婚两个字像在说买白菜一样随便，同居在你看来是两个人在街边散步这样的小事吗？我是你买来的丫鬟吗？你凭什么给我做所有的主？你自己可以吃醋，可以不顾我的感受，可是，你自己做得很好吗？你依旧带着前任的护腕，我有怪过你吗？"

凌欢低头看一眼自己护腕上的梅花，他本是想引起葛薇的妒忌，想不到竟惹出她那么大的反应。

凌欢迅速摘下护腕，潇洒地投入水中："满意了吗？走！"

"不走！"葛薇拒绝道。

"这种地方，换了吧。"凌欢说道。

葛薇摇头，心下本就凝聚着层层冰丝的地方瞬间结成北极最硬的坚冰，她后退一步，再后退一步，初冬的雨滴滴渗入她讽刺的唇角："什么叫这种地方？这里离外滩不远，是个有植物有喷泉有阔叶树木的地方！社区有好多保安，还有健身馆，坐公交一两站到外滩和南京路，三站到人民广场，是我用我努力工作和熬夜写书的稿费赚来的钱租的房子！进楼层上电梯都要刷磁卡，我的那间是实墙的！我没有你这样的身家，可是，住这样的房子，我不觉得丢人！"

说到去凌欢家时，段峰不自觉地摸摸鼻子。

凌欢不由打量一眼葛薇不停颤抖着的手指，长，比许多弹钢琴的女孩子长得多，比温梅的手指也要长，却像男人手指一样粗犷。那是日夜写稿子敲键盘敲粗的吗？凌欢多了几丝敬意，想去抚平那手指上的所有恐慌，上前一步，葛薇却再后退一步。

"被邻居轻薄就不丢人吗？"凌欢问。

那么苦的环境，那么多的男女混住，他不忍她受苦。想不到，从他口中说出来，竟达到了这般的效果。

Bruce被这一凉一热的场面吓到，急忙捡起那只泥水里的西红柿，将段峰叫到一旁悄声说："喂，哥们儿，人家打架的场面不太适合咱们外人在场，我送你去地铁口吧！"

段峰摇头："可是，本来我晚上要亲自下厨给她做饭的，等他们吵完了，咱们一起吃吧！"

Bruce撇撇嘴："你是真糊涂还是假糊涂啊？船长下午刚去买了订婚戒指，葛薇姐是个传统的女孩子，她害羞，怕你知道她和未婚夫同居，两个人吵着玩玩，乖，别想太多了。"

段峰犹豫了一下，终于，将全部食材提在手中，转身，离开。盗版耐克板鞋踏着水洼，一步步地，完全没有感觉到袜子早已湿透。

凌欢冰凉的面颊贴在葛薇的脖颈上，却让葛薇冷却成坚冰的心再降一层厚雪。

正在这时，葛薇的手机再度响起，《稻香》已被换成《幽灵公主》的音乐，让凌欢心下稍缓和了些，然而，这电话却让他高兴不起来。

"猜猜我是谁。"电话那头轻缓而清晰地说，滑糯优雅、温润如玉的声音。

"Akira？"葛薇问。

"答对了。很抱歉下午不在公司，刚刚才知道了这一切，你吃晚饭了吗？"钟少航轻轻征询着。

凌欢的那双刀子眼斜飞过来。

"吃过了，谢谢。"葛薇说。

"那好，明晚你有空吗？"钟少航继续款款而问。

凌欢夺下，挂断。多年来习惯如此。他知葛薇一百个不情愿，却阻止不了这强烈的占有欲。

葛薇再次冷笑。笑着笑着，眼泪哗哗涌下，滑入自己的喉咙，又咸又涩，像最劣质的味精一般不断刺激着她的味蕾。舌头被这泪灼烧得火辣，嘴唇迅速起了一个水泡。

"跟我回去。"凌欢说道。

"如果我不去呢？"葛薇双眼的泪簌簌落下。

"不行。"凌欢说道，背部像是被无数蚂蚁噬咬着，他有些站不住，一只手努力撑着车门，另一只手去拖葛薇的手。

葛薇后退几步。这个决定，是她无论如何也不情愿的，这个人，她深知一旦错过了，这辈子不会再有更好的了，此时，她却觉得自己是像被这人剥光了羞辱了一遍又一遍似的，追出租、温梅的合照、他梦中的呢喃……无一不像是他赋予她的一道道刀伤，她像是一丝不挂着被割得体无完肤，他用的，却是最好的刀、最伤心的名剑。

两个人的甜蜜场景一幕幕闪现在葛薇的面前：那团认真撰写了作者书名甚至出版社的纸条、那条纯洁的白连衣裙、半夜时他搂着自己的大手、他灵巧的手和唇、他架双拐来找自己时的艰难……

葛薇的喉咙像是被强行堵住了，想说，却无论如何也说不出口。

冰凉的雨滴不知什么时候又大了些，砸得她周身哆嗦着。她盯着凌欢，那斜倚在车上的身材标准而完美，然而，不知他伤情，她却想到了"倨傲"一词，心中的决定终于更果断了些。

"那就分手吧！"葛薇说完，站在原地，一动也不动。

凌欢觉得脚底一阵发软。

"闹够了吗？"凌欢问。

"不是闹。"葛薇大声控诉道，"女人要的不是自己的男人多英俊多有钱，而是一个温暖的家和爱自己尊重自己的丈夫，你懂不懂！"

这一夜，凌欢辗转难眠。

许是雨下了一夜，他的脊背不断滋事，许是今晚的事太超乎意料，总之，他的脑子里混沌成一部纷繁的小说，他理不清头绪。

温梅的形象和葛薇的形象不断地在他脑海中重叠，三个耳光也像雪崩一样在他的脑海内震颤着。

温梅临行前的耳光，葛薇面试时的第一个和今天的第二个，因为这个火爆的丫头是第二个打自己脸的女人，所以，一开始自己就注意她了吗？凌欢记得葛薇面试时那个耳光贴面时的圆眸。在这个小辣椒之前，他一直以为耳光是爱的极致表达。凌欢苦笑，自己似乎爱上她的耳光了。

凌欢试图理解葛薇的想法：订婚是男人对女人的第一个承诺，她不是应该开心吗？邀她同居的确没有提前通知她，不是为了给她个惊喜吗？挂掉别人的电话，不是因为那是迄今为止唯一一个魅力与他旗鼓相当的男人吗？难道说，这就是不尊重？当年将钥匙按在温梅手中时，当年强硬对待温梅的所有男性电话时，她笑得像月光一样美。

晚上的一幕再次抓心挠肝地折磨着他。

葛薇说"女人要的是一个温暖的家和爱自己尊重自己的丈夫"的时候，凌欢倚着车身，勉强支撑着疲惫的身子，她却扭头跑开。

凌欢怔怔地看着她的背影冲进住宅楼，想追上去，脚下却似有千金重。他不敢追上去，他怕像当年一样，追上去，依旧难逃别离，他全身的每一个细胞都在说:"你给我站住。"喉咙却像是被这湿冷的空气封住了一样。

透明的玻璃楼门被狠狠一甩,Bruce抢上一步去,楼门却已关上,凌欢就这样目送着葛薇的背影消失在雨夜中,周围的景物仿佛就与自己无关了。

他在雨中整整站了半个小时,Bruce就这样站在远处,先是旁观,然后从车后掏出一把伞,两个人默不作声地举伞站在水中,直到凌欢尚未痊愈的脊背再也支持不住这负荷,高大的身材摇摇欲坠了,Bruce急忙将他扶到车里。

Bruce说什么,放佛声音早已在天之外了。

手上,似乎还残存着她的体温。唇上,似乎依旧还有她甘甜嘴唇的味道。

自己似乎是有点儿爱上她了吗?凌欢在床上不知烙了多少"烙饼"之后,透过窗帘望着那冷雨,自问。

另一处,葛薇亦失眠了。

Ada的"送客",凌欢的"强行同居令",像是一块又一块冰砖砸在她身上,她在床上瑟瑟发抖着,蒙住脑袋,盖两条被子,再围一条毯子,沉甸甸的身上依旧没有半丝暖意。

葛薇想到被辞掉之后,工作竟由完全没有做过策划的NaNa代替,觉得这个世界真是疯了。

就这样,她一直赖在被子里,睡不着,不愿醒。黑暗中,就没有这些真实的梦魇。然而,种种思虑依旧围绕着她,她痛苦地哼着,直到艳阳高照,直到一条微信轻轻叮咛,让她不得不面对现实,她打开微信,却是Ada的:"可能你现在心里会怨我。我要真心地和你说句对不起和谢谢,其实你这段时间的认真和辛苦我是了解的。理智来看,这样对大家将来都好,我也是纠结了很久才做了这个决定。你在文字方面的表现确实很优秀,相信你在自己喜欢的领域一定会有好的发展。我自身也还有很多不足需要改进……像你说的,成不了同事,还可以做朋友。我请你吃饭吧?一个人在上海不容易,好好照顾自己。"

葛薇坐在床上，扯着唇角，轻笑。这时候，钟少航发来微信："薇薇，你非池中之物，勇敢前行吧，今晚可否有约，我问小师弟借你一晚上？"

葛薇有气无力地回复道："对不起，我状态不好，改天我请你吃饭。"

发完这条短信，葛薇将笔记本推到一边，蒙头继续睡。睡到下午三点时，终于饿得再也安生不下，只得爬起来出去吃了拉面，然后坐车去杭州。

葛薇去杭州玩了两天，去苏州玩了一天，回来之后，又睡了一天，闷头在家里写小说。一周之内，葛薇没有出过家门一步，买了两大包泡面，几包挂面，两斤鸡蛋，上午十点半煮一包泡面加鸡蛋，下午四五点就着汤煮一点儿挂面，饿不死，撑不坏。人也瘦了一圈。失业了，葛薇虽账户上还有结余，消费起来却觉得好没脸。

一向早起的葛薇开始睡懒觉，早上，邻居们一个个关门去上班，她听得一清二楚，自己实在不愿和这帮人一起抢洗手间洗漱。于是，经常整整一天都坐在被窝中、笔记本前。时不时看一眼手机，可是，凌欢再也没有联系她，段峰也没有。

葛薇记录着她和凌欢的一次次交锋，有时边敲字边笑，笑着笑着，竟笑出眼泪来了。回想那个霸道男脊背处的新伤，葛薇将手机摩挲了一遍又一遍。再忆他少年时瘫痪的经历，敲键盘时，葛薇觉得自己的手骨也跟着疼痛不已，号码调出，却终究没有勇气将电话拨出去。她知道，两个人的关系就此结束。可是，她不后悔。葛薇坚信，那是她的尊严。可是，小洁告诉她，好男人都是教出来的。她的男人大学毕业的头一年是不工作的，靠她养着，天天闷头打游戏，在她的感化下，他现在成了年薪三十万的绩优股。可是，对她不好也算优吗？葛薇无法下定义。

葛薇开始加同城交友的Q群，参加K歌聚会。第一次聚会时，周围人都是用她听不懂的上海话交流，她觉得自己完全像一个人群中的怪物，半个小时之后，仓皇逃跑。与北京那边的饭聚不同，上海的酒吧人群更广泛，每周都有酒吧聚会。

葛薇参加过一次，一个看上去只有二十四五岁的帅气黝黑的男孩子一直坐在她对面，摇骰子，葛薇微笑着配合，心却飞了。那次酒吧的聚会，足足去了不下五十个人，高的矮的，胖的瘦的，美的丑的，有海龟，有房地产老板，却没有一个男人有凌欢一半的风度，葛薇轻呷着黑啤，忍不住怀念起凌欢的霸道来。

那一夜，葛薇跟着一帮年轻男女玩到凌晨四点。打桌球，葛薇不会，扔飞镖也扔不到靶心，喝可乐，喝黑啤，离开酒吧，再去K歌。从人民广场打车回家时，整个外滩都睡着了，各种建筑物的灯灭了，金光外滩灰了，只剩孤单的路灯。回到自己的屋子，厕所的马桶又堵了，葛薇十下八下通开，忽然意识到，他提出同居不过是怕自己住得太苦。想到这里，葛薇心下一阵钝痛。他提前出院，莫非，不是为了工作，而是为了自己有个好的住宿环境吗？可是，自己却和另一个男人有说有笑地出现在他的面前，又和他的师兄通电话，难怪他火冒三丈。

葛薇扔掉皮搋子，无力地倚在门上，回想起凌欢和自己交往的一幕又一幕，终于意识到，他不是不尊重自己，只不过是个被宠坏的爱人。

那天之后，钟少航又约过葛薇几次。葛薇推脱不过，终于简单打扮了一番，赴宴时，钟少航轻啜一口罗曼康帝红酒，笑说，Ada新请了一个策划，和NaNa分工合作，现在却手忙脚乱，时常加班到深夜，累得她伏案大声哭泣。红酒网站险些和他们中止合约，S泳装那边，周翎更是将所有人指挥得团团转。美国老板已隐隐对她表示不满。葛薇大快人心地笑了，问钟少航为什么告诉她这些，钟少航认真地说道："因为怕你失去对自我的正确认识。"

葛薇抬头吃惊地望着钟少航。

钟少航潇洒地冲葛薇来了一个西式敬礼："没有向美国佬替你说话，不过是因为你不属于这里，小妹妹，我看好你。"说完，伸手，钢琴家似的大手掌与粗糙的小一号手掌相击。

葛薇想问钟少航："你的面瘫师弟伤好了吗，现在身体怎么样？"终究将话咽在一杯绯色的酒液中。

被解雇的第一个星期，葛薇外出游玩、聚会，第二个星期写小说，真正打起精神来时，已是第三个星期的周一了。投简历，风风火火去应聘，回到出租屋继续写小说，公交车、地铁上埋头看广告课本和案例。可是，巧的是，面试的那几家统统都是女主管，更巧的是，一旦通过初试，女主管的复试每次都宣告难产加流产。葛薇投简历的范围便一步步扩大，先是投二百人以上的企业，再投一百人以上的，最后，降至五十人以上，不知不觉，时间已蹉跎至一个多月之后。

每到周末，小洁的男友总会拿出一个中午请小洁的好友们吃饭，葛薇知道，两个人是好事将近了，那男人要堵一干女孩子的嘴。葛薇开始陪着小洁逛商场：淮海路太平洋百货、徐家汇太平洋百货、来福士，目睹小洁自掏腰包购置一件件新装：毛的、棉的、雪纺裙，自购婚纱，甚至是泳装、珠宝、胸针……香港广场的卡地亚店里，两个人只能干看不买，连戴的勇气都没有，目睹小洁在周大福和普通珠宝专柜前犹豫时的艰难，她实在无法祝福这段婚姻。

葛薇在小洁家试穿了她的婚纱，圣洁的白裙拖地时，葛薇打量着镜中自己光洁的肩膀和凸出的锁骨，便想起自己的那条白裙。那个人刚认识自己时，便给自己买裙子，要不是自己不接受，他的那块江诗丹顿的腕表似乎也会送给自己，相比之下，他竟是有心了。

难怪曾有人说，男人的爱不能只看物质，但是，不付出物质的一定不爱自己。想到这里，葛薇忽然觉得，自己开始慢慢懂他，可笑的是，居然是在他离开之后。可是，再给自己一次机会，就能接受他狮王般的独占欲和君临天下般的霸道吗？葛薇依旧摇头，叹息一声。

小洁的喜酒宴订在这个周六中午。

下午，葛薇还有一场面试。小洁说，周六工作的公司一定是小公司吧。葛薇笑说："没关系，我参加你酒席就是。"于是，中午包了红包，只画了眼线就抱着简历去参加婚礼。下公交之后迷了路，姗姗来迟时，酒席已开始了半小时。一片红光中，葛薇急匆匆地找位置时，一眼就看到那高挑的身影。

葛薇不觉呼吸一滞。

第十八章 久石让之爱

如果我们还可以重来,那是没有愧疚的、阳光的、互相吸引的、被灵魂包容的爱。

他瘦了。

他端一杯茶轻抿着,优雅大手的每一个关节突兀而清癯,高挺的鼻梁越发如刀琢剑磨。

他的胃要不要紧?

葛薇失态地站在原地,直到一身红装的小洁过来招呼:"薇薇,你看什么呢?"

葛薇方才回过神来,笑道:"新婚快乐!永结同心!"想再说几句祝福,却实在开不了口,小洁拖着葛薇的手来到女宾的位置,葛薇坐下来,随手胡乱抓起一块巧克力,和女伴们胡侃着,目光却定在了一处。

简单的灰色高领毛衣,却被他穿得优雅不凡。他正与另一个秃顶的男人交谈着,似乎还在浅笑。葛薇方才知道,原来他竟是通人情世故的。

有人给他敬烟,他淡淡地将烟衔在唇上,主动掏出一个银白色的打火机为对方点上,葛薇觉得自己实在低估了他的入世能力。想起两个人交往的时候,自己总被吃得死死的,觉得自己对他的形象竟是全然不了解。

许是自己的眼神太过灼热,葛薇看到他猛地扭头,吓得她急忙闷头吃东西,凉拌鸭舌、大闸蟹、乳鸽、龙虾、水晶虾仁……匆匆往嘴里塞,没有喝水,几口之后,开始打嗝,又咕咚咕咚喝饮料。柳橙哗哗地冲刷着她的喉咙,痒痒的,甜腻腻的,像鹅毛在恼她。葛薇捂住嘴狠狠憋一口气,以为终于将嗝强压下去,突然一个饱嗝却将甜腻的橙汁从胃里顶上来,喉咙就开始生疼。葛薇再饮一杯橙汁,觉得自己被灌饱了。

看一眼手中的简历夹,匆匆向这一桌的熟识朋友道别,招呼一声小洁,轻轻递上红包,葛薇便要离开。临行时,没有忘记瞥一眼那曾经熟悉过的人,那人正在吃红烧辣肉,葛薇暗骂他不知自己胃的深浅,却不得不转身离开。从洗手间出来，下电梯，走出酒店的大门时，葛薇因为不熟悉路，便要张望着打车，一辆熟悉的车子却忽然在她眼前停下。

车内的一双幽眸迎着葛薇迷茫的双目，隔着玻璃，忽然生出阵阵火花。

玻璃窗慢慢滑下，车内人淡淡地说道："去哪？我送你。"

多日没有在耳畔响起的声音忽然又回响在耳畔，葛薇先是一怔，然后本能地拒绝："不用了，我坐公交。"

凌欢说道："面试去晚了不好。"

葛薇看一眼自己抱着的文件夹，终究拒绝不了这人，却见车门已被推开，只得坐了副驾驶座，刚一上车，便觉得一股异样四面八方地扑上来，将自己团团包围了，只好默不作声地望着前方。凌欢发动起车子，葛薇忍不住看一眼他的后背，见他脊背挺直，轻轻地问："伤好些了吗？"

"好了。"凌欢双目紧盯着前方，透过反光镜打量着多日不见之人，见她开始一下又一下地啃指头，眼里闪过一丝不易察觉的喜悦。

"你怎么知道我辞职了？"葛薇继续问。

凌欢沉沉地说道："我看不到你的文字了。"

葛薇心头一热。

S泳装十二月文案的质量忽地下降了百分之六十以上，内容空洞无物，创意乏味。这不是他的葛薇能够交上来的作品。

车子驶向高架桥，葛薇看到了熟悉的豫园，熟悉的和陌生的建筑物，不知如何回答，沉默着，凌欢亦没有开口，只是将车内的音乐打开，又是熟悉的《幽灵公主》，缠绵、凄美、悲壮、豪迈、深情，一时间就像潮水一般汹涌而来。可是，这次葛薇没有想到洁白的狗、双颊血红的公主和倒下的绿巨人，倒想起TVB拍的《天龙八部》来。记忆中，黄日华版的萧峰自杀前播放的音乐就是这个，何等壮烈。葛薇觉得自己仿佛也是会降龙十八掌的萧峰了，想到萧峰与阿朱的"塞上牛羊空许约"，想起自己的种种伤，眼角热得发烫。

一曲《幽灵公主》结束，下一曲却换成了欢畅的《菊次郎的夏天》。依旧是久石让的曲子，夏日、童年的感觉便跳跃着传入葛薇的鼓膜。葛薇听着这音乐，心情又舒畅起来，正想着那个叫菊次郎的傻大叔，凌欢的车却在一幢熟悉的双子大楼前停下：洛可可风格的写字楼，由原始质感的石头层层堆砌，有十分气派的写字楼名字，A楼、B楼相通，中间还有许愿池式样的喷泉，天使石像的翅膀在水中招展，水流澄澈，源源不绝。

葛薇叫出声来："这不是你们公司的写字楼吗？"

凌欢转眸望一眼葛薇："没错。"

葛薇看一眼手机时间："可是，这里是静安，不是徐汇啊！要迟到了！"

凌欢看一眼自己的腕表："刚好。"

葛薇心里突突狂跳起来。

"我给你三个月的时间，我不管你去打杂还是当纯文案，三个月后再来面试。"

三个月前的冰冷的声音轰然在葛薇的耳边回响。

"还记得几楼吗？"凌欢问。

葛薇点头："十七楼。"

凌欢说道："很好。"说完，就向大门的方向走去。

葛薇默默望着凌欢的背影，心跳快得几乎要破胸腔而出。

"动作太慢，跟上来。"凌欢回头。

葛薇跟在身后，两个人上电梯，进入凌欢的办公室，宝蓝色的八爪章鱼一如三个月之前，架子上的各种奇怪器物也一如三个月之前。葛薇想起温梅曾送他一只蓝色的章鱼布偶，狠狠地掉进了醋缸。

整个屋子，一成不变。

葛薇打量着四周，努力捕捉着哪怕是一丝和自己有关的信息，失败，于是狠狠地咬着唇：豆腐也被吃过了，他的父母也见过了，自己就没有在他的生活中留下一丝痕迹吗？

此时，凌欢已坐在八爪章鱼之前，一言不发地望着东张西望的葛薇。葛薇迎上那眸子，坐下，只听凌欢说："二十七岁，不算很老。"

葛薇一愕。

"结婚了吗?"凌欢继续追问。

葛薇摇头。

"事业单位,工作四年?出过书?"凌欢继续说道。

葛薇已被他的话惊得说不出话来。

"因为被潜?"

俊美而冷漠的男人重申了一下自己的观点,姿态优雅地端坐着,一面用修长的手指淡淡地敲着海蓝色章鱼形状的老板桌桌面,眼神淡漠得像是秋夜的半月。

"当然不是!"葛薇被迫回答着,一如三个月之前。

"愿意被潜吗?"凌欢继续问。

葛薇震惊地望着凌欢。

"回答我的问题。"凌欢直视着葛薇。

葛薇被动地想起三个月前,自己面对这个问题时曾经留在凌欢脸上的一记招呼。本是死水的心霎时卷起层层白雪。原来,他都记得。

这次,葛薇不想再去扇那张俊秀的脸了,唰地起身,背起包就跑,她竟无法面对这场景了。

凌欢却像上次一样,淡淡提醒着:"右手边有开关。"

葛薇脚下的鞋便粘住了似的,再也无法前行。

凌欢轻轻地走到葛薇面前,抱住葛薇微微颤抖的肩膀,一字一顿地说:"我们重新开始吧。"

葛薇的腿开始发抖,脚心嗖嗖冒冷汗,手掌也发抖。

幸福突然就像沙发后的一颗纽扣一样唰地跳到自己面前,一时间,她以为自己在梦中。然而,这真的是幸福吗?葛薇又想起上一次吵架。一个月前,是自己站在雨中流着大滴的泪喊着要分手的。

葛薇想要挣脱开那双优雅的大手,大手依旧像铁钳似的,将她扣得死死的。葛薇被固定在原地,狠狠地一扭头,说道:"放开我!"

"回答我的问题。"凌欢说道。

"什么问题?你有问过我话吗?"葛薇挣扎着,"这么多天,你都没有联系我，是不是这次没见面，你就永远不见了？"

凌欢松开葛薇的手，从自己的黑呢中长外套的内衬里摸出两张金黄通红的票样东西，按在葛薇的手里，葛薇一看，上书：千与千寻久石让宫崎骏动漫原声视听大兴交响乐音乐会。票上的一幅幅画面尽是宫崎骏漫画上的人物和动物：小白和千寻、龙猫、小魔女、阿姗、天空之城、风之谷……日期，恰是在四日之后的元旦日。

音乐会票在葛薇的手中软湿开来。

凌欢从葛薇手中取下："元旦晚上不准安排别的事。"

葛薇喃喃地说道："又在命令我吗？"

凌欢牵着葛薇的手走进办公室的内室，一进门，就看到一个大的透明盒子摆在一只大的龙猫样的桌子上，透明盒子里的各种玩偶一应俱全：波妞、哈尔和他的城堡、苏菲、龙猫、无面人、红猪、荧光绿巨人、树精灵……能看到的玩偶，都在那透明的圆弧形罩子里。凌欢打开开关，《天空之城》梦幻而伤感的音乐飘了出来。

葛薇听着那音乐，呼吸都要停滞了。

"你干什么？"葛薇红着眼圈问。

凌欢轻轻一顿："你说呢？"

葛薇的鼻子酸涩："我不知道！"说完，那颗缕缕伤痕的心再次恐惧开来，带着浓浓的自卑感。

"你知道！"凌欢说，"告诉我答案。"

葛薇垂下头："可以给我几天考虑的时间吗？"

凌欢直视着她，双瞳灿烂如凌厉剑刃之光："答案，我现在就要。"

葛薇的眼神闪过一丝黯然："原来，你还是不懂怎么尊重对方的意愿呢。"

凌欢一怔，站在原地，从衣袋里摸出一张音乐会票，递给葛薇："四天之后，带着你的答案，音乐会见。"

葛薇心酸地笑着，没有接票："不要给我。我怕，我拿在手里就再也无从选择了。"说完，葛薇回头望一眼各种各样的布偶，夺门而出。

两个人真的适合共度一生吗？他无尽的命令，他无尽的强势，自己真的要选择这种生活吗？

葛薇粗喘着大口气，在走廊上奔跑，因为是周六，整个楼层人烟寥落，她却怎么也找不到电梯了。她像只迷途小鹿，没头没脑地乱奔着。她不敢停下，生怕停下就转身回去找他，不敢回头，生怕回头就妥协了。

"电梯在这边。"

忽然，葛薇听到身后有个熟悉声音飘过耳际，恍似天风。

葛薇站在原地，狠狠地呼吸着花岗岩地板散发出的消毒水味道，直到自己身子忽然腾空而起。

"喂！放下！脊背好了吗？我很重！"

葛薇再回过神来时，却发现自己整个人都在凌欢怀中了。

"那么关心我？"凌欢俯视着葛薇。

冰眸比两个月前多了三分灼热、七分征服。葛薇情急之下，只得挠凌欢的腋窝。

凌欢手果然触电般松了手，葛薇借机跳下来，浅笑："年少时候瘫痪过，温梅离开了吗？"

凌欢一愣，思量片刻之后，缓缓答道："性格如此，三十多年这样，定义尊重，做不到。"

葛薇万万没有想到凌欢分毫不妥协，怔在原地。

"对女人不霸道的男人，不在乎她！"凌欢说道。

这强词夺理的道理葛薇听得似是而非，然而，又为这强硬震惊着，越震惊，就越心慌。难道，是错了吗？转头冲向被告知的电梯方向，凌欢伸出修长的手臂一挡："去哪，我送你去。"

葛薇低头打量着比自己手还漂亮的大手，狠心说道："真不用了，给我些考虑的时间和空间。"

凌欢终究抽手："元旦晚七点，我等你。"

凌欢开始了有生以来第二次漫长的等待。像温梅刚离开时那样，他等得时而心焦得无法审批文件，时而看眼时间，倒计时着两个人的见面时刻，恨不能将表立刻调到元旦那天晚上。

凌欢用了几天闲暇时间补充之前没有听过的久石让的音乐，等到元旦那天下午，早早驱车至浦东东方艺术中心。等到夜幕落下，五个演奏厅就亮起灯来，内墙装饰特制浅黄、赭红、棕色、灰色陶瓷挂件映耀着，组合成一朵夜空中的蝴蝶兰。凌欢时不时看眼手表，直到停车场车满，直到对对优雅得体的年轻人走入大厅，凌欢伫立在门口，冰冷的寒风将那张英俊的脸吹红了，将那双插在衣兜里的手冻肿了，那人还是没有出现。

腕表上已显示七点十五分，寒风中一米七八的身高惹来的回头率。不远处的公交站前，亦站着一个淡淡着了妆的女子，为了这场约会，黑呢绒大衣里仅仅穿了件水色粉花雪纺裙，刮骨似的风早已顺着透明如翼的袖子灌入，她站在原地，一遍又一遍琢磨着钟少航的话："不要去想是否能结婚，婚总是能结，真挚爱人一生却只有很少几次，甚至有人一辈子只有一次，勇敢去爱吧。"

这是四天前，从凌欢那里出来时，钟少航约葛薇见面时的劝告。钟少航为什么要和见面？原因是他老婆怀孕了。一度，他不相信孩子是他的——他到处疯、到处玩，为什么一定是他的？妻子却冷笑："告诉你，我是有底线的。"

他目光如水："是吗？"

妻子随手抓起手机砸在他的眼睛上："钟少航，孩子是你的，不信可以打掉，可是不要后悔！"

说完之后，钟少航才发现，他的顽劣妻子那天是脂粉不施，说："我为什么到处玩？一方面是江山易改本性难移，可是，还有两个原因，一个是因为寂寞，另一个原因，却是因为想引起你的妒忌，结果一次次失败了。现在，我们讲和吧，好不好？"两个结了婚却一个比个顽劣的人，终于收了心。

钟少航说，他妻子是勇士，敢于嫁给浪子，敢于用这种方式让丈夫妒忌，又敢用这种方式讲和。

什么是勇敢？葛薇勇敢大步向前，却又戛然而止。

钟少航说:"婚姻就是场赌博,敢赌吗?你能保证再遇到一个这样纯真的爱人吗?他生在这种家庭,又曾经瘫痪过,现在又处于这种位置,强势是他难以改变的习惯了,为什么不去包容?"

钟少航的话震得葛薇耳朵嗡嗡作响,她先是站在原地,忽然,喃喃说道:"包容。"整个人开始慢慢前行。

"路上要是遇见雪或者是什么障碍物、堵车,或者走反方向,证明我们是没缘。"葛薇在心里念着。可是,这晚交通意外顺畅,许是天冷,大马路上车行通畅,只刮冷风,亦没有雪花,也意外地没有走反,站在已是灯火通明的东方艺术中心的不远处,她看到了那个高大的身影。

他一直站在那里吗?他妈说不要让他冻着,他的背不要紧吗?

脸已冻得煞白,脑子里却热血激涌,深呼吸一口,凉风灌到腹中,呼吸却是火热。

葛薇步步向前,凌欢搓手,站在原地,长吐一口烟圈,等待她走来。

正在这时候,戏剧化的一幕却发生了。

有个长发女子从凌欢身边擦肩而过,凌欢先是不以为意,一秒钟之后,神色骤变。

唰地转身,那个身影却消失不见,凌欢拔腿去追,刚迈步,脚底却压了巨石般,他侧身,站在原地,两个女人的影子在他面前闪电般晃动……

凌欢苦笑。

可是,温梅不是在国外吗?想起邮件中挺着大肚子的那张照片,凌欢猛吸口香烟,险些呛到自己。烟味久久地、绵长地在他的口腔中荡开,一秒,两秒,恍若百年。

凌欢转身,望着越来越近的葛薇,上前,拥住。

时隔两个月,两个人再次拥抱在一起。

两个人走入演奏厅时,音乐会已进行至下半场。

开场便是所有人都十分熟悉的《入殓师》,雪地中行走的细细忧伤就在大厅中无孔不入地蔓延开来,听众们开始喝彩。之后,则是一系列宫崎骏的动画音乐，尽管《菊次郎的夏天》被老头儿弹错了几个音节，《天空之城》被某乐团演奏得离谱，整个场子却沸腾了。凌欢冰凉的手先是插兜，再是牵着葛薇的手慢慢跟着节奏和声，结束之后，凌欢驱车带葛薇来到一所大学附近的一个小区。小区不新不旧，乘电梯至十一楼，开门，葛薇看到了一个温馨的小窝：沙发上是卡通的布垫，地板是泡沫的动物图案，连饮水的杯子都是红的黄的橘红的。推开卧室门，一股灰尘的味道扑面而来，双人床上方的照片和凌欢海萍市家里的大照片是一样的。

葛薇心下一紧，忍不住问："你让我来这里做什么？"

凌欢答非所问道："我已经好久没有来了。以前是因为伤心，现在是因为某人。"

葛薇想破脑袋也不理解原因，默默打量着大衣柜，打开，柜中竟然有前人留下的衣服：长裙、短裙、连衣裙、外套，还有小球衣，一套又一套整齐地叠平了摞在一起。

橱柜下面还有一个卡通的彩色木房子，约一米高，红色的房顶，绿色的烟囱上挂着一个巴掌大的小篮球。房身是黄色、紫色、蓝色的砖，房子的周围还围着一圈棕色的小篱笆。葛薇扭头望着凌欢，想打开那方门，却又不知能否得到主人的允许，只是用手去抹小篱笆上的灰尘。

凌欢情不自禁地蹲在葛薇的身旁，用微抖的大手拭去木头上的灰尘，然后，抚摸一下绿色的小烟囱，用长手指一勾，小木门开了。

木门里有一张小床，床上坐着一个穿球衣的男布娃娃，手里抱着篮球。

葛薇的心钝痛起来。

"那个布娃娃是你吗？"她忍不住问。

凌欢将那布娃娃从小床上揪起来，捧住布娃娃的腿，娃娃就坐在了他的手掌上。

葛薇顺着那手掌，看到了布娃娃背后的球衣上绣着三个字：凌乐乐。

"是乐乐。"凌欢说。

葛薇浑身一麻。

凌欢将布娃娃放在自己的胸口处："他在他妈的肚子里生活了三个月，然后……"

凌欢没有说下去。当年，得知温梅怀孕的时候，他高兴得当场跑出去，半天之后，带回一只木头房子和一个精致的首饰盒，求婚。

"孩子一定要叫乐乐，我要让他一生快乐。"凌欢说。

凭着女人的第六感，葛薇突然觉得事情没有那么简单，她看着大眼睛娃娃，大眼睛娃娃的笑眼却像在愤愤地瞪着她。她心惊肉跳，忽然觉得，这娃娃是有生命的。

"凌欢，我觉得孩子还在！"葛薇扭过脸去，忽然觉得自己像做贼一样，"你亲眼看到孩子没了吗？"

凌欢呆呆地望着她。

"她那么爱你，为什么不会为你生下孩子？"葛薇的嗓子突然干涩起来，把着小篱笆的手早已湿透。

凌欢轻轻抚摸着乐乐的小脸，布娃娃多年以来都是这副模样，小小的。当年，他在他妈肚子里的时候，他摸过、听过，他给他买过许多营养品，他甚至在这个小生命一个月大的时候就让温梅看NBA给他篮球胎教，可是，那么多年，他一直没有感知到小生命存在过。

"不可能。"凌欢一把按住葛薇的肩膀，"都过去了。"说完，他伸开长臂拥住她。

凌欢说："看好了吗？"

葛薇疑惑着："什么？"

凌欢松开手臂，用手将木房子的所有灰尘都拭去，将娃娃小心地放入木房中，关好门，一字一顿地说道："这里的一切，我承认我这辈子都不会忘记，但是，这里的所有东西，你将不会第二次看到。"

葛薇依旧不解："为什么？"

凌欢拉着葛薇的手离开这座房子，下电梯，走出楼层，像扔三分球似的，将钥匙抛入垃圾桶中，葛薇急忙去捡："你干什么？"

凌欢苦笑，真的已经过去了。这是自己大三的时候，父亲作为投资在上海买下的，凌欢一度想作为自己和温梅的新房，直到父亲将刚失去自己父亲的温梅逼走。温梅家也属海萍的一富，之前，凌欢的父亲是不反对的，直到温梅的父亲患胃癌去世，直到，某海萍的官员暗示自己的女儿已看上凌欢。

"移民不是很好吗？我和那边很熟，给你们批下来再容易不过，"父亲对温梅说，"爱他，就不要耽误他的前途。"

坚强的温梅眼泪哗哗："可是，你连孙子也不要了吗？"

父亲竟回答："孙子可以有很多，儿子却只有一个，小梅，离开吧，不被对方父母祝福的婚姻是不幸福的……"

七年的感情，付之一炬。

从机场归来，凌欢一度在这张床上辗转几十天不眠，人亦是胡子拉碴得不像样子，只得搬离这里。东西，却是一样也未动，偶尔还进来打扫、拖地、擦桌子上的灰尘、洗布了灰尘的床单，洗衣机嗡嗡作响时，他甚至有她回来的感觉。总有一天她会回来，他坚信不疑：她走的时候没有将钥匙还给他啊！可是，直到刚才那个虚幻的影子出现，他才意识到那已是过去。他也终于知道，真爱会一辈子忘不掉，却会因时间而褪色，虽然景物依旧，但已不复当天。

"既然这里是老头子的房产，就让他自己管理去吧，一切都过去了。"凌欢说完，带葛薇驱车而去，留下几束烟尘。然而，半小时之后，那座八年未变的房子之门，却被另一人熟练地打开。

第十九章 我们还不老,我们那么好

八年的时间,足以荒废一份最深沉的爱。岁月是神偷,任何东西都能偷走。凌欢和葛薇一次次拒绝被盗,防盗门的钥匙还是不翼而飞了。

做周翎的手下显然比做她的甲方更难一些。

"Cici,你有说过明天早上给我,是吗?"

上午刚签合同的案子,周翎会在晚上下班时来个命令式催。结果,葛薇不得不熬一整夜下来完成,经过周翎无数次鸡蛋里挑骨头式的鉴定、修改之后,新一轮任务又派下来:"Cici,你很闲的嘛,G案子你帮忙写文案PR吧,还有W案子你写品牌故事。"

"好的。"葛薇顺从地微笑着。结果就是,她不得不再次忙到晚上十一点。

"Cici,这就是你分享给大家的经典案例?这种上个世纪的东西怎么能拿来现在用?拜托,这里是广告公司,不是敬老院!"每天清晨的头脑风暴时,周翎照旧不客气地当着所有部门成员挑剔葛薇分享的内容。

葛薇若有所思地微笑:"对不起,我下次注意。"

周翎则毫不客气地训斥着,一状告到凌欢那里,凌欢头也不抬:"哦。"

"这里是4A,如果有些人是靠花里胡哨的文笔和出卖色相进来,是做不长久的。"周会上,周翎不点名地批评。

葛薇突然觉得Ada原来是个心慈手软的人。葛薇的铁胃在咖啡的腐蚀下,尚且没有出故障,听到这句话之后,她的胃开始颤抖。人,却一直是微笑着。

"Steve,早上好啊。"

"Hello,Cathy,你的靴子好潮啊。"

葛薇努力学着对自己的每个新同事微笑。

"Pola,我想请教下,P公司当年的公关危机和D厂家现在的情况类似吗?"

"Pola，E这个案子适合做网络病毒营销吗？"

"Pola，M案子的受众群体是小资人群，可以以电影、旅游和红酒当宣传主题吗？"

接受上次被Ada穿小鞋的教训，为了避免给周翎带来威胁感，葛薇向周翎多请示、多求教，给足了周翎面子。

"Pola，我真的做不动了，明天早上起来交好吗？"这一晚加班到十一点钟时，葛薇打个呵欠，努力让自己可怜成小猫的样子，瞪着大眼睛望着周翎。其实，她一点儿都不困，更何况是为她爱的人做事。可是，上一次在雅多，她学会了在适当的时候示弱——当上司觉得你的实力远不如她却也十分有用的时候，她的攻击性就少了许多，如果碰到内心深处仍有些许善良成分的上司，或者，她会心生怜惜。

然而，这一招对周翎并不管用——周翎刚从Boss间出来，凌欢居然一边听音乐一边陪着他们加班！

周翎轻轻抚摸着葛薇的头发："可怜的宝贝，这个案子真的挺急的，我去买消夜，咱们加把劲好不好？"

葛薇只得继续查广告网资料，继续找一个又一个创意型微博的视频，继续翻一本又一本国外广告杂志。趁周翎不注意时，葛薇悄悄在Man劝凌欢早些回去："你的胃不好，熬夜的话很难受，快回去吧。"

凌欢迅速回复过两个字："等你。"

窗外的雪花漫飞着，窗内的空调开得的只消穿一件T恤，葛薇挽起袖子，袖子连着胳膊一起热得汗涔涔的："不用你等，我自己打车回家！你在这里，我总去想你的胃，今天晚上什么创意都想不出了。"

正说着，葛薇觉得身后香风一片，仰头看身后，周翎的脸色白得像窗外的雪。

"Lisa，Cici，Alice，Amanda，Vita，跟我进第一会议室，大家都没精打采的，看来必须进行一场泡面会议了。"周翎说。

周翎先是让与会人员推荐经典视频，再让策划们总结经典案例，最后，让大家踊跃发表自己的意见，葛薇一直沉默着，反对意见坚决不提，也不发表自己的看法。周翎便问："Cici，你的意见呢？看了那么多，你一点儿启示都没有吗？"

葛薇这才一改刚才的低调："我认为大家的想法都很精彩。"

"你的呢？"周翎继续质问。

"Z产品本身就出自浪漫的国度，以城市浪漫主题定义这款产品应该是不错的选择。在上海遇到巴黎，可以作为Z产品的平面广告主题，上海本身就是浪漫的城市，有许多浪漫的街道，像淮海路、甜爱路……"

葛薇还没说完，已感受到周围人的默许。或许，他们的眼神和动作没有流露，可是，赞许的气氛是骗不了人的。

"你不觉得这个主题已经被用滥了吗？从我们小学时候开始，X产品就……"周翎未等葛薇说完，就打断道。

这场会议足足开了三个小时，凌欢也等了三个小时。

会议结束之后，周翎将结果汇报给凌欢时，已是深夜两点半。

众人捶着酸软的胳膊、打着哈欠收拾东西时，凌欢出现在会议室外："去XX区的都跟我走。"

"我刚搬到……"Amanda话还未说完，脚就被Vita踩了一记，缄口沉默。

"Pola，我们顺路的吧？"

葛薇左顾右盼着身边结伴而行的一个个女伴，连周翎也被邀请和他人结伴，会议室最后只剩下她和凌欢两个人。

"他们早知道了。"凌欢说。

跟着凌欢上车之后，凌欢一舒长臂，从后车座上摸过一个大盒子放进葛薇的手臂。

"是什么呀？"葛薇脸上忽地一烧。

葛薇拆开盒子，一款大而帅气的黑色迪奥包占据了她整个手臂，皮质柔润，做工精良，纽扣帅气，金色的拉锁在车内的微光映耀下细细闪光。

这一款她一直都喜欢。她喜欢大而帅气的东西：大的包，装东西多，大的表，看上去不会坏。这款包她曾淘宝过一个山寨的，不为品牌，却为它的大而帅气，装几本书上下班在公交车上看十分方便。可是，来到这个公司之后，她却只背过一次，周翎说："咦？这个包是迪奥的吗？我记得好像皮子不是这样的呀！"之后，她再也没有背过。

她惊喜地问："你怎么知道我喜欢帅气的包？"

凌欢不动声色地发动起车子，一面腾出手指着自己的面颊。

葛薇犹豫了一下，起身轻吻那肌肤微凉的脸，凌欢又不动声色地打开车上的音乐。

这音乐一开场就有排山倒海的气势，先是交响，然后是各种乐器的共鸣，之后是高亢而振奋的小提琴石破天惊飞来，像是走在浪的剑锋，又像是桅杆上遇到飓风都不倒的旗。

不同于久石让的东方侠气，这是西式的豪情。

葛薇想起海滩上无数白色的小螃蟹，无数的白色石头化成螃蟹，将巨大的轮船推向了广袤而浩瀚的大洋。冰雪严寒，一脸醉态的杰克船长亢奋的斗志，海啸，翻船，满脸珊瑚的人……

本是疲惫不已的葛薇突然就在小提琴激越的音乐中大叫起来："加勒比海盗！"

"He'sapirate."凌欢说。

这就是他自称船长的意义所在。约翰尼·德普饰演的杰克斯派罗船长，以一只小小的孤舟起家，到领导黑珍珠号，他和他的船员们同生共死，有背叛，也有竞争，甚至黑珍珠号被夺走，可他总能在汪洋大海中谱写一个又一个传奇。

周围的景物静静前移，白天是动的，现在却是静的。没有了霓虹，周遭仿佛只有这情绪高涨的小提琴乐在马路上蹦跳。

葛薇打量着那英俊的侧脸，忽然觉得，凌欢是懂这提琴乐的。篮球的道路上，他高亢着走来，却又急转日下，转而进行起下一场高亢而不停歇的事业，他的爱情也是，执着，坚韧，直到最后休止时，依旧卷起千堆雪。

望着那沉稳驾驶着、手指却欢悦起来的大手，葛薇忍不住问："你会拉小提琴吗？"

凌欢"哦"了一声："你想听？"

他的确会拉小提琴。五岁的时候，父亲就强迫他去学琴，凌欢的父亲喜欢小时候的凌欢在人前拉一曲《梁祝》，漂亮干净的男孩子操作着那么高尚的乐器，越发显示他的审美情趣。凌欢却爱不起来，除了那几首经典的曲子，他至今最会拉的曲子，便是这首《加勒比海盗》主题曲《He'sapirate》。

她竟然问他会不会弹琴，他觉得，两个人是心灵相通了。

"想听。"葛薇点头。

"今晚住我家客房。"凌欢说。

葛薇知他是担心自己回家太晚不安全，自尊心微微受创："其实，我住的地方没那么危险。"

凌欢侧过脸来："想听吗？过期不候。"

葛薇开始啃自己的手指。一曲歌罢，葛薇终于决定："想听。"凌欢一踩油门，车飞驰出去。

这是葛薇第一次来到凌欢的家。

一进门，依旧是简单干净的米兰风格家具：藕荷色、浅米色、淡蓝色的组合，冷静，简约。茶几是仿水晶的，抬头，生着白色翅膀的飞鸟灯散发着莹莹白光，白光洒在塑胶水晶茶几上，茶几镌刻的璀璨玫瑰花纹路像是光照下的水钻。

凌欢就在这水钻之前轻轻演奏《He'sapirate》。

茶几上"玛丽莲·梦露"捂住白裙造型的瓶起子似乎就跟着舞了起来，微笑的唇也跟着起舞，桌上闪着幽幽蓝光的科幻咖啡杯也流光飞转。刚打开的空调呼呼地吹着热风，也在室内旋转。

一曲《He'sapirate》奏罢，凌欢再奏一曲电影《闻香识女人》的小提琴曲《一步之遥》，葛薇随着曲子跳起探戈来。

他放下琴，双手托住的她的脸，她愣了一下，轻轻抱住他精瘦的腰，两个人就拥吻在水钻和灰色黄格子的地毯中央，他的手不自觉地就游走下去，粘着一处，再一处，长手指先是冰凉，再是温热，热热地游走到葛薇的腰间，就要探下去。

她本能地一把抓住他的手。

他用力，她本能地用双手死死扣住。她无数次梦见两个人无间地拥抱在一起，他的臂弯是她的枕头，他的身体是她的云端。只是，她无限渴望的事真的发生了，她却无限地恐惧着。

他有些吃惊地望着那张近乎哀求的脸，犹豫了一下，松手。

凌欢淡淡起身："你还会跳什么舞？"

葛薇整理好衣服，站起来："恰恰。"

凌欢却带着她开始跳慢三。

葛薇说："我不会，而且，没有音乐呀。"

凌欢说："用心去听。"

葛薇起先用脚踩，在凌欢的带动下，步子也轻灵起来。两个人不知跳了多久，筋疲力尽、四仰八叉地倒在地毯上，他拥着她的头发，呼吸热热地打在她的前额，她却后退了几厘米。

"不要怕，你睡客房。"凌欢说。

葛薇这次知道，凌欢是真的尊重她了。

次日清晨，两个人就在附近的餐厅吃早餐时，凌欢不经意瞥一眼窗外，冷峻的丹凤眼霎时变色。

不用看，葛薇也知道他在看什么，顺着他的视线看过去的时候，却什么也没有看到。

葛薇本来漾满的心就一下子被什么东西吸去了大半。

"她的儿子那么大了。"凌欢说着，沉沉地记起，当年要不是父亲逼着她打掉，两个人的孩子怕是已有八岁。可是，如今，她和别人的孩子已六七岁了。想着想着，凌欢许久都沉睡着的胃就开始微微痉挛起来。

他紧紧搂住葛薇的腰，葛薇抬头望着那张波澜不惊的脸，想说什么，终究将话咽了回去，轻轻挽住他的胳膊。

待到两个人的车随着一阵烟尘飞驰而去时，一直在暗处隐藏着的母子俩轻轻走出，男孩子望着那越来越远的车子，摊手："妈妈，那真的是我爸？"

女人没有回答，默默地望着那辆她曾在暗处看过无数次的车子远行。冬日的阳光并不刺眼，照耀在未融化的梧桐雪上，如银梭子般带她回归多年前。

"我要买车就买我女人最喜欢的牌子。"他将她揽在肩头。

"我喜欢宝马，辛弃疾说，宝马雕车香满路！"她将她的长发散落在他的眼前。其实，她只是想给他一个奋斗的理由。多年之后，他果然换成了她喜欢的牌子。

"不要恨爸爸。"女人去牵男孩子的手，身量不足的男孩子拒绝着，却轻轻拍着女人的后背，哄小孩似的。

这天上午，周翎一直都戴着墨镜，中午才摘下来，说是昨晚没休息好，黑眼圈很重。傍晚，周翎下班之前亦对葛薇笑着说："我今天状态不好，船长亲自带你去见客户。"葛薇不知道自己是独当一面了还是因为那种关系，只是，周翎的语气像是打翻的醋缸。

葛薇陪同凌欢去见客户，看到了一米七七的个子，防伪商标似的寸头。寸头的优雅男子熟练地与凌欢握手时，葛薇终于知道几个月前在医院门口邂逅的身影并非虚幻。

那一刻，葛薇忘记了呼吸。

葛薇紧盯着那张岁月未留下痕迹的笑脸，便有一种"人面不知何处去，桃花依旧笑春风"的沧桑感。

她的鼻子阵阵发痛，双目也热起来。

这就是当年自己最爱的男人，那个让自己苦苦等了三年却没有给自己结果的负心汉。

寸头男子也在那一瞬间睁大了眼睛。

四年未见，他看她的眼神凄楚依旧，却少了三分炽热、七分痴狂。十二分的歉疚感却在看到凌欢的那一刻转化成酸溜溜的笑容。

倘若这是演电影或者电视剧，两个人怕是要异口同声地说："是你？"

可是，这不是演电视剧，葛薇的每一次呼吸，胸口都在钝痛，她努力地绽出一个微笑，另一边，那人早已笑得优雅得体，一如绅士见到一个自己不认识的淑女：三十度笑容，身体微倾，老练而潇洒地等待葛薇与他握手。

倘若这是在国外，他怕是要吻女孩子的手，却没有任何感情成分了吧。

葛薇笑得越来越冷，果断伸手，双手相握时，葛薇的手迅速濡湿，原来，寸头男子的手心早已湿透。

可是，这又能代表什么？读书的时候，在一起自习室学习的时候，他的桌上从来都备着一包淡淡散着玫瑰香气的纸巾，因为他的手从来都是湿漉漉的。他用他的纸巾帮葛薇擦过洒在桌面上的茶水，也递给过别的女生，让她们擦干吃完零食的油手……

正回忆着，寸头男子的湿手离开她的手，故意笑问凌欢："贵公司的人除了才华横溢，还都是以貌人取人招来的吗？"

凌欢浅笑："梁总口才了得。"

葛薇失态地怔了一下，忽然，竟觉得这段回忆美得像风干了的树皮似的。

寸头男子笑得酸楚。

电视上演绎的那种惊天动地的再见面，终究没有发生在两个人的身上。葛薇望一眼凌欢宁静冷酷的脸，心情在慢慢放松，寸头男子亦是慢慢恢复了外交家似的姿态。

"让这位美女介绍一下你们的idea呀。"寸头男子说道。

"一定不会让你们失望，梁总。"葛薇笑着说道，笑着笑着，竟无法用言语表达自己当下的心情。她万万没有料到，她竟然有一天要这样称呼他，正如，他连她的名字都无法自如地说出。

再见之后的惊喜、尴尬、岁月的流逝感、物是人非、自卑与自豪……种种情愫交杂在一起，让两个人心下波涛暗涌，可是，那种心跳的感觉，却只出现在两个人对视的一刹那。

PPT的图像在会议室的屏幕上悠悠绽放，照片上的淮海路的火树银花灿烂得比玉树琼花都精彩几分，葛薇微笑着，她觉得，再次向梁姓男士展示自己的才华，仿佛又回到了少女时代。那种无上的虚荣心满足感一如从前，可是，岁月却偷走了她对他的所有情感，他抛弃她，她也不恨了，他一度的追逐，她的心湖更激不起半点涟漪。

"不错啊。"寸头男子在看到第一张PPT的时候，由衷赞叹着。

凌欢不动声色地扫了寸头男子一眼。

整场谈判，梁姓寸头男士炯炯的双目先是专注着和凌欢交流，注视着PPT的投影，或是盯着葛薇的唇形，始终没有看葛薇一眼。葛薇努力让自己保持语调柔和、语气自然及富于煽动性。末了，梁姓男士一脸惊讶："奇怪，怎么你们的创意和另一家广告公司那么像？果然是英雄所见略同吗？"

离开梁姓男士的写字楼之后，凌欢驱车前行，目不斜视："了却心愿了吗？"

葛薇一愣："你说什么？"

凌欢说："你们看对方的眼神不一样。"

窗外漫漫落下的雪花片片堆积在梧桐树上，树的记忆就更厚了一层，一阵阵喇叭声震颤着那雪花，抖落了，掉在地上，沿着时光的隧道，穿越回五年前的夏天。

二十二岁的夏末傍晚，她穿一身蓝格子短袖衬衫、白裙在夕阳中念唐诗，迎面遇见在图书馆外大声朗读带南方口音的英语单词的人，白T恤，蓝牛仔裤，普通得不能再普通的衣装，却有着不俗的轩昂。他抬头，眼神一瞬间将她俘虏了。那时候她刚读大四，他刚毕业，在等雅思成绩单。他和他的死党隔着自习室的好几张桌子递话梅，问她借橡皮、课本甚至她刚从图书馆借来的小说，她自卑地认为梁同学是万人迷，自己配不上他，却管不住自己的脑子。可是，他注定是要出国的，她的父亲也早已给她在北京安排好工作。她躲他，躲得他一脸委屈，像个被母亲莫名批评过的孩子，她难受，她知道两个人完全不是一个世界的人，越是害怕，却是躲得远远的，像是午夜时分的灰姑娘。她难舍，他也难舍，两个人虽然都每天起大早去自习，效率却总是为零。

"畏首畏尾，难怪你总是单身。"凌欢听葛薇讲到这里，冷冷地说道，"你太在乎结果，根本就不知道，两个人在一起几天，都比一辈子的遗憾好过。"

窗外的雪花依旧簌簌落下。葛薇说:"那时候都二十二三岁了,又不是小孩子了,如果有机会,当时我都想结婚了。"

凌欢冷冷地说道:"每一个老少女都怕伤害,敏感得像神经质,结果就是得不到爱。"

"你……"葛薇涨红着脸,想辩解,却发现凌欢的话如金科玉律一般。

"后来呢?"凌欢问。

许是工作了许多年又来读书,本身他的底子就太薄弱;许是被那份对她的烦恼牵扯着,他从秋天一直在考雅思,直到冬夜大雪纷飞时,他才向她依依而别。他离开的那天晚上,她喝得酩酊大醉,半夜吐了两次,第二天去图书馆自习时,面色铁青着继续去洗手间吐。隔了几天,他的好朋友告诉她,他年后还回来,直到审批通过为止,那个寒假,她几乎夜夜梦见他。有时候,她一进自习室就看到他迎着她的目光,有时候是两个人在食堂邂逅,有时候,是相遇在当初的夕阳下……

她二十三岁的那年五月,他飞去南半球之前,她画了一幅自己的素描肖像送给他,他约好两年半之后他去北京读博找她。她等了三年。三年之后,他却消失不见,QQ头像是黑的,她留言他不回应,她发短信他不接应,他终于上线,她说要将自己出版的第一本书寄给他,他竟然费了一番周折,将自己家公司的经销商的地址告诉她。他怕她找他。

葛薇看到他的地址时,冷笑。

家里开始一次次给她相亲,葛薇不得不勉强去应付一个个面部奇形怪状却被称为"潜力股"的男人,好几次差点儿在约会的中途睡过去。她通常只在KFC见面,不花对方多少钱,喝杯饮料,不欠对方什么,喝完就走,回到自己破烂不堪的宿舍,写稿,出版,赚钱。赚钱赚到她忘记了男欢女爱,写稿写到她二十七岁,写到她忘记爱情,忘记那个耽误她三年的男人。

"他没有忘记你。"凌欢说。

葛薇吃惊地望着凌欢。

"不然,他也不会告诉你公司创意泄露的事。"凌欢补充道,"这是他能做的全部。"

葛薇苦笑："我一直知道。"他可以装成他人加她QQ，她Q他时，他却不理睬她。

"但是，你们的感情早已经让岁月偷走了一大半。"凌欢说。

葛薇笑着笑着，车窗外的雪花就更深更厚了些。

葛薇开始羡慕凌欢和温梅，他们的感情似乎丝毫没有因为岁月而变。她和梁姓男子认识的第六个年头，彼此相爱，彼此无止境地伤害过后，爱就搁浅了。所幸，他为两个人画上了一个圆满的句号，圆圈之内是他，之外是她，两个人永不相欠。

"知道就表示一下。"凌欢指着自己的右颊。

一个星期之后，博籁的策划再次被泄露，这次是一个总部在美国的巨型客户。凌欢一直都不喜欢这种类型的客户，唯他马首是瞻，掌握着公司相当一部分命脉，一旦合作关系结束，就宣告这家广告公司陷入危机。然而，这却是凌欢发家时的财神爷。他家的电视短片让他获得了当年大大小小的无数奖项，也给他日后铺平了道路，七年合约终止后不再续约，相当于割断了他百分之五十的命脉。

"究竟是谁干的？"得到消息之后，刚培养起淡定修养的葛薇再次不淡定。

凌欢却淡淡地呷一口热水："周翎。"

"她到底想干什么？"葛薇不解地问。

"为她逝去的七年青春报复一下。"凌欢说。

当她终于确定葛薇和凌欢的关系之后，第二天早上开始，凌欢的桌上再也没出现多年如一日的热腾腾的英式伯爵红茶。

"可是，报复得太过分了！"葛薇说。

凌欢抬头，满目凛光："我现在就任命你，葛薇，你给我把创意部盯起来！"

冰柱子砸了头似的，葛薇暂时没有反应过来："我？"

凌欢点头："再也没有人比你合适。"

凌欢带领葛薇的团队三天三夜不眠，三套创意摆在山姆大叔面前时，老美赞不绝口。

新春临近，葛薇带领自己的团队马不停蹄，将第一份完美的答卷交给这家公司时，上海的雪足足下够六厘米，这是葛薇二十八年来头一次未归家过年，凌欢带众人在公司楼上聚餐，在楼下放烟花。

真正忙过这一段时间，已是阳春三月，凌欢带葛薇去朱家角短足，小桥，乌篷船，翠柳草长。

江南的水乡黑瓦房下，白发老奶奶绞着透明微黄的麦芽糖，来自北方的葛薇十分好奇，凌欢就买一只，两个人你一口我一口，咬着吃。

扎肉包裹在竹叶中，远远地飘着香，两块钱一只，两个人在阳光下边走边咬着吃。

河边黑瓦铺就的二层小楼上吃新鲜的清蒸鲈鱼，走过一个又一个石拱桥，天上忽然降下阵阵小雨，太阳雨。

碧绿的河边，找一个近河的位置，两个人对面而坐，泡一壶碧螺春、一壶玫瑰花茶，饮茶，听雨。

雨下了一夜，葛薇疼了半夜。自然的拥吻，自然的抚摸，起初，葛薇还死死地护住自己最后的阵地。凌欢说："没有爱的女性是不完整的，你该长大了。"葛薇伴着那阵前所未有过的疼痛成了人。

凌欢一遍又一遍轻吻着葛薇的耳垂为她止痛，末了，淡淡地说："搬到我的住处吧。"

窗外的雨声吧嗒吧嗒，像是所有的雨滴为凌欢保证她的幸福似的，葛薇终于和着雨声嗯了一声，第二天晚上，葛薇不多的行李就全部在凌欢的家中陈列开来。

葛薇说："尝尝我的手艺吧。"凌欢点头，厨房里，葛薇切菜，凌欢的手亦是不停忙碌着，偶尔递一下盘子，剩下的多数时间就在葛薇的身上游走，痒得葛薇大叫："有人在敲门！"

仔细一听，不是敲门声，却是砸门声。

凌欢和葛薇急忙冲出厨房。开门，一个看上去六七岁的孩子满脸着急："爸爸！救救妈妈！"

葛薇手中的菜刀哗地脱落开来，无瑕的原木地板多了几道伤痕。

凌欢的瞳孔一聚。

这个孩子好生面熟,莫不是,那张半年前温梅E-mail过来的全家福上的孩子?

凌欢想起自己被堕掉的孩子。算起来,当年他不过二十一岁,算来,孩子已有八九岁,孩子不是他的,可是,他的梅终于归来。

凌欢抓起孩子的小手在停车场里狂奔,葛薇追也追不上。

于是,不远处的小区,一个男人疯跑上电梯,从十一楼抱下一个捂着小腹、脸色如墙的女子,这个男人居然是高云道。

"凌欢,你愣着干什么,快和我们去医院!"高云道大叫。

葛薇这才知道,原来高云道和凌欢曾爱过同一个女孩。显然,这次温梅回国之后,都是高云道在照顾。

"谁是病人家属?"急诊室外,医生摘下口罩问。

凌欢嗖地站起身来:"我是!"

高云道也同时站起来,指着凌欢:"他是!"

凌欢的鼻尖沁了一层水珠,像是盛夏倾盆大雨后湖里荷叶上剔透的雨珠子。

高云道同情地看了一眼葛薇,无言。

葛薇盯着那只漂亮的大手,此刻,那苍白的大手正紧紧握着小男孩的小手,手上的血管正泛着青色,从皮肤上凸起。

"我妈怎么样?"男孩一副小大人的样子,握着凌欢的手说,"叔叔,我爸爸和高叔叔都有钱,一定要治好我妈妈!"

葛薇坐在冰冷的塑料凳上,呆呆地望着凌欢毫不犹豫地在手术单的家属栏飞书自己的名字,目睹凌欢第二次吸烟,她的身上、脚上冰凉成一个冰窖,心里却是烫的,烫得她胸腔、腹腔烧成一个大火炉,凉的、烫的透过皮肤交汇,她全身抖得厉害。

凌欢虽是面无表情,另一只手却紧捂着胸口。葛薇知道,他的胃又开始兴风作浪了,于是起身,大步跑出走廊,离开医院,跑到附近的饮品店买了凌欢喜欢的蓝莓味热饮,购回一大堆蛋挞蛋糕之类的提在手上,大汗淋漓地跑回医院时,急诊室门外已人影不见。葛薇问了护士,好不容易找到病房，隔着门，葛薇看到了一幅温馨的画面：父子俩拥在病床边，凌欢仔细而专注地帮昏昏沉沉的温梅擦汗，男孩子帮他年轻的母亲梳理长发。

葛薇没有看到高云道落寞离去的身影。

葛薇站在门口，进也不是，离开也不是，猛吸一口尚且滚烫的竹蔗水，上颚烫破了皮。

可是，他的胃真的可以吗？

葛薇将手上的塑料袋把手处搓了又搓，终于，深呼吸一口，心虚地慢慢走进病房，将东西放在床头柜上，至此，凌欢的视线始终没有离开温梅苍白的脸，哪怕是一秒钟。

"凌欢，买了热饮料和吃的，你和孩子吃点儿吧，我明天还要上班，先走了。"葛薇轻声叮嘱着。

"嗯。"凌欢轻轻帮温梅掖着被角，头也不抬。

葛薇觉得自己跟一个偷了东西的小偷似的，即便将东西还给人家，也得不到一句感谢。

葛薇忍不住端详了一下凌欢的侧脸，转身，将门轻轻合上。冰冷的金属合在一起的时候，凌欢觉得自己的心上仿佛被捅了一刀似的。

凌欢嗖地从凳子上站起身，怔怔地站在原地，胃里山崩海啸起来。

"爸爸，你要去找那个阿姨吗？"男孩问。

凌欢站在原地足足两分钟，一言不发，俊美的丹凤眼死死盯着葛薇买来的东西，两分钟之后，神色如常。

"饿了吗？"凌欢将一杯热饮递给男孩，将蛋挞盒子打开，男孩两口就吞下一只蛋挞，看得凌欢满身漾过一阵岩浆似的滚烫热流。

"喝水，别噎着。"凌欢极力保持着平和的语调，胸口一起一伏。

温梅的阑尾炎手术之后，凌欢三天三夜衣不解带在她的病床边守着，喂水喂饭，洗脸擦身，像要将这八年所有的感情都倾倒出来似的。葛薇白天照顾着公司里的事，不忘给温梅煮粥，给孩子做饭，晚上带上可口的饭菜和热气腾腾的粥来医院病房，碰上凌欢抱温梅进出洗手间时，羡慕妒忌得胃都在痉挛，却恨不起来。

葛薇回到凌欢的屋子，将自己都没来得及拿出一样物品的箱子从他的卧室拖出来，将这座不属于自己的房子的钥匙沉甸甸地搁在茶几上。客厅很大，水晶茶几白晃晃地刺痛着葛薇的眼睛，玛丽莲·梦露的瓶起子笑得一脸悲悯。

葛薇冲瓶起子微笑，脑海中，小提琴乐排山倒海地在耳畔响起。那是她曾经的他为她而奏的提琴曲，她曾和着梁祝舞，跳到一半忘记了动作。

想起那晚，葛薇失声一笑。

葛薇放下箱子，仔细打量了一下这宽敞的大房子：窗外，灯火霓虹闪耀成一片，地处静安区的好地段足以看到东方明珠和外滩的任何一座高层建筑，与她租的房子遥遥相望；窗内，客厅比她的卧室大得多，希腊式拱门，干净的白色调将屋内的所有事物衬得优雅而苍白。她努力地瞪大双目，想记住这里的每一样景和物，却什么也纳不入眼里，她只记得水晶茶几旁的旋转。

忍不住回到凌欢的卧室，看一眼床对面的名画，《戴珍珠耳环的姑娘》中的人满眼幽怨，似是在诉说她和画家被拆散时她有多凄惶。葛薇只喜欢这张画和那部同名小说，却一直不喜欢那部同名电影，电影里的女主角太风尘，配不上这纯净的爱情。

忍不住打开凌欢苍白的储物柜，葛薇又发现了新大陆：身跨战马、全副铠甲、披矛持盾的北欧骑士；日本的和服娃娃；印度的佛像；摩洛哥的巫师服；还有许多她不认识的奇奇怪怪的东西……葛薇这才知道，原来，他去过许多国家，可惜，他甚至没来得及告诉她，他喜欢旅游……

葛薇轻吻了北欧骑士一脸坚毅的脸，铁质的骑士的脸是冰凉的，比那座冰山的皮肤、冰凉的唇更寒意如冰，冰得她血液都是凉的……

想不到，两个人的爱情，真的如凌欢的小提琴曲，只差"一步之遥"。

一周后，温梅拆线出院，凌欢送她回两个人多年前住过的房子，一直将那虚弱的身体横抱在怀里，直到小心翼翼地将多年失散的宝贝放回床上，孩子说："爸爸，我去买妈妈最爱吃的。"

凌欢一把拦住："黑椒牛排伤胃，又不熟，不准她吃。"说完，补充道，"今天爸爸下厨。"那个称呼头一次从他的口中说出，他深呼吸一口，依旧觉得喘不过气来。

温梅撑着胳膊坐起来："那个女孩子怎么办？"

凌欢面无表情，全身每一个细胞先是麻，再是痛，痛过之后，比痛更深刻的感觉张牙舞爪而来。

温梅说，当年孩子没有打掉，体检时是她表妹代她上阵。孩子七个半月就呱呱落地，所以看上去小一两岁，长得又像她，所以，她那张全家福发过去，足以让凌欢相信她已与别人枝繁叶茂。

温梅说，她的美国丈夫待她很好，也爱乐乐，当她准备将所有的心思转移到他身上的时候，他却车祸而亡。她伤心过度，连他的遗腹子都没有留下。

温梅说，她的母亲已在去年过世。丈夫死后，她举目无亲，回到国内，想来投奔乐乐的亲爸，却发现他已有了新的爱人："本不想打扰你了，对不起。"

凌欢轻轻用手背抹去温梅眼角溢出的泪滴，将她拥在怀中，沉沉地说道："孩子我也有份，说什么对不起。"说完，捋顺了她及腰的长发，转身，去厨房。

他打开冰箱门，本打算估摸一下冰箱容量，然后大采购一番，里面的内容却丰富到让他惊讶：保鲜部分的各色青菜、鲜蛋，冷藏部分的速冻水饺、馄饨、冷冻牛肉、猪肉、虾仁、带鱼、鸡翅……他知道是谁准备的，那个人昨天曾问他现在的伴侣要来钥匙，将家中大扫除了一遍，刚刚将温梅抱到床上时，洗衣粉的百合清香味犹存。

凌欢冲到洗衣机旁，洗衣机上还残存着几滴剔透的水珠，凌欢蘸在手指上，轻轻放入口中轻吮，苦的，凌欢再拈起一滴，依旧是苦的。

葛薇如常地向凌欢汇报工作，开会，再开会，加班，发工单，做PPT，已俨然成长为新一代广告人。凌欢请了保姆，却依旧不放心温梅，每每下班接了乐乐一道回家，俨然成为新好男人。

这天，温梅精心准备了一顿烛光晚餐。下午两点多时，她涂了睫毛，施了腮红。她将空调开至夏天的温度，着一身低胸露背水蓝色小礼服，他最爱的颜色。今天是两个人的交往纪念日，从十七岁开始庆周年，这个节日一直延续到二十二岁时候她飞到大洋彼岸。

十五年了。张爱玲说，对于年轻人来说，十年就有可能是一生一世，十五年来，他们用了一半的时间相爱，一半的时间伤害，她眼角的丝丝如刀刻般的痕就是最好的证明。

打开梳妆台一角的抽屉，九年前他送她的水蓝宝石白金项链依旧在盒子里静静躺着，那是他知道她怀孕之后作为求婚礼物送她的。她撩开长发，将那串本该九年前就戴在自己脖子上的链子戴周正了，小巧的蓝宝石依旧垂在当初的位置——乳沟的始端。小产和一次手术之后，温梅盯着镜中的自己，看一眼身后两个人的合照，忽然就觉得自己老了。

终于等到晚上，乐乐放学回家时，见妈妈妆容美艳，十分八卦地打电话给凌欢，得到的结果却是："晚上和客户一起吃。"

如同所有男人一样，所谓的客户，有时候是真客户，有时候是恶意的谎言，有时候是善意的谎言。凌欢带着那谎言，驱车慢慢蜗行在那条熟悉的路上，想起自己曾架双拐来这里找她，曾搬走她的行李说"一起住吧"，把着方向盘的手一直在抖，怎么也止不住。

车子在咖啡屋处拐弯，忽然跑出一个阿婆，凌欢一个急刹车，身子唰地奔向前去，泪也顺着眼角滴下。

凌欢开始耳鸣，吱吱啦啦的声音像是电视台信号不好似的吵耳。可是，信号不好只是有杂音，电视台的节目却是清晰的。

"试探面试者就一定要践踏她的自尊吗？"

——第一次见面，她强有力的大巴掌扇在他脸上。

"喝了三杯咖啡。"

——她第二次面试时，她红扑扑的笑脸动人得像熟透的大颗樱桃。

"你……你们两个大男人准备让我在哪换衣服？"

——第三次见面时，她走光了，白晃晃的大腿陈列在众人面前，那时，他只想将她提进车里。

"你这是追女孩子,还是施舍感情?你以为我没有存款、没有事业工作,没有房子,也没有青春了,我就没有尊严了吗?你以为你是大公司的领导就可以把女人当狗使唤了吗?你就是要追条母狗,也要尊重她!"

——这是第六次见面?送她江诗丹顿钻表不要就罢了,这个臭丫头,摆出就义的样子做什么。想起母狗一词,凌欢情不自禁地勾起唇角。

"凌欢你给我停车!"

——这是带她回去见家长回来的路上。两个人因为一个想挖墙脚的傻小子而吵架,她负气下车,却又小狮子似的追跑上来。追出租这么疯狂的事,她居然也做得到。

小区就在眼前,经过小区门口的阻拦,凌欢急急地按着喇叭,放行之后,长驱直入。在楼下拨出葛薇的手机,响了整整一首《最初的梦想》,葛薇才接起,凌欢说:"薇薇你下来。"这一次,凌欢终于不再用命令的语气,七分伤感,三分哀求。

葛薇听到"薇薇"两个字时,心狠狠地一抽,这是他第一次如是称她。

葛薇急忙从电脑中胡乱点开一首歌曲,将声音调至最大:"我在K歌!下哪里?"

凌欢说道:"把音乐关上,我知道你在家。"

正说着,见一个老太太刷卡开楼门,凌欢跟着入楼,一口气跑上十层,粗喘着气,狠敲葛薇的大门。

"葛薇……你出来。"喘息声不绝。

葛薇先是抓一只枕头捂住耳朵,声音依旧清晰,只得拨入凌欢的手机号,接通了,多日以来始终未流下的眼泪哗哗如泉:"辞职信已在你桌上,招聘网站也已发布信息,所有的事情都安排好了。"

电话那头的喘息声止了,死寂一般。

"你走吧。我怕,我再见你就更……舍不得了。"葛薇的喉咙慢慢地塞成早上的交通道,哽住就通不开了。

凌欢的鼻子一酸："你要不出来，我更舍不得。"

葛薇再也忍不住，冲出门去，两个人最后一次拥抱，最后一次亲吻，吻了又吻，唇舌滚烫到两个人几乎要融化，想要对方的欲念，穿透两个人认识的半年时光，海啸一般爆发在两个人身体的每一个角落。

正在这时候，凌欢的电话催命似的传来。

电影《闻香识女人》中的经典小提琴曲《一步之遥》的音乐在两个人之间响起，优美到令人窒息的小提琴曲，地老天荒般响无止境。

凌欢颦眉，终究接起来，只听温梅说："欢欢，你在外面少喝酒啊，晚上忙完了就回来。"

葛薇觉得，海啸开始退却，一浪浅过一浪。被海啸淹没的房屋，竟在回归的海浪离开之后，碎片一一毕现。

凌欢似乎也看到这狼藉了。他抱住葛薇的双臂猛地收紧，却又慢慢放松，放松，后退一步，转身离开时，葛薇宽慰地带泪而笑，觉得自己总算成全了一对苦命鸳鸯，却不知，凌欢如今想适应温梅的温柔比当初适应葛薇的一串又一串小辣椒还难。

凌欢回到家时，乐乐已睡下，温梅仅在客厅开了几只荧光小灯，坐在沙发上等他。一进门，她舒展着自己的纤臂，迈开慢三的步伐。凌欢头也不抬地将外衣递到她的手中："我累了。"

说完之后，凌欢闷头走进卧室，她将他的衣服挂好，翩跹跟上来，将卧室门锁紧。他望着她线条美好的背和胸前的弧度，小腹一紧。她则开始用西方人的火辣方式引诱他。他先是周身火热，望着她越来越陌生的行为，身上像浇了一瓢冷水似的，迅速冷却下来，他一把推开她，觉得自己被弄脏了。

他将自己关进浴室，置身白晃晃的凉的浴缸，浴缸的瓦蓝的瓷凉得他骨头刺痛。热水渐渐没过他的脚趾，没过他的手臂、他的肩膀，他觉得这像是他的水的坟墓。他在这座坟墓里狠狠吸烟，水上便飘起一朵又一朵灰白色的小花，像是坟前的香灰似的。

这香灰让他胃里微微抽搐起来。

直到浴室外的床上的抽泣声越来越响。那抽泣声，像是被遗弃了的小猫喵喵叫唤着哀求主人带她回家,又像是风中瑟缩着的小猫求一个避风的怀抱。他的心软下来。

她哭着伏在他的肩头:"欢欢,对不起,我以为你只是寂寞,没想到你真的爱上她了。"

凌欢终于知道,曾经不朽的爱败给了时间,爱,本没有防腐剂。她的狠心离开,十年生死两茫茫,终于耗尽了他所有的爱。他不声不响地将她抱回床上,擦干,仔细盖了被子,然后,转身披衣去书房。

凌欢默默地在葛薇的工资卡上划入二十万人民币,三天之后,他的章鱼桌上多了一封快递,撕开,里面只有一张以他为户名的银行卡,款额完璧归赵。凌欢划入二百万,两天之后,款额原封退回。

葛薇打电话给小洁,笑着说:"小洁,我们终于毫无瓜葛了。"

小洁黯然回答:"我和他也是。"

"什么!你们才结婚几天!"葛薇震惊着。

小洁平静地说道:"我们才结婚两个多月,这些年来,他却出轨了四次,这次我真的无法忍受了,他早上已经在离婚协议上签字,钥匙和我的信用卡也被我要回来了。"

葛薇这才知道小洁的信用卡竟由那个男人把持着。

在金钱和情感上,小洁从来都是她老公的后盾。两个人初识于网络,她老公读书时候家里穷,从北方到上海来看她,小洁会掏来回车费,还会每次给他买一身衣服,临走时也不忘塞钱给他当生活费。毕业之后,读大三的小洁宁可逃课,顶着大太阳一次次陪他去面试,他一年都没有找到工作,所有家用房租全都是小洁负担。如今,这男人年薪过百万,却没有给过小洁一分钱。

小洁一直都觉得自己的男人是凤凰男,因为早年贫困过,不舍得花钱,她却不知男人不舍得为女人花钱意味着什么。

更让小洁气愤的是,他在外面滋事不断。在一次又一次被别的女人打电话恶言恶语骚扰之后,小洁终于知道,自己再也拴不住他的心了。

"薇薇,我们去散心吧。"小洁说。

两个人再次来到离上海最近的江南小镇,朱家角。

青石板的小巷，卖麦芽糖的老人，卖各种纪念品的一家小店依旧如昨。

走过第一座桥时，晴空下起太阳雨，两个失意的女人上了乌篷船，娇小的小洁枕着葛薇的肩头，刚将脑袋靠上，就觉得被葛薇的包里一个坚硬的东西咯了一下手臂。

"薇薇，你包里的什么那么硬？"小洁起身，好奇地盯着那只包。

葛薇也奇怪，拉开自己包最里端的拉链，一颗在太阳雨下闪着灼人光芒的钻戒便从多日的阴暗中重见天日了。

戒指处还有一张卷成细柱的纸条，葛薇没有勇气舒展开，小洁好奇地打开，见纸上写着："这个游戏的结果就是，嫁给我。"

日期正是上次葛薇和凌欢回到朱家角的那天。

葛薇依稀记起，那天下午凌欢帮她搬行李时曾说："一会儿我们玩个游戏。"

"啊！"

葛薇惊呼，嗖地从船上站起来。

探出乌篷，任不凉不热的太阳雨落在她的脸上、头发、肩头……

原来，他所谓的游戏是求婚？！

葛薇先是讽刺地笑着，再大笑起来，笑着笑着，脱力地呆坐在船的一角，任小洁怎么拉也拉不起来。船到尽头时，葛薇怔怔地跟着小洁上了岸，呆呆地站在河边，将那颗钻戒套在中指上，"嗖"地摘下，再套于无名指，再次摘下，来回循环着，两颗指头就被这冰凉的金属搓得通红。

女人的皮肤终究是细腻的，当她的中指被搓破皮、微微渗出鲜红色的液体时，小洁紧紧捂住那手："你想戴，就戴一阵子吧！"

一阵子？葛薇苦笑，如果可以，我多想戴一辈子。

葛薇紧紧搂住小洁，像是要把她搂化一样。当那双微微抽动的手臂松开时，小洁看到一枚闪亮的金属迎着阳光，迎着雨水，慢慢坠入河中，几颗小水花激起，消失了。

"为什么不留作纪念！"小洁惋惜地问。

葛薇转过头，拼命挤出一个微笑："结束的两个人，最好的赠品就是绝望。面对这么好的礼物，天天睹物思人，就算不得单思病，我也会发疯的。"

两个女人在葱葱河边的情调茶馆里喝茶、听雨。

"我以为我离开他不能活，现在才知道离开他有多轻松。"小洁说，"低到尘埃里不会开出花朵，只能开出委屈的藤蔓，把自己的身心屈辱地缠绕，我要从尘埃里走出来，骄傲地活着，做最想做的事。"

葛薇抬眼望向窗外，太阳雨依旧淅淅沥沥着，迎着光，迎着满河的绿水。

"时间像是遮瑕膏，一年，两年，遮住了心头伤，三年，四年，到最后，真的就遮住了心头的瑕疵，到最后，这遮瑕膏又会变成橡皮擦，擦掉你的爱恨，你甚至会想不起他和你究竟发生过什么。"葛薇说。

"薇薇，你这是安慰自己还是安慰我？"小洁苦笑。

"都是。我们还不老，而且，我们那么好，我们还会有更好的选择。我们是为自己活着的。为了别人的眼光，去和不喜欢的人结婚，其实葬送的是自己的一辈子。"葛薇大灌一口初凉透的碧螺春。

葛薇素有"水牛薇"一称，要一小茶壶香煞人的碧螺春，续了三次水之后，再灌一小透明壶的大红袍，最后一次跑卫生间归来，小洁忍不住问："薇薇，你下一步有什么打算？"

葛薇坐直了身子："我已经把来到上海之后的所见所闻写成了一部小说，已经有商家要出版成书了！"说完，笑颜如春日的海棠般灿烂。

"写完小说之后呢？"小洁继续问。

"找工作。好好做好广告，做一个好的广告人！"葛薇刮一下小洁的鼻子，"我还记得咱们的约定，可是，我现在实力不够，你给我三年，三年之后，我们一起开公司吧！"

两个人在阳光下击掌。

尾声

两年之后。

"爸爸，妈妈都去世一年了，为什么不去找葛薇阿姨？"

"她已经嫁人了。"

番外两个男人的二十年恩怨。

既生欢，何生道？

凌欢和高云道自小学时就是死对头。

两个人念的是市里最好的小学——岛城第一实验小学，学校大门的旁边由两只顶着红色球的白色大象组成，充满童趣。许多年之后，凌欢再次路过母校的时候，发现两只大象早已经拆除，新建的大门一如所有学校的大门一般——宽敞的四方块形，贴了中规中矩的浅棕色马赛克，刻板而毫无特色了。

进入校门之后，梧桐繁茂成荫，银杏亭亭绰约，夏天的时候，小孩子们跑进校门就凉快了，秋天的时候，银杏叶被风一吹，纷纷扬扬铺了满地，阳光下灿烂炫目，风一吹，却是枯木满枝，一如这两个男人从小到大的人生。

那时候的凌欢纤长而单薄，皮肤苍白，一双晶亮的黑瞳清澈而羞怯，还没有凌厉如剑锋的目光。那时候的他，父亲管教严厉，因此不爱与同学来往，尤其是女同学，只是，他那一双漂亮的手和浓密的睫毛常惹得女生们都羡慕异常，以至于他最开始被高云道当成了女生。

"老师，我要和她同桌！"

小学一年级刚开学的那天，高云道指着凌欢说。这个女生秀气不做作，想必欺负一下也不会哭，看上去很有趣。

"高云道同学，我们的规定是男同学和女同学同桌，凌欢同学也是男生，你不能和他同桌。"班主任老师说。

全班哄堂大笑。之后，"凌欢同学也是男生"这句名言在班里流行了一整个学期。

"呀呀呀，原来是个男生啊，那干吗要长得像个女生！我说她怎么不穿裙子。"高云道有些失望。

"你再说一次。"凌欢恨恨地瞪了他一眼,握紧了拳头。

"好好好,看你个子小,我让着你就是。"高云道依旧把凌欢当女生。

之后的两年里,两个人仿佛约好了一般,互不来往,井水不犯河水,倒也安然相处。和平的时光总是短暂的,人生的沉睡期,对于这样两个不安分的男孩子,也是短暂的。小学三年级的时候,学校的五十年校庆终于破坏了高云道和凌欢人生中最安宁的两年。班主任让凌欢上台演奏小提琴曲,就成了这件事的开端。

在全校师生面前演奏曲子,凌欢本是拒绝的,然而,凌欢的父亲一声令下,凌欢只得屈从。

"让他演奏,在几千人面前表演都不敢,将来还能做什么!"父亲说。

"那我得演奏我自己喜欢的。"凌欢说。

凌欢在全校师生面前演奏了宫崎骏动画电影《哈尔的移动城堡》的插曲——久石让大师的《人生的回转木马》。曲调婉转,流畅如清泉,全校的女生都为此倾倒。凌欢拉小提琴的时候姿态优雅沉静,宛如欧洲古堡中走出的贵族男孩,从此,校园中他被称为"小提琴王子"。

高云道则是上台表演了跆拳道,赢得了满堂喝彩。高云道身材高大,浓眉大眼,称得上"英俊"二字,让他宛如校园侠客,人称"高大侠"的他也是情窦初开的小女生们暗恋的对象之一。

两个人都不是成绩最好的,也没有什么三道杠、五道杠,却成了学校的小名人。这本不至于让两个人针尖对麦芒,或许两个人注定这辈子是敌人,或许,班上最漂亮的女生都送给过两个人巧克力,两个人就越看对方越不顺眼。为此,高云道终于进行了他对凌欢的第二次挑衅。

高云道在凌欢路过的时候,把自己的课本扔在了地上,本想让凌欢踩到,借此碰瓷,结果,凌欢灵巧一晃,就这么躲过了过去!

高云道又生一计。体育课上,老师初次教篮球,高云道仗着高大强壮,趁着抢球之机,故意狠狠地将凌欢撞倒在地,凌欢被撞得双手破了,两只膝盖也都破了皮。

"对不起,我不是故意的!"高云道连连摆手。

"没事。"凌欢爬起来，他利用自己身体的灵巧，开始一次次躲过高云道的撞击。

这是两个人人生的第一次篮球比赛。高云道干脆学着动漫《灌篮高手》里樱木花道脱赤木刚宪裤子的样子，故意摔倒，想趁机去脱去凌欢的运动裤，结果，凌欢一个转身，学着高云道的样子，反而把高云道的运动裤脱了下来。

当时正值快下课的时间，运动馆里围了许多班级之外的同学，女同学居多，当大家看到凌欢这一壮举的时候，整个运动馆鸦雀无声。

打破这迷之沉默的，还是高云道本人。

"啊！凌欢……我要杀了你！"

高云道先是杀猪一般大叫，之后，穿上运动裤拔腿就跑。高云道平时威风八面，这次他却娇羞如小女生了。

这一次，凌欢同高云道的梁子算是彻底结下了。

也正是这场莫名其妙的篮球赛，让篮球运动员出身的体育老师看到了两个男孩的潜力：一个是灵巧轻快，身材修长，手臂有力，还有头脑，是个后卫的好人选；一个高大强壮，孔武有力，适合当中锋。

"你们俩跟着我学打篮球吧！将来打到全国去，打完CBA，再打NBA！"体育老师说。

"老师，我不愿意。"凌欢当场拒绝。

"你是怕输给我吗？哈哈哈，你这么没用！"高云道叫嚣着，忘记了刚才的耻辱。

"打就打，谁怕谁！"凌欢白了高云道一眼。从此，两个互不服输的小子就开始了他们的篮球生涯。自此，两个人便如同吹过春风的小树一般疯长。两个人从最基本的运球开始暗中较劲，到投射，三步上篮，三分球，就这样，三年过去了。

初中时期，两个人进的又是同一所中学，这次不同班，结果，凌欢和高云道却为追同一个女孩温梅，追得惊动了整个校园。两个人比篮球，比"把妹装备"——送手机、送手表、送首饰；比武力值——大打出手。两个人为校篮球队"最有价值球员"荣誉争得你死我活，甚至连两个人的啦啦队粉丝团也吵过架。

这些都不是最重要的，最重要的是，两人个曾经争过省篮球队少年队的唯一名额。那次至关重要的赛场上，高云道误伤了凌欢的脊椎，凌欢当场就被送到了医院。当时的赛场上人声鼎沸，高云道却着实听到了那刺耳的"咔嚓"声，那是骨头碎裂的声音，身为一个运动员，他当然知道意味着什么。凌欢被抬走的那一刻，他的心也被掏空了，他却坚持完整场比赛，发疯一样抢篮板，发疯一样进球，还来了个大灌篮，比赛结束后，他拔腿就往赛场外跑。

"不和省里来的教练说点16什么吗？"篮球老师拦住了他。

高云道拼命地摇头，推开篮球老师，拦下一辆出租车，赶往医院。在路上，高云道一路不停地打自己的脸，为了胜利，他究竟做了什么。

医生说，凌欢不但以后再也不能打篮球了，还有可能再也站不起来，只能坐轮椅。

"你是故意的。"

当高云道出现在凌欢病房的时候，凌欢抄起一只苹果砸了出去，正中高云道的鼻梁，高云道觉得鼻子热辣辣的。

"我是！但我不是故意把你弄成这样的！我发誓我不是，不然我就变成大胖子，丑成猪八戒，一辈子也追不到温梅，以后再也打不成篮……"高云道正在发毒誓，话音未落，又一个苹果砸在他的鼻子上，他没有躲，只是用雪白的衣袖擦了鼻子，鲜红顺着他的鼻子簌簌落下，他再次拿袖子来抹，抹得满脸都是血。

"滚。"凌欢还想扔第三个苹果，这次，高云道接住了。

"不滚！我要向你证明，我不是故意害你的！"

高云道的脸涨得通红，他把苹果咬了一大口，摸出手机，拨通了一个号码，他大声吼着，连玻璃窗都被震得哗哗作响："喂，沈教练吗，省篮球队我不入了，我从此再也不打篮球了！就这样，拜拜！"

凌欢愣住了，他的手脱力地一滑，手中的苹果掉落，摔在地上，滚啊滚，滚到了高云道的脚边。

高云道探下身子，捡起来，砸向凌欢英挺的鼻梁："现在你满意了，我们都不能打篮球了！"说完，高云道冲出了凌欢的病房，他撞飞了迎面来的护士，药瓶子撒了一地，他撞飞了一个架着双拐的少年，那个少年和凌欢一样白皙清秀，只可惜，他的人生似乎也从此充满荆棘。

高云道抹了一把脸上的血，扶那个少年站起来，少年没有致谢，只是好奇地问："你哭什么？我还没哭呢。"

"所以你很想哭吗？"高云道握紧了拳头。

少年吓得噤若寒蝉。

自那之后，高云道再也没来过医院，他时常去找温梅，送手机、送手表、送首饰，温梅统统不要。他一次次告诉温梅："你要经常去鼓励凌欢，让他振作起来，不然他这辈子都完了！就当我求你！"

温梅倒也坚定："我会的！他一定会站起来！"

高云道点头："他要是能再次站起来，你叫我做什么我都愿意！"

温梅说："我没有别的要求，就只要求你离我远一点儿。"

高云道说："好！你要是能让他站起来，我有多远就滚多远！"

结果，一年后，凌欢果真奇迹般架着双拐出现在了校门口，等温梅放学的时候，他望着不远处的露天篮球场发呆。这里曾经是无数少女偷看他和高云道的地方，以后，再也没见过他们两个人。

凌欢曾经找过高云道："你就这么放弃篮球了？用这种方式证明自己，你是笨蛋吗？"

高云道笑得一脸无所谓："打篮球就是为了赢你，现在我彻底赢了你，我要开始新的挑战了，只可惜，之后的战斗再也没有你这个瘸子了！"

两个人再次扭打成一团。

又过了半年，凌欢架一只单杖出现在高中校园，尽管他走路的样子依然笨拙，却赢得了无数女同学的怜惜。

"凌欢同学，我来扶你上楼。"

"凌欢同学，还是我来扶你吧。"

看得身为校友的高云道十分气愤。

"门前大桥下，游过一群鸭，快来快来数一数，二四六七八……"高云道骑单车路过他身边的时候，故意大声喊着。

凌欢将拐杖扔了出去，砸在了高云道的后背上。

"你居然拿凶器伤人，凶器不给了！"高云道抄起拐杖，拔腿就跑。凌欢不知道，高云道求父亲托人让他上市重点高校，只是为了能照顾他。高云道可以请凌欢全班的男生吃饭，只不请他凌欢，凌欢本不意外，他却不知道，高云道是为了让班里的男生照顾他。

两个人的竞争不知何时已经由武斗变成了文斗，两个成绩本不差的人，在斗成绩的过程中，不知不觉就进入了高考阶段，两个人考到了同一个城市，一个复旦，一个是交大。毕业之后，两个人又作为同行竞争，不知不觉，两个人就竞争了二十年。

温梅的葬礼上，高云道把凌欢揍得鼻青脸肿，凌欢没有还手。

高云道揪着凌欢的衣领，泣不成声："这么多年来，我们文也斗，武也斗，商场上依旧是斗，我们得到了什么？为什么我每次和你争，我们都要失去最重要的？因为篮球之争，我们都失去了篮球；因为爱同一个女孩，我们失去了温梅。当时我就不该看你差点儿残废让给你的！"

这时候，凌欢才知道，原来高云道爱了温梅这么多年，当年放弃得却如此彻底而干脆。恍惚间，凌欢脑海中涌出一些记忆的碎片，拼接起来，就是岁月长河里的一部暗恋电影。凌欢想起了初中的时候，高云道曾和他打架，只要听到温梅骂他，他便停了手。凌欢想起高中时，温梅曾笑高云道成绩不好，为此，他发奋读书，从此和凌欢竞争年级前几。两个人也从此由武斗变为文斗，让两个人的人生有了新的劲敌。

争了又争，让凌欢和高云道的人生变得如此精彩，争了又争，却让凌欢和高云道的人生失去了一次又一次，可惜两个人陷入命运的旋涡中，无法抽身而出。

或许，这两个男人该生在乱世，既生瑜，何生亮，羽扇纶巾，谈笑间；时不利兮骓不逝，大风起兮云飞扬。

高云道说："我要走了，争了这么多年，我累了。"

凌欢摇头："有人的地方就有江湖，就算你不和我争，也会和别人争。"

高云道凝望着温梅的遗容，许久，双目红肿，继而大笑："只要那个人不是你。"